晨曦里的村庄

光 著

他"懂农业，爱农村，爱农民"，性格豁达，博爱乡亲。他从小是被抱养的孩子，在农村长大。

图书在版编目（CIP）数据

晨曦里的村庄 / 程明先著 . -- 哈尔滨：黑龙江人民出版社，2019.1（2021.3重印）
ISBN 978-7-207-11680-2

Ⅰ．①晨… Ⅱ．①程… Ⅲ．①长篇小说—中国—当代 Ⅳ．① I247.5

中国版本图书馆 CIP 数据核字 (2019) 第 019039 号

责任编辑：姜海霞
封面设计：百悦兰棠

晨曦里的村庄

出版发行	黑龙江人民出版社
地　　址	哈尔滨市南岗区宣庆小区 1 号楼
邮　　编	150008
网　　址	www.longpress.com
电子邮箱	hljrmcbs@yeah.net
印　　刷	三河市华东印刷有限公司
开　　本	787×1092　1/16
印　　张	17.25
字　　数	219 千字
版　　次	2019 年 1 月第 1 版　2021 年 3 月第 2 次印刷
书　　号	ISBN 978-7-207-11680-2
定　　价	58.00 元

版权所有　侵权必究　　　举报电话：（0451）82308054
法律顾问：北京市大成律师事务所哈尔滨分所律师赵学利、赵景波

目　录

第一章 …………………………………………… 01
第二章 …………………………………………… 13
第三章 …………………………………………… 22
第四章 …………………………………………… 36
第五章 …………………………………………… 45
第六章 …………………………………………… 52
第七章 …………………………………………… 62
第八章 …………………………………………… 72
第九章 …………………………………………… 83
第十章 …………………………………………… 93
第十一章 ………………………………………… 102
第十二章 ………………………………………… 111
第十三章 ………………………………………… 119
第十四章 ………………………………………… 127
第十五章 ………………………………………… 135

第十六章 …………………………………………	144
第十七章 …………………………………………	152
第十八章 …………………………………………	159
第十九章 …………………………………………	168
第二十章 …………………………………………	175
第二十一章 ………………………………………	184
第二十二章 ………………………………………	192
第二十三章 ………………………………………	199
第二十四章 ………………………………………	207
第二十五章 ………………………………………	215
第二十六章 ………………………………………	225
第二十七章 ………………………………………	233
第二十八章 ………………………………………	240
第二十九章 ………………………………………	247
第三十章 …………………………………………	255
第三十一章 ………………………………………	263

第一章

　　午后，太阳熠熠生辉地普照大地。放眼望去，广袤的东北平原一片银白，雪层融化后形成的薄如蝉翼的冰雪面儿折射着太阳耀眼的光芒。时令已是春天，可北方的二月仍然春寒料峭，一派冰冻景象，只不过少了数九寒天的严寒。叶欣亲热地挽着邬国强的胳膊，并肩走在覆盖着白雪的乡村水泥路上，两人的脸上都洋溢着开心的笑容。今天的相聚，让两颗年轻的心彼此温暖着、快乐着。他们神采奕奕地在初春的斜阳里漫步，目光中饱含着青春的热情，闪动着智慧的光亮。脚下时时发出清脆的踩雪声，声音有节奏地回响在耳畔。叶欣时不时看看邬国强满是愉悦的脸，想把心里话告诉他，用真诚的恳求打动他的心，让自己如愿以偿地结束这漫长的恋爱史，步入幸福的婚姻生活。叶欣看他一直高兴着，几次欲言又止，担心说出来会影响他此时愉悦的心情。

　　"欣欣你看，这里都是我们村的土地，多大一片啊！这要是全面机械化耕种，既省时又快捷，一定会给老百姓带来很多效益。"邬国强抬手在空中画了个弧形。

　　叶欣看着他闪动着光亮的眼神，调侃地笑着说："感觉你跟这土地

非常亲切热恋上了!"说完,用欣赏的目光望着邬国强精神饱满的笑脸。

邬国强兴致未减地继续说:"那边全是水田,大约有三十多垧。我提议要种植绿色水稻,很多人都支持我的想法,想入股,要跟我一起种。他们……他们很信任我。这份信任,让我特感动。"

"你这个小芝麻官,真得老百姓的信任啊!"

"是啊,所以……所以我不能辜负父老乡亲对我的期望,得好好干,干出个样儿来!"

他用两个手指捏了捏眼镜框,轻轻地向上推了推,那双深邃的眼眸透过浅褐色的镜片看着这片养育他的黑土地,心潮澎湃地想着。去年秋季,在长达九年的玉米临储政策退出历史舞台,调整为市场化收购加补贴的方式的形势下,他组建了"龙华农业合作社"。今年春天就要实现机械化耕种的梦想了,一想到这些,他的心情就有点兴奋。

两年前邬国强大学刚毕业的时候,父母和女朋友都劝他参加公务员考试。那时候争取一份风吹不着雨淋不到的安稳工作是很容易的。当时在大学里他是学生会主席,学习成绩十分优秀,可谓是品学兼优。可是他却一反常态地做出了一个令人费解的举措——要回乡当一名村支书。农村出来一名大学生不容易,父母满怀希望地把他供到大学毕业,期盼他在城市谋到一份令人羡慕的工作,不说光宗耀祖,也总算是脱离了面朝黄土背朝天的生活。但是他却说服了年迈的父母和女朋友,毅然决然地考取了兴旺村的党支部书记。就这样,他带着满腔的热情和建设家乡的夙愿回来了,回到了他祖祖辈辈生活的小乡村。

这个小村庄距市里不到二十公里,临近松花江,交通便利。江南有一趟连绵山脉,江北是一马平川,他的家乡就在江北富裕辽阔的黑土地上,这里的农民主要种植玉米,其次也种植水稻和大豆。

去年玉米价格一路走低,许多农户都放弃了种地的想法,抱着试试看的态度把土地流转给合作社。身为村书记的他"逆势"而上,要带领兴旺村的父老乡亲开辟一条机械化之路。他不知道这条路走得能否顺畅，也不知道未来的日子会遇到哪些挑战，他只想去开拓那条梦想之路。春天来了，就要进行大面积土地集约化经营，就要实现农业机械化了，他怎能不高兴呢？幸福一直飞扬在他的眉宇间，初春的风好像都被这份未来的希冀温暖了一样。

叶欣穿着一件黑色羽绒大衣，围着一条红色的围巾。这条围巾，还是她本命年那年，邬国强用勤工俭学赚来的钱给她买的。这些年无论有什么新款式的围巾，都替代不了它，叶欣一直把它带在身边。叶欣那头乌黑发亮的长发垂落在胸前，被太阳照得异常顺滑光亮。邬国强看到叶欣耳郭有些发红，便伸手把衣帽替她盖在头上，微笑着，笑容里带着对女朋友绵绵的爱意。

邬国强一边朝前走一边眺望着远方，白雪皑皑的大地，几只喜鹊在黑土地上跳跃着、寻觅着去年秋天残留的粮食，它们有时迈着方步徜徉，有时又翘着细长的尾巴，用尖尖的小嘴叨啄着残留的食物，偶尔还会发出几声清脆悦耳的鸣叫，召集同伴一起向远处那片松林飞去。

眼前的一切那么美！淡蓝的天，苍茫的大地，还有那箭一样远去的飞鸟，就连微凉的风浮在脸上也感到如此惬意。

他高兴地说："两年的村支书生涯，让我热爱上了这个岗位，我感觉我的事业才迈出一小步。"

"怎么听你这话好像要在这儿干一辈子似的。"叶欣微笑着看着他说。

邬国强听叶欣这么一说笑了，接着说："这里的夏天特别美，你看远处那片松林，夏天的时候会有好多的鸟栖息在那里。听着那些鸟儿的叫声，感觉它们在唱歌一样，心情真是太舒爽啦！树林里还充满了松脂的香味，走在里面给人一种心旷神怡的感觉。还有旁边那个莲花池，每年七月间，满池荷花都开了，看着比朱自清描写的"荷花"还好看。好

多城里人都跑来看荷花。一大池的荷花，特别美！"

"等今年荷花开的时候，我也来看荷花。"叶欣被他描绘的美景吸引了。

"好，到时候我开车去接你。"

"可以采莲藕吗？"叶欣的兴趣上来了。

"没有人采。来的人都是看荷花或者照相的，照相的特别多，摆着各种姿势，看他们那个高兴劲儿，你就知道这里有多好。"

"我也算城里人吧？"叶欣笑着故意问。

邬国强笑了："你是地道的城里人。我就不是了，我现在是地道的农民。"

叶欣眨着眼睛，抿着嘴笑道："我想让你变成城里人。"叶欣感觉机会来了，"变成人人羡慕的公务员。"

邬国强看着叶欣说："欣欣，你是不是一直想跟我说，让我变成你想象的样子啊？"

"可惜我不是孙悟空。我要是孙悟空早就把你变成我想象的样子啦。"她说完这话，用那双会说话的眼睛笑眯眯地看着邬国强。

"刚才我还没说完呢，就让你把话岔过去了。"他又继续自己没有说完的话题，"在莲花池和松林之间，有一片开阔的草地，就是现在白雪覆盖的那个地方，"他用手指着远处，"春天小草绿绒绒的，长着许多野花，五颜六色，我都叫不出名字。我从小就喜欢花，小时候写完作业，就跑到那里摘一大把野花拿回家，放在罐头瓶子里，瓶里装上水，那花能开好几天，屋里都是花香。"他兴奋地跟叶欣描述着，脸上一直挂着笑容。

他们沿着乡村水泥路慢悠悠地走着，叶欣安静地听邬国强描述着乡村美景，脑海里开始幻想那片开阔芳草地的样子。

邬国强兴趣未减，继续说道："我打算在不久的将来，在那个地方建个度假村，把城里人吸引过来，让他们享受一下贴近大自然的农村生活！"

"你的梦想一个接一个，它们会拴住你的腿的。别忘了当初你考这个村书记的时候给我的承诺。"叶欣提醒地说。

邬国强这个本来就有很多想法的年轻人，今天见到女朋友后思想就更加活跃了，不停地把自己的想法说给心爱的人听。虽然这个季节不适合情侣散步，可是邬国强非要她陪着自己到村外走走，去亲近亲近他热爱的黑土地，顺便让女朋友感受一下农村的广阔天地。

叶欣看邬国强半天不说话便问道："国强，你想什么呢？"

"嗯？"接着他笑着说："我在想啊，这一片地今年种什么好？"他说着，用手指着西边的一大片田地，胳膊在空中画了个圈儿。

"看来你干劲十足啊！"

"玉米价格一路下滑，我想能不能调整一下种植结构。"

"老百姓都能入你们合作社吗？"

"这个……不好说。"

"这里又不是一家的土地，要是有一户两户不入你们合作社，你实施机械化也有障碍啊！"

"你说的不是没有道理。但是目前来看，年前年后有很多人找我入股。这玉米一掉价呀，老百姓都不想种地了，都准备外出打工。"

他们俩沐浴在灿烂的斜阳余晖下，迎着吹来的小凉风走着。"国强，别光想着你们合作社的事，咱俩的事你也该考虑考虑呀！我们都老大不小了，是不是该成家啦？"

"是啊！我也想过。但是，你妈不认可我这个村支书啊！"

"那你……那你考公务员吧！"叶欣再一次把自己心中的想法说了出来。这次来，她就是想劝说邬国强参加三月份的公务员考试的。

"暂时还不行。"邬国强果断回答。

叶欣急着说："我今天从家出来的时候，我妈还严厉地警告我：'不许去找你那个同学！'你猜我怎么回答我妈的？"叶欣说完，歪着头笑盈盈地看着邬国强。

"你会用眼神告诉你妈——我就去！"邬国强说完自己先呵呵地笑了。

叶欣哈哈大笑起来。他们爽朗的笑声在空旷的大地上回荡开来。邬国强了解叶欣，她是一个非常有主见的姑娘，自己决定的事情轻易不会改变。

"你还是来了。"邬国强似问非问地说。

"嗯！是我的心把我的脚带到这里来的！"

"看来我这个村书记让你妈很烦心啊！"邬国强长出了一口气，抬起头，无奈地看着天空，然后把目光投向苍茫大地，那份复杂的情感搅拌着他的心。

"国强，你忘了当初给我的承诺了吗？"叶欣轻声细语地问。

"没有，时刻都记着。"沉默片刻他接着说道："那个时候我跟你说，给我五年时间，农村实现机械化，我回城里重新找工作，跟你结婚，一起过咱们的小日子。"

听了邬国强的话，叶欣笑了。她抬起笑盈盈的脸，一双会说话的眼睛盯着邬国强看着。邬国强也深情地望着她，叶欣白皙的脸蛋儿，在那副紫色边框的近视镜的衬托下更加可爱，他真想把她搂在怀里，用尽全身的力气来爱她。

他们沿着乡村路走向广袤的田野深处，风平浪静的午后，冷空气流动不起来，再加上厚厚的羽绒服，他们并没有觉得空气有多么冷。

"现在照你的想法，恐怕不止五年，感觉你要在这里待上一辈子。"

邬国强沉思片刻说道："未来的事，谁也说不准。就像当初，我只是抱着试试看的态度去应考这个村书记，就考上了。我父母也不同意我当这个村支书，你也是极力反对。我说服了你们，想尝试一下这份工作，谁知道越走越深，越走越远！人的思想和目标随时都在改变啊！"他的表情严肃起来。

叶欣不想继续这个让彼此心情沉重的话题，只好说："国强，还有一个事，我一直想问你……"

"问我什么？"邬国强有些惊讶地看着她。

"今天见到你父母，我怎么觉得你不是他们亲生的。"

"别胡说，我爸妈对我特好，肯定是他们亲生的。不过我长的确实不像我父母。有一次我问他们，是不是出生的时候把我抱错了，我爸妈谁也没回答我，都笑着看着我。哈哈哈……我说，抱错就错了吧，咱一家人在一起挺幸福的，就这么错下去吧！"

"你长的跟他们一点也不像，你父母都挺矮的，你却长这么高。"

"那就是变异了呗。小时候，我妈总给我做肉吃，我也特爱吃肉。那时候的肉香啊！我妈每年都喂一头大肥猪，天冷了就杀猪吃肉。我还把牛奶当水喝。小时候我父母特别疼爱我。"

"那你小时候，你家条件就很好啊？"

"我家就我自己，我父母做小买卖，日子过得还可以。后来就开始种植大棚蔬菜，日子越过越好。就是累，很辛苦。"

"你父母都六十多岁了，你咋才三十岁呢？"

"这有什么奇怪呀？我出生晚呗。"

"上大学那会儿，我就觉得你很像一个人，但是，你和他一点关系都扯不上，我就没跟你说。今天看到你爸妈后，我又想起那个人。"叶欣说得很认真，还不时地观察着邬国强的脸，仿佛在寻找着什么。

"那个人是谁呀？告诉我，有时间我去拜访拜访。"他嬉笑着说。

叶欣认真地告诉他："我妈闺蜜的老公，我叫他于叔。"

邬国强看了她半天说:"你于叔在哪儿住,就住在咱们市里吗?"

"嗯。"

"有时间我去拜访拜访。"邬国强满不在意地说,"其实长得像的人有很多啊,有像武松的,有像宋江的……"

"也是啊!"

"对嘛,有啥大惊小怪的。你冷吗?如果冷我们就回去吧。"

"不冷,心里可热乎啦!"叶欣笑盈盈地继续说道,"你说五年就能实现机械化,我感觉你好像在说梦话。"叶欣依然甜甜地笑着。

"你不信啊?"邬国强停住脚步,凝视着她的脸,信心满怀地说:"我跟你说,我们合作社今年经营三百多垧土地,成片种植一种农作物。播种、施肥、除草、收割,全部机械化作业。现在已经引进四十多台农机具,我还准备购买一台大马力的拖拉机。机械化种地已经定型啦,就看我们怎么去实施。跟过去不一样,过去一家一户一小片,没法用农机作业。现在地都成片啦,从种到收,全都用机器。你说我这是在做梦吗?"邬国强说完,自己高兴起来。

叶欣信服地点点头。

"我能认清形势,做事不迷茫。我还知道跟党走没错!"邬国强说。

"哈哈……谁都知道跟党走没错。"叶欣突然话锋一转说,"对了,我爸妈想见见你。"

"什么时候?我早就想见见他们了。"

"没具体跟我说。他们知道你很有才华,不想让你在农村窝着,想让你……考公务员。"

邬国强沉默了。他思索一会儿说:"非要我考公务员,他们才同意把女儿嫁给我吗?"

叶欣看着他,心里也想让他早点离开农村,因为在城市里他的发展会更好。

"嗯，主要是我妈，她总觉得农村不如城市的生活，**不想让我……让咱们待在农村**。"叶欣把每个字都在脑子里过滤一下，**生怕伤到邬国强的心**。

"你也这样想吗，欣欣？"他低着头，故意不去看叶欣的眼睛。

"我？"她看一眼邬国强，迅速把目光从他脸上移开，**笑呵呵地说**道，"说真话还是说假话？"

"当然说真话了！"

"那就是想让你离开农村。我爸妈把房子都给我准备好了，**房子也不用你操心，你只管……**"

叶欣的话没有说完，她看到邬国强的表情又凝重起来，**后来的话**，好像被她吞咽了一样，一个字也没有吐出来。过了一会儿，**邬国强开口**说道："欣欣，你看我现在能离开这里吗？"

"怎么不能啊？辞职就走呗。"

"没有你说得那么简单，干事业不是儿戏！刚刚**组建合作社**，要做的事才开头，现在一走了之，于情于理都不能容许。再说，**做一个男人**得有担当，得有责任感，不论对家庭还是对社会。"

叶欣没有说话。

邬国强抿紧嘴唇，继续说道："那样做太不负责任，**如果真的那样**做，就辜负了父老乡亲对我的期望！"

叶欣又一次沉默了，心好像被一层薄雾笼罩起来。

"至少我现在不能离开，哪一天离开，我也说不准。"

"你不离开这里，我也不想离开你，怎么办呢？"**叶欣撒娇地说着**，把邬国强的胳膊挽得更紧了。

"那你就嫁鸡随鸡嫁狗随狗呗。"邬国强说完，**爱恋地看着叶欣**。

"嫁你就跟你来农村？"

"对呀！"

他们边说着边拐过这条水泥路，绕上一条水渠坝岭，朝着邻屯的路走过去。

今年冬天的雪很大，经过一冬天的积聚，坝岭上覆盖了一层厚厚的雪，枯草和蒿叶都被冬雪盖住了。厚厚的白雪，结实地铺在坝面上，而且最上面也已经结了一层薄冰，他们走在上面，脚下发出脆生生的声响。

坝岭下面是一条宽阔的水渠，冬天就干涸了。夏天的时候，这条水渠把松花江的水引过来，灌溉着这里的百亩良田。这片水田已经有几十年的历史了，邬国强今年准备在这片水田里打造有机水稻，种植纯绿色粮食。

"太不好走了，为什么要带我走这儿？"叶欣低头看着脚下的路说。

"我让你看看这里有多大片稻田，肥沃的黑土地呀！"

"又不是赏风景的时候。"叶欣喃喃地说。

"老百姓不敢干，我带着他们干，让他们看看合作社的好处、机械化的好处。"邬国强说得铿锵有力。

"这么难走，让我陪你受罪。"叶欣故意板着脸说。

"有福同享，有难同当，才能打造绿色夫妻。"

"有绿色粮食，没听说有绿色夫妻的。"

"我就要打造这个'品牌'，"叶欣被他幽默的话语逗得哈哈大笑，邬国强接着说，"'绿色'夫妻，不为金钱所困，不为地位所扰，只为爱而结合！"

"不为爱，我就不等到今天了！可是我不愿意嫁到你这个地方来，连双好鞋都穿不出来。看我的鞋，落了一层灰。在市里，一个星期也穿不成这样啊！"

邬国强笑着说:"咱俩今天不是没走正道儿嘛!"

叶欣听邬国强这么一说,又开心地笑了。仿佛从邬国强嘴里说出来的话都是歌,比音乐还好听的歌儿。

"现在农村都是水泥路,即使雨天,脚都不沾泥。"

"有那么好吗?被你这一描述,农村都成了风水宝地了。"

"将来的农村,就是风水宝地。城里人想来都来不了。你信不信?指定有那么一天。"

"我不信。"叶欣说。

"看见那条平坦的道路了吗?"邬国强指着远处的一条路说,"三年前还是一条土路,你看现在修得多好。自从国家村村通工程实施以来,你在农村几乎看不到土路了。"

"那又能怎样?农民的日子依然是面朝黄土背朝天。"

"我就是要改变面朝黄土背朝天的生活!"他坚定地说。

"就凭你一个人……"

"我一个人的力量终究是有限的。但有国家支持、老百姓拥护,大家齐心协力就一定能改变过去的种地方式,改变'面朝黄土背朝天'的生活。"

"你的犟劲儿总是改不了。"叶欣说。

"那你就看着吧,我不达目的不罢休!"

"你说让我来农村,将来我们有了孩子,上学也是个问题。农村的教育怎么也赶不上城里。"

"有你这样高水平的老师,还愁教育资源落后吗?"邬国强肯定地说。

"我?"叶欣诧异地指着自己的鼻子说。

"嗯!"邬国强依旧微笑着,又一次肯定地点点头。

"让我下嫁到农村?"

"什么叫下嫁呀？"邬国强把这几个字说得抑扬顿挫，"那叫……梧桐树招来金凤凰！"说完自己哈哈大笑起来。

叶欣撒娇地说："我不想来，就想把你带走！"

"带走我，不太容易啊！"他说完，眉头紧锁，家乡父老厚重的期望又一次袭上心头，"既然选择了这条路，我就要走下去！"

邬国强的话像洪流冲击着叶欣刚刚萌生的希望，她找不到一个恰当的可以让他离开农村的理由，心情也略微沉重起来。

叶欣不再说什么，沉默了。邬国强悄悄地看着她神情的微妙变化，想了一堆安慰的话，想在恰当的时候说给她听。

第二章

　　他们从村外水田坝岭上一直走到尽头，又走过一段田间土路，土路上满是灰白的雪，踩上去发出咯吱咯吱的响声。土路两旁有几棵落光叶子的大杨树，它们零星地矗立在田间地头，粗实的枝干弯曲着，看上去树龄足有好几十年的光景。叶欣依然挽着邬国强的胳膊，似乎松开后谁也找不到谁似的。他们从这里踏进村口，叶欣只觉得两腿有些酸软，跟在城里散步的感觉大不一样，但心里却很快乐。

　　从村口看去，村街平整宽阔，洁净的水泥路两旁矗立着落光叶子的丁香树和柳树，光秃秃的枝条和树干静默地伫立在街道两旁，好像在等候春天的洗礼。由于春节刚过去不久，家家户户大门上的对联和大红"福"字，依然透着节日的祥和气氛，给安静的小村庄装点得色彩缤纷。明媚的斜阳照耀着小村的街道和房舍，让人感到亲切、祥和。

　　再往里走，就看到街道路口处立着一个精致美观的标牌，每条街都有，上面标有卫生责任人的名字，他们都是村里的干部——村书记、治保主任、会计、妇女主任……不过妇女主任年前远嫁他乡了，还没有来得及选出新的妇女主任，也就没有更换标牌上的名字。叶欣看到邬国强的名字之后，冲他笑着说："你还分管街道卫生？这官不大，管的闲事

可不少啊！"

邬国强冲她笑了笑，随后看一眼标牌上自己的名字，两人就一起走过去了。

村里有专门运垃圾的四轮车，干这活的人是上了点年纪而又干不了体力活的王长所，他六十出头，是个矮个子，浑身胖得滚圆，还秃顶。从父母那里遗传来的高血压，让他每天都不得不吃药。村里成立合作社，他第一个跟邬国强打招呼，把自家不到一垧的水田地流转给了合作社。做出这个决定后，他每天都开开心心的。每天早上太阳还没出来，他就开着那台旧四轮车，绕村屯收垃圾。各家各户用垃圾桶装好头一天的垃圾，起早放在大门口的街道边，王长所开着四轮车过来，一声不响地把每家大门口的垃圾倒进车里，然后运到指定的垃圾点统一处理掉。所以，村里的每条街道，都是那样整洁，看不到粪堆粪坑，污泥浊水，即使在这冬天，街面也很干净。

他俩顺着街道往前走不远，遇上了从小卖店出来的刘大爷。刘大爷是村里的贫困户，看上去有些苍老，满头白发，门牙掉了一颗，一说话直漏风。他穿着一件脏兮兮的黑色大棉袄，好像很久没有洗过的样子，手里提着一桶酱油迎面走过来。看见邬国强远远地就笑着打招呼说："国强，你们合作社啥时候签合同啊？"他的声音有些沙哑，像感冒后遗症。

"明天，大爷。想好了？地不种了？"邬国强笑着问。

邬国强平时见到谁都是笑呵呵的样子，那种与生俱来的亲和力让村里无论大人小孩都很喜欢他，愿意跟他说话。他喜欢跟人们聊一些愉快的话题，鼓励人们改善生活，创造好的生活环境，总让人觉得生活有奔头。

刘大爷看到这个俊秀文雅的姑娘，就知道是邬国强的对象。他早就听说村支书有个在城里教书的大学生对象，村民们把她夸奖得神乎其神，不但貌似天仙，学问人品还数一流。刘大爷今天见到了叶欣就仔细打量起来。确实是人见人爱的姑娘，心里暗自替邬国强高兴着。心想：国强可真有福气，能找到这样一位好姑娘做媳妇，真是祖辈积德呀！叶欣见老人友好地看着她，而且还带着欣赏的眼神，就冲他温和地笑了笑，没说什么。

"我都这把年纪了，还种什么啊！人家种地有车有人，我啥也没有，啥都得雇，去掉雇人雇车的，到秋一算账也不剩啥。三儿他们两口子在外打工，长年不在家，就是秋收忙了能回来干几天。我还得给他们经管孩子，上学送，放学接。不种了，流转给合作社吧，就拿钱儿得了，省心！"他说这话时，有种解脱了捆绑他的枷锁一样轻松。

"地是你的还是三儿他们的？"邬国强问，担心老人做不了儿子的主。三儿是刘大爷的儿子，从叔伯兄弟家排行老三，他父母就叫他三儿，至今也没有个像样儿的大名。

"都在一块儿呢，还有大闺女的几亩地。"

他家大闺女结婚远嫁他乡了，地还在家里，每年刘大爷都要给闺女几千块钱，就算租地钱。女儿不要，他说："又不光养你一个，先收着，等养老的时候再说。"

刘大爷是个很明事理的人，年轻的时候因为家穷，就凑合着跟刘大娘结婚成家了，生了一儿一女。刘大娘是个人邋邋遢遢的人，日子过得里不像里外不像外。刘大爷吃苦耐劳地干活，日子就是改善不了。俗话说："外边有个搂钱的耙子，家里得有个装钱的匣子。"可他家这个"钱匣子"的底就像筛子眼一样，刘大爷怎么挣钱，也装不满。

刘大爷接着说道："三儿结婚就在一块儿了，也没分家。一共一垧多地，三儿媳妇跟孩子都没有地。"

叶欣陪在一边安静地听他们说话，不过心里有些着急，她不断地看着下落的太阳，用眼神催促着邬国强，她想趁天黑之前赶回市里。

刘大爷又转脸对叶欣说："这屯子，年轻的都出去打工啦。"正说着，对面一家跑出一条大黄狗，刘大爷看着那条黄毛大狗又说："屯子

里狗比人都多。"

叶欣听了老人的话笑了，笑出了声。

"我说这话一点不假，就过年那几天热闹热闹。这不，年也过了节也过了，又冷清啦！"

邬国强领会了叶欣着急的眼神，跟刘大爷说道："大爷，就这样吧，您回头跟三儿商量商量，沟通好了，入股也行，包大户也行，明天来合作社签合同。"

"入股咋个入法，包大户咋个包法？"

"入股呢，就是农民带田入股，跟合作社共同经营……"他说到这儿，突然止住了，"您明天来吧，签合同之前要开大会的，我会详细地给大家讲。像你们这六十岁以上的老人入股，合作社每年还要发放养老金的。"

刘大爷一听高兴地使劲一拍大腿："太好了，就这么定了！明天我早点去。"说完高兴地甩开胳膊大步流星地朝着家的方向走了。

邬国强走了几步忽然想起什么似的回头对刘大爷喊道："刘大爷，您别忘了跟三儿沟通好啊！"

邬国强了解他家的三儿，是出了名的三愣子。小时候落下一个抽风的毛病，听说是掉土豆窖摔的。长大了，病虽然治好了，可是脑子反应啥事都不拐弯儿，不会思考问题，还总自以为是。上学的时候，学习不好总留级。屯子里的人还送了他个外号——"老一年"。就这样，小学没念完他就辍学回家了。刘大爷怕他东跑西颠学坏了，就给他买了几只羊放。刘大爷哄他说："好好放羊，一年两，两年四……羊多了，一大群，卖钱给你娶媳妇。"虽然那时候他对娶媳妇的概念没有太深的了解，但也懵懵懂懂，知道男孩子长大后都要娶媳妇。长大以后，他亲娘舅给他介绍了一个患先天小儿麻痹症的女孩儿，最后俩人结婚成家了。

"嗯，知道啦！"刘大爷回转身摆摆手，胳膊抬得不是很高，但是声音和姿态都显出了老人心里的喜悦。

叶欣拉着邬国强的手朝着相反的方向走。夕阳照在他们的背上，照耀着他们回家的路。

"狗比人多，真有意思。"叶欣笑着重复说，回味着。

"这个屯儿打工的比较多，比我们二队的多。"他说的二队，还是从前生产队那会儿传下来的名称。刚才经过的是一队，两队仅一道之隔，现在改叫"一组""二组"了，都归兴旺村管辖。

邬国强一边走一边想：将来农村实现机械化就好了，会节省大量的劳动力，种地不需要那些人啦，他们去城里打工挣一份钱，土地这儿还会有一份收入，农民的日子会越来越好！

刘大爷回到家里，把酱油桶放在灶台上，就进了里屋。他家外屋是厨房，从厨房往里走就是起居的屋子。刘大爷的家从外屋到里屋，都是黑乎乎的，一进屋就给人一种黑咕隆咚的感觉，踏进房门，就像跳井一样，屋地比外边要低上一尺多，老百姓都说这样的房屋过日子不会发家。

灶台上面的白色墙壁被油烟熏得黄黄的，看不到白底。阳光照射的地方，能清楚地看到一些银色的灰尘在光线里跳动，整个屋子里弥漫着酸菜发酵的味道。厨房的西北角堆放着烧火做饭用的干柴，地上还散落着一些玉米叶子。里屋的窗户上严严实实地蒙着一张透明的塑料布，室内光线暗淡。刘大娘正坐在炕上聚精会神地摆弄着一副扑克牌，她的一头短发蓬乱着，鬓角露着花白的银丝，看上去好像很多天都没有梳洗了。刘大爷进来的时候，她依旧摆弄着手里的扑克牌，头也没抬。

刘大爷往炕沿儿上一坐，对着摆弄扑克牌的老伴说："合作社明天要开社员大会，办土地流转手续签合同，我得给三儿打个电话说一声，不跟这愣头青说好，回来再生气。"

"那就打个呗，也不费啥事儿。"刘大娘头也没抬，依旧摆弄着扑克牌，好像合作社、流转土地跟她没有一点关系似的。

刘大爷拨通了儿子的电话。

"啥事？"电话那头传来又倔又硬的声音。刘三愣向来不会跟父母好好说话。

"明天合作社开始办土地流转手续了，你打算入股啊，还是包大户？"

"啥包大户入股的，不就是地让合作社种，他们给咱钱吗？"

"嗯，是。你要忙就不用回来了，明天我去办一下得啦！反正今年不种啦。"刘大爷从心里不想让他回来，因为他知道自己儿子啥样，总能把简单的事办复杂了。

"这大事，我可得回去！我不回去……你……能整明白吗？"

刘大爷心想：你不回来我才能整明白呢。

"别人咋办，我咋办呗。"刘大爷温和地说。

"不行，咋忙我也得回去，你一天稀里糊涂的！"

刘大爷哭笑不得，只好说："好好好，你回来吧。"

"几点？"

"上午八点半开会。"

"好，我八点就到。"

刘大爷还要嘱咐点啥，张着嘴，没等发出声，电话里就传出"滴滴滴……"的声音。

刘大娘摆弄完扑克牌，顺手把扑克牌往窗台下面的炕梢儿一推，挺了挺腰杆，后背靠在炕墙上，伸开两条罗圈儿腿，这才抬起满是皱纹的脸，那张脸像晒干的萝卜皮，鼻子窝还残留一条灰印。

在这间昏暗的屋子里，只有西墙上贴着的大红"福"字很显眼，对应的是屋门上方一张细窄的条幅——"抬头见喜"，这些"喜"帖还残留着年的气息。

跟他家恰巧相反的是邬国强的家，宽敞明亮。邬妈妈总喜欢把屋子打扫得一尘不染，她经常挂在嘴边的一句话就是："财神爷喜欢干净！这日子呀，不管穷过富过，得过个干净利落！"她家一年四季，总是窗明几净。庭院里，连棵杂草都没有，到处都那么干净整洁，谁走进这院落，都有种舒心畅快的感觉。

邬国强跟叶欣很快走到家门口，邬国强小声安慰叶欣说："别着急，吃完饭我开车送你。"说话间，吴天明跟魏志民从对面的邻居家走出来，吴天明远远地就笑着说："看！天生一对呀！邬书记英俊潇洒，女朋友靓丽照人。哎呀呀，羡慕啊！"他好像心情特别愉快似的。

魏志民显得有些沮丧，蔫头耷脑，见到邬国强，眼里才多了几分神采。自从两年前他媳妇跟城里饭店的小老板跑了以后，他几乎对生活失去了信心，这件事让他在众人面前抬不起头。过年这几天也在家里窝着，吴天明跟他从小一起长大，因为魏志民忠厚老实，同龄的小伙子们都愿意跟他相处。早上吴天明把他从家里生拉硬拽地整出来玩玩小麻将，散散心。

"天明的嘴呀，啥时候都不穷词儿。"邬国强面带笑容地说。

"还得念书啊，'读书改变命运'这句话是真理呀！我那会儿要是好好念书考上大学，也能找个……漂亮媳妇。"他琢磨半天，没找到修饰"媳妇"的好词汇。

"说这话，担心嫂子让你跪洗衣板！"

"嘿嘿……背后痛快痛快嘴儿。"

"进屋一起喝点，我妈肯定炒了好几个菜。"邬国强笑着谦让道。

"招待女朋友吧！改天，改天我陪你喝点。"

他们说着抬脚走了，魏志民一直没言语，微笑着听他们说话。

邬国强跟叶欣进屋的时候，邬妈妈已经做好了一桌子菜，色香味俱全。叶欣第一次来邬国强家，邬爸爸打算一家人开车去镇里比较好的饭店去吃饭，邬妈妈说，去那儿吃没有家的感觉，想让儿子的女朋友尝尝

自己做的菜，体会体会这个家的幸福气氛。于是跟邬爸爸一起动手，做起拿手的菜肴，招待叶欣。

"孩子，多吃点。这猪肉是把俺家自己喂的猪杀了，可香啦，多吃点。小鸡也是咱自个儿家喂的，吃，吃。"邬妈妈说着夹起一块排骨放进叶欣碗里，紧接着又夹起一块鸡腿肉送过来。

"阿姨，我自己来。够了够了。"

"多吃点。我妈做排骨和小鸡都比饭店的好吃。大锅做出来的味道就是不一样，我就愿意吃我妈做的饭菜。"邬国强一边吃一边说。

"确实很香。"叶欣边吃边品味。

晚饭过后，邬国强把叶欣送回城里，没有进叶欣的家门，只是把她送到小区门口就返回来了。回到家他没有立刻休息，而是把一路上想到的几个想法写在笔记本上，一个合格的党支部书记必须做到三点：

一是吃透中央政策，有思想有想法，知道该怎么干。

二是不能有私心，得全心全意为人民服务，这样才能服众。

三是要有情怀，不仅能干，还要会干！

写完之后，他看了两遍，深思了好一会儿，才合上笔记本放回原处。这时候邬国强的父亲走了进来，坐在儿子身旁，关切地问道："儿子，筹划咋样了，明天胸有成竹了没有？"这个村书记兼合作社董事长的差事，让父亲有些担忧，毕竟他才三十岁呀。

"老爸，相信你儿子，没问题！"

邬爸爸看着儿子自信的样子，满意地笑了。然后拍了拍儿子的肩膀说："做啥事，都有困难。就看你如何面对。坚持就能成功，放弃只有失败。"

"知道。我这方面秉承了您老的性格，从来不认输。"

邬爸爸接着说："当初咱们家安大棚那会儿，全屯子没有一家安的，我就率先安了。那时候挣钱哪！没有那时候你老爸的付出，能有今天的积蓄吗？能成就你今天的事业吗？"

"是啊，军功章有你的一半，也有我的一半！"邬国强笑看着父亲慈祥的脸。此刻，叶欣的那句话又跳入他的脑海："你跟你父母长的一点也不像。"他微笑着看着老父亲，确实，从脸型到五官，他跟父亲没有像的地方。

爷俩有说有笑，把在另一间屋子看电视的母亲也吸引过来，一家三口，回味起过往的生活。

邬爸爸跟邬妈妈结婚那阵儿不在兴旺村住，在百里之外的外公外婆家，因为他外公外婆就邬妈妈一个女儿，招邬爸爸当上门女婿。后来两位老人相继去世，邬爸爸想念这个土生土长的地方，就携家带口回到了自己的家乡，那时候邬国强还不满一岁。

邬国强读高中的时候，成绩十分优秀，在学校的同年级班组里总是名列前茅，这给了他父母极大的希望和干劲。前些年刚兴大棚蔬菜种植的时候，他家就提前迈进这个产业。开始，他们不懂大棚蔬菜种植技术，老两口就自己买书看，一边学习一边劳动，几年下来，不但掌握了蔬菜大棚的种植技术，还赚了很多钱，当时正赶上村里小学校合并，出售校舍，他父亲买下了那个地方，就是现在的"龙华农业合作社"。

父母回忆自己吃过的苦受过的累，就跟讲有趣的故事一样。过往生活中吃苦耐劳的岁月，都成了他们一家人品味的幸福。邬爸爸邬妈妈生活在希望的路上，再苦再累也开心。那个时候就觉得人生的路越走越宽广。三十年过去了，他们开辟了一个新天地，如今国富民强，日子也会越来越好。今后，儿子就要带领全村的父老乡亲改变以往的种地模式，实现机械化梦想，怎不叫老两口高兴呢？这是他们年轻时候的梦啊！

夜深人静，老两口在自己的房间里安然睡着了。可是邬国强还没有睡意，他在想着明天开大会的事，想着如何让村里的贫困户脱离贫困。

第三章

第二天早上,刘三愣子早早就起来了,特意穿上工作时的衣服——小区保安的灰色制服,又擦了擦不是很亮的黑皮鞋,对着镜子照着。

"媳妇,把墨镜给我找出来。"

"啥?还要戴墨镜?你回个家嘚瑟啥呀,谁不认得你?"

红英一瘸一拐地从厨房走出来,绿格子围裙还套在身上,正用洁白的小抹布擦着手。红英身材矮小,体态胖墩墩的,一只眼睛还有点斜视。由于多年的小儿麻痹症,导致臀部高高地撅起。

"面条煮好了,吃去吧!"她没好气地说。

听到媳妇的训斥,刘三愣飞快地钻进厨房,接着就听见他吃面条的声音。

五分钟左右的工夫,一碗热汤面就进了他的肚子里。他从厨房出来的时候嘴上还挂着汤汁。他笑嘻嘻地说:"媳妇,给点钱呗。"虽然衣兜里还有不到一百块的零钱,但是他觉得这是个跟媳妇要钱的机会不能错过。

红英迟疑了一会儿,从裤兜里掏出一小卷儿人民币,一张百元的红票里裹着些零钱。她打开钱卷儿,抽出一张五十块钱的票递给刘三愣:

"别乱花呀！"那语气像嘱咐一个没长大的孩子。红英的手掌很宽，手指也有些偏长，跟她的个头儿一点也不相符。都说女人手小抓宝，手大抓草，也许这双大手就该注定她一生"抓草"。红英身体残疾，但智商一点不比别人差，她看不惯刘三愣的为人处世，一点都不喜欢他，但是为了有个家，她还是跟刘三愣结婚了。婚后他们生育了一个健康的男孩，孩子聪明伶俐，这让她感觉未来的生活充满希望。

刘三愣接过这五十块钱，趁红英不注意找出电视机下边抽屉里的墨镜揣在衣兜里，高兴地下了楼，一路小跑奔向车站。

太阳还没有出来，气息凉爽。街道上车辆和行人都很少，偶尔能碰到几个晨练的人从身旁跑过去。每当这时候他就想：城里人就是城里人，早晨起来还跑步，闲的！一辆出租车从对面驶过来，他贪婪地看了一眼，抬手想叫住出租车，又想了想兜里这俩钱儿，趁着司机没发现他这个动作，赶紧把手缩了回来。这时身后又跑过来一个晨练者，他跟着晨练者朝着同一方向跑去，自我安慰地说："这个省钱还快！"那个晨练者不解地看了看他，拐向另一个方向去了。他像泄了气的皮球一样缓缓地停下来，朝前疾步如飞地走去。到了车站，他赶上了回乡下的第一班车。

汽车平稳地行驶在公路上，光秃秃的大杨树向车身后闪去。他美滋滋地坐在司机右侧的头排座位上，透过车窗看着初升的太阳，还有白雪覆盖的苍茫沃野，看着公路两侧一闪而过的大杨树。他时不时地低头扫一眼自己这身灰色制服，那份出人头地的自豪感涌上心头，仿佛自己是兴旺村最有出息的人。

"把安全带系上。"司机平静地告诉他，看也不看他一眼，手握方向盘，眼睛注视着前方的路。

他顺从地从屁股底下拉出一条长带子斜挎在胸前，插好卡扣，然后掏出手机，对着车窗外初升的太阳，来了一个秒拍，随后发到了兴旺村村民信息群里。他想告诉大家，他正在回家的路上。可是有谁能关注他

的信息呢？此时兴旺村的村民们聚集在合作社的会议室里，正等待土地流转大会的召开。

　　昨夜落了一层薄薄的小清雪，村中的街道上看去有些发白。刚升起的太阳一点也不耀眼，太阳慢慢跳出浓灰色的雾霭渐渐升高，灿烂的阳光祝福着兴旺村。虽然早饭时间已经过了，但那一缕缕青烟依然从房顶升起，消散在干冷的空气中。

　　邬国强开车向合作社驶去，快到村口时，看见同村的张英和女儿正在站点等车。开往城里的汽车，经过这里的时候，都在"兴旺村"的路标跟前停靠，几十年如一日，人们习惯了在这儿上车下车，自然也就把这儿当作汽车站点了。

　　小女孩瘦瘦的，体型很像她妈妈，母女俩都是细高个儿，不过她的个头儿现在只到母亲的腋窝。张英拉开羽绒大衣的锁链，把女儿搂在怀里，孩子亲昵地搂着妈妈的腰，背对着晨风，女孩在妈妈的怀里享受着那份温情。小爱雨知道客车要来了，孩子有太多的不舍，用柔弱的小手搂抱着妈妈。车开到她们身边的时候，邬国强停下来打开车窗问道："英姐，你们娘俩这是要出远门呀？"说着，看了一眼放在她们脚下的行李箱。

　　"嗯，我打工去。"张英微笑着，笑容很牵强，因为她心里放不下对女儿和八十岁老母亲的牵挂。

　　"小爱雨也去呀？"他看着孩子问。

　　"她不去。"张英低头瞅了一眼偎依在怀里的女儿，小爱雨的眼里充满了泪水。"跟她姥姥在家。这不，非要来送我。我说一大早别来了，怪冷的，她非要来。这孩子可犟了。"她说着，爱抚地理了理女儿垂落眼前的头发。

　　小爱雨不说话，眼泪扑簌簌地顺着脸颊淌下来，细嫩的小脸蛋上挂着晶莹的泪滴。怜悯和同情一齐涌进邬国强心里，那份情愫像从沙砾中溢出的水，越来越多地积满邬国强的心窝。他不由地想起小爱雨的爸爸——去年在城里的建筑队打工，不慎从九层楼顶摔下来，没等送到医院就断了气，扔下这母女俩相依为命。

这时，一辆蓝色的大客车从西边驶过来，缓慢停下。邬国强下车帮张英把行李箱放到客车的侧备箱里，张英拎着手提兜上了汽车。

"在家听姥姥话，有事给妈打电话，好好学习！"嘱咐的话连成了串。

车门迅速关上了。

张英隔着车门的窗玻璃冲着女儿摆手，小爱雨也摆着手臂看着车窗里妈妈模糊的脸，一句话也说不出来，因为一张嘴，眼泪就会像决堤的洪流，阻挡妈妈打工的脚步。

汽车迎着朝阳远去，小爱雨凝望着远去的汽车，迟迟不愿离开。一串串泪滴无声地滚落下来，冰凉的晨风吹着孩子稚嫩的面颊。

"爱雨，叔叔送你回家，上车吧。"

邬国强看着泪人一样的孩子，心里有一股怜悯和疼爱，虽然他还没有做父亲，但想到爱雨的爸爸在天之灵看到此时的女儿，怎么能心安呢？于是，他把心中那份真切的关爱给了孩子。车子本该径直驶向合作社的，他却绕了一个弯儿。

"爱雨，上几年级了？"邬国强找话题跟孩子聊天，想分散她的注意力，冲淡分离的伤感。

"上六年级了。"

"听说你学习很好，是吗？"

"还行吧。"小爱雨抿着嘴微笑着回答，脸上显出一丝骄傲，泪痕依旧挂在稚嫩的面颊上。

"长大了想去哪儿念大学呀？"

"北京。"话题一聊到学习上，孩子马上情绪激昂起来。她爽快地回答着邬国强的问话，好像这个志愿在她心里早已根深蒂固了一样。

"好啊，有志气！叔叔都该向你学习呀。我像你那么大的时候，都

没有你这种理想呢！"邬国强两手转动着方向盘，车子缓慢地驶向一条小巷。

小爱雨得到邬国强的夸赞，得意扬扬地继续说道："暑假我妈妈带我去北京了，去的时候坐飞机，回来的时候坐动车。"

"很开心吧？"

"嗯！我们还去了清华园，还有北大。那学校老大老大啦！"她伸出稚嫩的小手声情并茂地比画着，"走一天都走不完。"她高兴地继续说道。

"开眼界了吧？"

"嗯！"孩子笑着点点头，眼睛看着前方。

这时，一条黑毛小狗突然蹿到车子前面，邬国强随手按响喇叭，小狗惊慌地跑回院子里。

"我长大了考清华，去北京念书。"孩子说这话的时候，一脸喜气，眉梢向上扬着。

"好！从小就该有理想，长大了才有出息。"

小爱雨没有深思邬国强的话，但她知道，好好念书，长大就能去北京。到她家大门口的时候，她把手放在车门的把手上，做了一个要开车门的动作。

"别急孩子，等叔叔把车停稳。"

车子缓缓地停在路边，小爱雨笨拙地推着车门，邬国强急忙伸手把车门推开，孩子麻利地跳下车后回头笑盈盈地对邬国强说："叔叔，拜拜！"随手轻轻地关上车门，蹦跳着向敞着大门的院里跑去。院子里的三只大白鹅，被她惊扰得"嘎嘎"直叫，拍打着翅膀向房屋后院跑去。那身本来洁白的羽毛，经过一个冬天，变得黑乎乎脏兮兮的了。

邬国强开车离开的时候，两个并不陌生的词儿涌进他的脑海——"空巢老人"和"留守儿童"。他想：能不能在家乡这块土地上，帮他们创造赚钱的机会就地务工，既能照顾老人，又能兼顾孩子呢？他这样想着，车子便开进了合作社的院里。

邬国强走进合作社的会议室，有的人用满含希望的眼神看着他，有的人脸上挂着灿烂的笑容瞅着他，期待他给大家带来喜讯。只有代福来一直板着脸。他自打走进合作社就没笑过，闷闷不乐地坐在离门口很近的一条长凳上。人们越是喜笑颜开，他心里就愈加烦躁，恨不得把大家的嘴都贴上封条，不让他们谈论下去。

会场被几个社员布置得有模有样，《大海航行靠舵手》的曲子唱响整个会场，给人心里平添了激昂奋进的力量。邬国强满意地环看四周，巨大的红色条幅高高挂在会场前的上方——"土地换股农民当股东，有地不种地，收益靠分红"，这醒目的条幅让农民心里热乎乎的，像一盆火暖着大家的心窝。几个跟他一起办合作社的人早早就来到会场，村上的会计李凌峰就是其中的一个。他四十多岁，中等身材，有些肥胖，一脸圆肉，皮肤暗黑，一双小圆眼睛总是炯炯有神。这个人虽然颜值不高，但做起事来八面玲珑，细致入微。他的爱人邵玉华也来了，今天她特意穿上了过年时买的红色羊绒大衣，脸涂抹得超级明艳，粉红的嘴唇，细弯的眉毛，那眉毛一看就是画上去的，眉梢画得有点低垂，破坏了原本可爱的脸的美感。

陆续赶来的社员先后入座。说话声、吵嚷声、欢笑声掺杂在一起，笑语喧哗，无不彰显着内心的愉悦。

大会开始了，由李凌峰主持会议，首先他代表全体社员，热烈欢迎镇政府人大主席杜泊涛的到来，并欢迎杜主席讲话。话音刚落，雷鸣般的掌声响起来。杜主席慷慨陈词，声音洪亮地对大家阐明：秉着公平公正自愿的原则入股合作社。

接下来就是合作社的董事长邬国强讲话："农民以带田入股的形式与合作社共同经营，土地由合作社统一种植，统一管理。这样农民就成

了股东，与合作社结为利益共同体，便于规模化经营和全面机械化作业。农民不再自己种地，只等年终分红就行。解放了劳动力，降低了成本，提高了土地效益。"

　　王婶是王长所的老伴，四十五六岁的样子，体态有些肥胖，个子不高，梳着短头发，一脸胖肉把眼睛挤得比年轻的时候小一圈，但眼睛总是散发着善意的光亮。因为她心地善良，很讨人喜欢，年龄小的人都尊称她"王婶"，时间长了"王婶"就成了她的代名词。尽管家庭不十分富裕，但是她每天都乐呵呵地生活。自打跟老伴商量决定把土地流转给合作社，心里就更舒畅了，她决定跟着这个年轻的村支书大干一场，越是这样想浑身就越有使不完的劲儿。她听完邬国强讲的这番话，开心地看看身边的代福来，好像在告诉他，老百姓终于有了致富带头人，不像你当村书记那会儿，只为自己谋私利，不为老百姓着想！

　　邬国强继续说："我们龙华农业合作社让农民拿着自己的土地入股，农民在家门口种自己的地，赚合作社的钱，每年按股分红，为长远生活系上了'保险带'，解决了后顾之忧。"

　　社员们听了这话，心里都透进一缕明亮的阳光，顿时亮堂起来。

　　王婶满脸喜悦地轻声对身旁的代福来说："你不入，明儿个你就得后悔。"

　　"我入不入关你屁事！"他气恼地低声说。

　　"这人这人，真不知好歹！"王婶说完，生气地把凳子往南边挪了挪，好像躲避垃圾一样。

　　邬国强接着说："对没有劳动能力的贫困户和六十岁以上的老人入股，合作社每年发放养老补助金二百元，如果效益好，养老金还会增加，对贫困户还发放慰问金。"雷鸣般的掌声又响起来了，等掌声渐渐停下来的时候，邬国强又讲道："农民入股，合作社的分红随年限呈阶梯式增加，早入股，早分红。前一年入股的要比下一年入股的，每年每公顷多分二百到五百元。"

刘三愣几乎是冲进来的，进到会场后看到满满一屋子人，他不知道坐哪儿，看见代福来坐着的长凳闲一半，就索性坐下来。他只听到这最后一句话，就十分着急地站起来，伸长脖子，向主席台张望，好像在告诉大家他来了。

代福来一把把刘三愣按在凳子上，"坐下！你消停点儿！怕谁看不着你呀？"他有点咬牙切齿。

刘三愣有点丈二和尚摸不着头，就顺从地坐下了。

"你咋才来呢三儿？"代福来小声地说，语气显得特别关心。

"车坏了，倒霉！半道车坏啦！"他左顾右盼向会场张望。

"走，出来我跟你说。"代福来把刘三愣生拉硬拽地拖出会场。

离开会场，走出合作社大门，刘三愣还向里边张望，仿佛那颗心丢在了会场似的。

代福来语重心长地对刘三愣说："三儿，你可得拿定主意，去年包地，九千块钱一垧，今年咋也得八千，少一分都不能包给合作社，必须得拿着他们点儿。你别听他瞎忽悠，说的比唱的都好听，我就没包给他们，我倒要看看，他们今年能整出啥花样。口口声声说给老百姓造福，秋后见成效！"

一堆话，刘三愣只记住：去年包地九千，今年少八千不行。他站在合作社门口，也没往前走，也没往里进。代福来看出他左右为难的样子，于是说道："进去吧，不干别的，还看看热闹呢！记住，别仨瓜俩枣地就把地出手。"说完背着手走进道南自己家的院儿。院墙挡住他身影的时候，刘三愣转身就朝院里跑，一溜烟进了合作社。

代福来回到家，脸拉得比在会场的时候还要长，他媳妇春兰一见他这副模样，便问道："咋这德行？谁招你惹你了？"

"别跟我说话。"

"这是抽哪股邪风？见你还得装哑巴？"

"爱装啥装啥？"

春兰正在看二人转——"梁赛金擀面"，他二话没说，上前"咔嚓"一声，把电视机关了。看电视正在兴头上的春兰，火气一下爆发了：

"你看人家当村书记你闹心是不是？谁让你当书记不好好当啦？脚上的泡不是你自个儿走的吗？得民心者得天下，你不得民心，老百姓就不拥护你！"

他指着春兰的鼻子吼道："闭上你那狗嘴！"

"今天我还非要说！你寻思寻思，当书记那几年，把村里能卖的都卖了，就差卖人啦！进村道两边的大杨树多好，遮个阴凉，看个风景，你都卖了，老百姓敢怒不敢言。你看那阵子把你狂的，都不知道天多高地多厚啦！谁给你送点礼，不够贫困户的，你也给办个贫困户，良心长肋巴上去啦！我总跟你说，举头三尺有神灵，人在做天在看。你捞那点好处咋地了？多块肉还是多长节骨头啦？干这几年没给你送'笆篱子'去，就是你家祖宗积德啦！看人家国强当书记整得火热，你眼气。你没那德！"

"你再说，我扇死你！"代福来蹦跳起来，冲着春兰举起了巴掌。

春兰从炕上"嗖"地站起来，怒目圆睁地指着代福来的鼻子吼道："你敢！"

代福来举起的巴掌又放下了。别看他平时威风凛凛的，关键时候也不敢拿春兰咋样，他不怕春兰还怕那两个五大三粗的小舅子呢。有一次老丈人过六十六大寿，他喝得五迷三道地对春兰破口大骂拳打脚踢，让两个小舅子一顿胖揍。自那以后，他咋生气也不敢对春兰动手了。

他像一阵风似的冲到门外去，院子里的鸭子鹅正在吃食，他走过去一脚把鸭食盆子踢上了天，鸭子鹅被吓得"嘎嘎"叫着四处逃窜。

春兰是一个心地正直的人，对代福来当书记时的做法总是看不惯，她总觉得当干部要为老百姓造福，如果做不到这一点，就回家消停吃饭好了。

春兰高中毕业那年得了肺结核，错过了高考，父母也不太重视女孩子读书，她就放弃了学业，从此也放弃了自己的前途。她非常后悔，可是人生没有回头路，更买不到后悔药。后来，她把自己的全部希望和梦想都寄托在儿子身上。就一门心思供儿子念书，儿子很争气，不但考上了她希望的大学，毕业后又考上了研究生，了却了她一辈子的心愿。

散会了，社员们都在陆续复印土地证，还有的在签土地流转合同。这些事都是在另一间屋子里进行的，人们在走廊里来来往往，狭窄的走廊显得很拥挤。但大家的脸上都挂着轻松愉快的笑容。

小诗人吴天明高兴地朗诵起自己即兴创作的一首打油诗：

党的政策暖民心，

兴旺出来领路人。

优质农业展风采，

一片丹心为人民！

在场的人鼓掌叫好。正在人们欢天喜地的时候刘三愣闯了进来，愣头愣脑地直着脖子看着大家说："我来了！"他高声嚷着。

"呀？哪弄的这套衣服？"赵球子略带讽刺意味地问。

"发的呗！工服！"他一拍胸脯说。

"还工服呢？不就是城里看大门穿的吗？"赵球子一边复印合同一边说。

"看大门咋地？正式的！"刘三愣得意扬扬地又拍了一下胸脯说道。

"公务员啊，正式的？"赵球子拿着复印好的土地证复印件走到刘三愣跟前，眯着小细眼睛上下打量着他。

"眼气了吧？有老保的人！"刘三愣更加得意起来。

"还有老保的人呢，不就是那小区看大门的吗？"

"什么小区看大门的，那叫'物业公司'，你懂不懂？"

大家被他俩的对话逗得哄堂大笑。邵玉华看着刘三愣愣头愣脑的样子，眼泪都笑出来了。

"咋地？单位给我交三百，我工资扣三百，人家说，国家干部都这么交。"刘三愣一本正经的样子，又惹得大家一阵哄堂大笑。

"进城两天半，都不知道自己是谁了！"赵球子说完，眯起小眼睛从他身边走过去，轻蔑地看他一眼，把印好的合同交给李凌峰转身出去了。他急着去广播站交收视费，儿子在家等着看电视呢。

赵球子跟邬国强是邻居，比邬国强大几岁。小时候心眼子就特别多，软硬不吃，所以大人们给他起了个外号——"赵球子"。刚上初中就辍学回家务农了，跟着父亲养牛种地。二十一岁那年的年底，父母给他娶了媳妇成了家。别看他年龄小，过日子可是一把好手，吃苦耐劳，每年都卖好几头肥牛，家里添置了四轮子、收割机，又从别人手里包了三垧多地，日子过得红红火火，十年过去了，他家积攒了十几万元。

邬国强走到刘三愣跟前，拍着他的肩膀说："三哥，土地证带来了吗？"他想起了昨天遇到他父亲的情景。

"土地证？我还没到家呢，嘿嘿……就直接来了。"他笑嘻嘻地说。

"转承土地，你得签合同。看到大家都复印土地证了吗？"邬国强用眼神扫视一圈说。

"转承？不就是包给你们吗？"

"你也可以入股啊！"

"入股合适还是包给你们合适？"刘三愣问得很直白。

"包地七千。"李凌峰接过话茬说，一边继续复印其他社员的土地证，机器发出"吱吱"的响声。

"七千？太贱啦！"他想起代福来临走时嘱咐的话。

"今年就这个价。"李才生说。

"去年还九千呢，八千吧，少一分也不干。"他重复着代福来说的话。

"不包拉倒！"李才生毫不客气地说。

李才生跟他是一起光屁股长大的，从小就知道他愣头愣脑听不懂话，所以毫不客气地对他。李才生也是刚从城里回来的，他每年都在城里的汽车修理店打工，今年村里成立了合作社，他就带地入股，准备做合作社的农机手。

"买卖不成仁义在，不包拉倒呗。切！我还没工夫跟你们扯呢，耽误一天，要扣我五十块钱哪。就八千，包不包？不包我就走人！"说着，把上衣兜里的墨镜掏出来戴上了，扭头就要往外走。

"三哥，"邬国强耐着性子说，"你不包也行，可以带地入股，年末有分红。"

"我懂，年末分红，那得看你们能不能挣着钱？像今年玉米一掉价，我跟你们分个……"他看到邬国强友善的目光，后边的"屁"咽了回去。

李才生接过话茬生气地说："不包走人！自由自愿，少废话！"

"走就走，切！"他说着大摇大摆地走了出去，摆出一副满不在乎的架势。

李才生冲着他的背影拉长声说："不——强——迫！靠自愿！"

刘三愣走出合作社，绕过一条街，顺着村东头的一条小胡同朝家里走去。尽管春寒料峭，但初春的太阳照在身上还是暖意融融的。他得意地走在村街上，感觉无数双眼睛在看着他。似乎自己进城有份看大门的工作，就高人一等似的。要到家门口的时候，看见父亲迎面走过来，手里拿着一个大红本。老远他就问："干啥去？"

刘大爷没有回答他的话："你咋才回来？"

"早就回来了，先去合作社了。"

"咋没回来拿土地证呢？"刘大爷有些生气。

"忙啥？"

他说着直接拐进自家的院门，接着又说："不给到价儿，仨瓜俩枣的我能包给他们吗？得拿着点！"

"人家多少钱你就多少钱呗，随大流儿。"父亲紧随其后，和颜悦色地说，脸上露出无奈的神色。

"去年包地九千，今年少说也得八千。"

"你听谁说的？"刘大爷知道这不是他的主意，"哪有那个价？玉米都掉价啦！"他跟在儿子后边嘟囔着。

刘三愣进了屋，屁股刚搭在炕沿上，就冲着还一直坐在热炕头的老妈嚷嚷道："中午杀个鸡呗？"

"年也过了，节也了啦，杀哪门子鸡？"

他笑嘻嘻地说："这不是你儿子回来了吗？"

"那个大公鸡我还留着做种呢！"刘大娘说完，下了炕，"炉子灭了吧？光摆扑克了，把炉子忘了。"刘大娘说着就来到外屋，紧接着就听见掀炉盖子的声音，还有炉钩子摩擦炉箅子的声响。

刘大爷也跟了进来，站在屋地当中，举着土地证对儿子说："去，把土地证拿着，把手续办了。"虽然心里有些生气，但还是耐着性子和蔼地跟儿子商量着说。

"急什么你！卡卡他们！"

父亲看着他无知的表情、不屑一顾的姿态，火气一下就上来了，忍无可忍地就吼了一句："你真是个混蛋！你不去我去。"

刘三愣一步跨到门口，拽住老人的一只袖子，夺过土地证："给我吧，你能办啥？"说完，推门出去了。

刘大爷坐回炕沿上，平息着刚才的火气，点燃一支小卖部里最廉价的烟，一口接一口地吸着，一句话也不说。他拿这个愣头青儿子一点办法也没有，老人叹息着，烟雾从鼻子和嘴里一起喷涌出来。

他一边抽着烟一边心绪不宁地看着窗外，等儿子的消息。左等右等一个小时过去了，刘三愣子还没有回来，他有些着急，心也踏实不下来，于是掏出自己的老年机拨通了儿子的电话，滴滴响过几声后，电话里传出儿子那生硬的声音:"喂?"

"你咋还没办完呢?"

"我回城啦!"

"什么?……回城啦?……办完了?"

"我不是跟你说了吗?得拿着他们点儿。"

"你拿谁呀?你这个混蛋!你拿你爹哪!"

刘大爷撂下电话,气得在地上直打转,顿时觉得脑袋胀疼,不停地用手拍着自己的头。刘大娘见此情景吓坏了,急忙说:"你儿子啥样你还不知道吗?别跟他生气!"刘大娘知道老伴一着急生气高血压病就犯。

刘大爷一句话也不说,一脸的怒气。披上那件脏兮兮的黑色大棉袄,摔门出去了,朝着合作社的方向走去,路上遇见从合作社回来的人们。

"刘大爷,开会你咋没去?"王婶老远就打招呼说。

"三儿去了。"刘大爷耷拉着脑袋,有气无力地说。

"看见三儿去了。他也办不明白事儿呀!我听他跟李才生和李凌峰他们争论包地的价儿太贱就走了。也不看看玉米啥价,你家那个三儿呀狗屁不是,就跟着胡搅搅。"

刘大爷听了王婶的话啥也没说,心里像撒了把盐,只觉得腌心。

"合作社还有没有人啦?"刘大爷问王婶。

"都办完手续往回走啦!没人了。"

刘大爷听王婶这么一说,就转身跟着大伙一起往回走。老人耷拉着脑袋,闷闷不乐。正午的太阳明亮地照耀着人们的脸,路旁柳树已经返青,鼓着小芽苞苞。丁香树底下的雪化成了水,滋润着泥土。万物孕育着勃勃生机。一个充满希望的春天就要来临了,唤醒沉睡大地的同时,也唤醒了人们追求幸福的心!

刘大爷走在这伙人的最后,他背着手,低着头,一脸的无奈,整个人都没有了精气神,谁也不知道他在想些什么。

第四章

　　城里的夜晚总是来得很迟，尽管已经晚上八点多钟了，但外面依然霓虹闪烁，车水马龙。叶欣正坐在电脑桌前批改学生们的作文，每篇文章她都认真阅读，圈圈点点。她热爱自己的工作，也热爱每一个学生。班里有一个爱好文学的女孩，每次交作文的时候，都要附加一篇到两篇自拟题目的作文，每次她都认真批阅，叶欣知道这个女孩喜欢文学，就在作文批语后面写上一些鼓励的话："绳锯木断，水滴石穿，有志者事竟成，功夫不负苦心人！"

　　正写着，母亲谢娜端着一杯热牛奶走了进来。叶欣似乎没有觉察，专注地在作文的页面上书写着。谢娜很欣赏女儿这种工作态度，时常被她的工作热情所感动。每当女儿在灯下批改学生作业的时候，她都要热一杯牛奶或者冲一杯蜂蜜水送过来。因为她曾经也是一名教师，曾经也像女儿这样勤勤恳恳地工作，去年年底她退休了，毫无遗憾地离开了工作三十多年的岗位。年过半百的谢娜，看上去风华依旧，白皙的脸虽然有些松弛，但皮肤依然很细腻，只是眼角处有几道浅浅的鱼尾纹，染过的头发鬓角处露出根根银丝，刻着岁月的年轮，从她两鬓霜白的银丝上，感觉到她正步入老年的行列。

她把牛奶放在女儿的面前说："喝了吧，这才像我姑娘，跟妈当年一样傻干。傻干是傻干啊，退下来心安啊，没愧对共产党给的这份工作，也没愧对孩子们，心安理得！"母亲的脸上浮现着欣慰的笑容。

"谢谢老妈。"叶欣微笑着撒娇地说。

"老师这个职业呀，是个良心活儿，就得有十足的责任心才能干好，而且还得有一颗爱孩子的心。有了这份爱，才能满怀热情地去工作。当老师这么多年，给我最深的体会就是一个字'爱'，爱学生，爱工作。"

叶欣端起杯子，一连喝了几口，接着把杯子放到桌子上。

"批完了吗？"

"还有几本。"叶欣翻弄着作业本说。

"明天再批吧，歇歇。"母亲有些心疼。

"批完得了，还有五本。"叶欣数完作文本，放在桌子上说。

"一劲儿批也累眼睛，本来你眼睛就不太好。"

叶欣往后挺挺腰杆，抬起手推了推鼻梁上的眼镜，斜着眼睛看看坐在旁边椅子上的母亲。母亲凝重的表情告诉她，好像有话要对她说，因为以前送牛奶或者蜂蜜水什么的都是放下就走，今天不但没走，还在一旁坐下了。并且不时用眼睛看着她，欲言又止的样子。

"要说啥？老妈！"

"今天给邬国强打电话了吗？"

"问这个干啥？"叶欣轻声细语地说。

"随便问问。"

"每天必保一个电话。"叶欣毫不隐瞒地说。

"我想……这个事……得跟你好好谈谈。"谢娜说。

"谈什么？"

叶欣坐直身子，扭过脸看着母亲："对了，你不是说要见见邬国强吗？打算什么时候让他来咱家？"

谢娜迟疑片刻说："我……现在不想见他了。"

"为什么？我都跟人家说好了你们要见他。"叶欣有些不高兴了。

"我考虑了好几天，也跟你爸研究商量了，总觉得你俩……不太合适，门不当户不对。"

"怎么门不当户不对了呀？咱家也不是书香门第，不就是几个上班的吗？"

"这孩子，说话这么难听！他家毕竟是农民，父母也没工作。还有，我看他父母也没正事，好容易把孩子供到大学毕业，又让孩子回农村去当什么村书记，那不就是农民吗？"谢娜把更难听的话咽了回去。接着缓和一下语气说道："农村出来个大学生那么容易呢！他家老人咋想的呢？"

"现在农民不是过去的农民了，"叶欣解释说，"以前种地是面朝黄土背朝天，如今都是机械化了。他也不是你想象的那种农民……"

"那他是什么？"

"他是……合作社……董事长。"

"还董事长！说得好听，董事长国家财政给他开支呀？告诉你吧欣欣，别太幼稚了，将来得过日子得生活！"

"那你们想让我咋办？"

"我今天上网查了，咱们省公务员考试快要开始报名了，你给他捎个话，让他赶紧报名。如果考不上公务员，休想娶我闺女！"

母亲的话像一盆冰水泼到叶欣甜蜜热烈的心上，她鼻子一酸，眼泪唰唰地流下来，"就因为人家不是公务员就分手吗？"她流着眼泪说。

"对呀！怎么也得有个正式工作吧？在农村算什么呀？"

"我们都相处五年了，能说分就分吗？再说，你那分手的理由也不充分啊！他考村官的时候，我们有过约定的。"

"啥约定？"谢娜吃惊地瞪着眼睛问道。

"他小时候就有个心愿，想机械化种地。那时候他看到他父母和乡亲们种地很辛苦，就想如果有一天能机械化种地多好。所以高考的时候，就报考了农大。考村书记的时候，他让我给他五年时间，尝试一下这份工作，然后再回城里重新找工作，跟我结婚，我答应了。"

"五年你多大了？"

"现在都过去两年了。"叶欣说。

"反正我不同意！你爸也不同意。他想娶我姑娘，必须考上公务员！"

叶欣听了母亲的话，喉咙像被棉花球堵住了一样，眼泪刷刷地往下淌。

谢娜气冲冲地走出屋子，叶建华听到老伴跟女儿的说话声，感觉不对劲，就走了过来。他看了一眼流泪的女儿说："别听你妈的，自己的事自己做主！"随后走出房间顺手关上门，坐回客厅的沙发上，看着余怒未消的老伴劝慰说："孩子自己愿意就行，这年头你看谁饿着了？真是！你介绍的那个就好啊？再说，那个于伟家庭条件是不错，但是脾气秉性跟欣欣能不能合得来还不知道，婚姻要全方面看，不是条件好就能结婚，过日子过的是心情。再说了，你要想跟孩子说就直截了当，别绕弯子。"

胡雪娇的话又在谢娜耳畔响起。"我儿子跟那个对象分手了，咱俩做亲家吧！欣欣小时候我就喜欢她，文静可爱，一看就有福相，做我儿媳妇多好。"胡雪娇跟谢娜是高中时的同学，她儿子去年考上了公务员，如今在公安局刑侦科工作。家里有车有房，父母又都在市政府上班，胡雪娇去年夏天才退休，现在就等着抱孙子呢。

叶建华也是一名老师，现在跟女儿叶欣在一个学校工作，他是这个学校的业务校长。女儿勤奋工作，给他脸上也增了光。每次学校召开教学方面的会议，叶建华讲话都底气十足。

叶欣把几本没有批完的作文收了起来,擦干眼泪,躺在床上给邬国强发微信:"国强,你干啥呢?"

她捧着手机,泪眼迷离地看着,等待着那边的回音。可是半天也没有反应,她无奈地把手机放在枕边,回忆起跟邬国强一起在旷野散步的快乐,想起邬国强说的那句话:"我是梧桐树……"邬国强的笑脸浮现在她眼前,混沌的心即刻明朗起来,她决心非邬国强不嫁。这样想着,像吃了定心丸一样,也不流眼泪了,热烈的爱情滋润着她烦乱的心。

此时邬国强正在合作社跟几个社员商量种地的事。外边星光璀璨,繁星眨着亮晶晶的眼睛遥望着灯火通明的屋子。

"现在合作社的土地一共是三百二十垧,包括入股的和承包过来的。"李凌峰看着眼前的电脑说。

"水稻地是多少?"邬国强问。

"接近三十垧,其中有两户人家还没确定是入股还是流转。"

"老百姓最难整,"赵球子说,"有的人干脆听不懂话,就像刘三愣那样的,给他个甜枣当马粪蛋子用,好赖不知。"

"好事多磨。"邬国强很有信心地说,"不傻不呆,早晚能感受到对他们的好。你像国家现在的一项一项利民政策,他们咋知道好呢?慢慢来,对他们得有耐心。"

魏志民坐在窗前的一把椅子上,谁说话他就看着谁,脑袋晃来晃去,有时候笑笑,有时候瞪眼睛瞅着他们的表情变化。他说的时候少,听的时候多,但做起事来很准成。

"今年的水田,我决定打造纯绿色有机粮食,你们看行不行?"

"行是行,但是费工费时啊!"李凌峰说。

"你没看吗,现在很多人手里攥着钱,买不到称心如意的东西。"赵球子说。

"如果真打造纯绿色水稻,到秋天可有账算啦!"吴天明高兴起来,他的思想总能与时俱进。

"那我们就朝着那个方向走,肥料,全都用农家肥,化肥一点不用。其他田间管理,我们去市农研所请专家亲临指导。"邬国强把自己的想法讲给大家的时候,他们都表示同意试种一年看看效益如何。

"土豆的种植在一百垧左右。其他就种玉米。"李凌峰建议道。

"玉米不值钱就少种。"坐在一旁的魏志民这才说一句话,他脸上挂着微微的笑意,合作社的成立,让他心里充满了致富的希望,感觉跟邬国强走没错。

"所以打算扩大土豆种植面积。"邬国强说。

……

到了九点多,李才生张着大嘴打起哈欠,催促大家:"就到这儿吧,太晚了,明天还要去买拖拉机呢。"

"对了,买拖拉机的钱还差十万,贷款没下来。"李凌峰对着邬国强说。

"还……差……十万……"邬国强一边重复着这个数字一边思索着这十万块钱的来路。

大家听到这个数字都沉默了。十万,不是个小数目,在场的人大眼瞪小眼地互相看着,手里没钱,没有发言权。赵球子手里有十万的定期存款,不到实在没法儿的时候,他是不能许诺的。瞎了利息不算,这事他一个人也做不了主,得开个以他爸为首的家庭会议才能做决定。所以他没敢答应,张了一下嘴又闭上了,想说的话顺势咽了回去。

邬国强看了看大家,说:"明天我想办法吧。今天回去该睡觉睡觉,才生哥、李会计明天你俩跟我去接拖拉机。"

他们离开合作社的时候,心里都为那十万块钱犯愁。但是一想到那台大马力的拖拉机,心里又欢喜着。邬国强最后一个走出合作社,刚到大门的时候电话突然响了起来,"你好。"邬国强说。

"国强，可不好啦……"

邬国强吓了一大跳，他没有听出来是谁，"你谁呀？"

"老刘头躺地上不会说话啦！眼珠子直勾勾地瞅人。"

邬国强听出了王婶的声音，"你在哪儿呢？"

"我在他家呢，老刘太太跑俺家招呼人，我就跟着跑过来啦！"

邬国强把还没走远的几个人叫住，说明情况后大家一起大步流星朝刘大爷家走去。昏暗的路灯照亮了小村的街道，也照着他们健步如飞的身影。

他们来到刘大爷家。拉开外屋房门，看见刘大娘正守着躺在地上的刘大爷哭泣，刘大爷瞪着眼睛看着大伙，吐字不清。柴火堆旁有一堆新抱进来的玉米叶子，一个十来岁的小男孩依偎在刘大娘身旁悄悄地抹眼泪，这个小男孩是刘三愣的儿子。刘大娘手颤抖着，正在拨打电话。

"大娘，你给谁打电话？"邬国强问。

"给三儿。"

"先打120吧。"

"咋打呀？"她哭腔哭调地说，六神无主的样子。哆哆嗦嗦从地上爬起来，好像邬国强他们的到来，给了她一些勇气和胆量。

邬国强急忙拨打了120。撂下电话说："志民，你去村口等120车。凌峰，你去我家把我的车开来。赵哥，你给三愣子打电话，让他马上去市医院等咱们。"一着急，邬国强叫出了"三愣子"，他平时不会这样称呼刘三愣子的。

"哪个医院？"赵球子追问道。

"市中心医院。"

"这家人全指老头儿呢，"王婶小声自语道，"有个好歹的可咋整！"

赵球子瞪她一眼："别瞎说。"

"喂，王大夫，刘大爷突然不省人事，麻烦你过来看一下好吗？"

邬国强举着电话说。

王大夫是村医。邬国强撂下电话不一会儿，他就背着药箱急匆匆地赶来了。王大夫四十多岁，有十多年的行医经验。他初步检查了一下刘大爷的病情后跟大家说："应该是脑出血。看状态，出血量不是太大。"然后又嘱咐大伙说："先别折腾他，等120车来赶紧送医院。"

半个小时的工夫，120车赶到了，一直开到房门口。车门打开后，魏志民从副驾驶的位置先下了车，接着下来三个穿着墨绿套装的男士，其中一个戴着眼镜，脖子上挂着听诊器，走在最前面。另外两人抬着担架，一前一后下了车。

医生蹲在地上给刘大爷做了简单的检查后站起来："初步诊断为脑出血，具体的得回医院确诊。"接着他指挥大家把刘大爷轻轻地放在担架上，抬上救护车。

邬国强说："咱们几个也得去。"说完，他们先后上了邬国强的车，赵球子不想去，说自己有事回家了。

大家走后，王婶把刘大娘家的门锁好，领着刘三愣子的儿子借着路灯的光亮朝自己家走去。

刘三愣接到赵球子打来的电话，一下子就蒙了，在地上直打转。他媳妇着急地说："你转啥呀，去医院啊！"

刘三愣摸摸自己的衣兜，"咱家有多少钱，先拿着。"

红英走进卧室，半天走出来，把手里的一千块钱递给刘三愣，说道："就这些钱，不够，你想办法吧。"

刘三愣接过一千块钱揣在上衣兜里。

"搁好了，别让人偷了！"

"没事！"

他下楼打了一辆出租车，直奔市中心医院。一路上他在心里不停地埋怨自己："就怨我呀，不该惹老头儿生气！"他这样想着，狠狠地揪

了自己大腿一把，疼得他咧了咧嘴，然后又用手揉了揉。也许是用力过猛，这阵儿疼得有点钻心。

120车在医院门口停下来，旁边还有几辆救护车。从医院里出来几个穿白大褂的女护士，推着刘大爷进了急救室。刘三愣紧跟在后边，被一个护士拦在门外，她没说话，只是指了指旁边的一扇门，门上醒目地贴着四个大字"家属止步"，他迈出的脚缩了回来，只好和其他人在门外焦急地等着，大约十分钟光景，从里面走出一位头发花白的医生，他站在门口大声说道："哪位是家属？"

"我是。"刘三愣凑上前去，邬国强他们也跟了过去。

"马上去CT室做CT。"大夫说。

"CT室在哪儿呀？"刘三愣直发蒙。

"跟我来。"邬国强说着，接过推出来的刘大爷的车子，顺着走廊朝东边走去，花白头发的大夫也跟了过来。

刘大爷进了CT室没多长时间，医生就拿着CT片子出来了，他走到邬国强跟前说："脑的这个部位有出血点，但血量不是太大，暂时先观察，保守治疗。"医生把邬国强当成家属了。

他们安排好刘大爷的住院，开车往回走的时候，已经是午夜了。公路上很幽静，几乎没有什么车辆通过。魏志民驾驶着邬国强的银色小轿车，奔驰在夜幕里。也许是因为太累了，邬国强头歪靠着车窗睡着了，睡得十分香甜。车窗外，那轮皎洁的月亮悬在正当空，银色的光辉散在清冷的大地上，照着他们的车子奔驰在夜幕里。

这个晚上，就像一场梦一样地过去了。

第五章

忙碌的日子随着太阳的升起继续着。邬爸爸早晨起来,一个人在园子里种了六垄糯玉米,种完后又一个人开始扣地膜,忙乎得脑门上溢出汗珠来。

邬国强走到父亲跟前:"爸,还用扣地膜吗?"他说着拿起镐头帮父亲在地膜上培土。

"早种早吃呀!每年我都种三茬,咱家人都爱吃青苞米,一直吃到老秋。"

"有个勤快的老爸真好!"邬国强讨好地说,
"你们买的那台大马力拖拉机,啥时候去取啊?"
"今天就想去。"邬国强一边说一边掂量着那十万块钱。
"那你还不快进屋吃饭。"
迟疑片刻,邬国强说:"爸,有事……难住了。"
"啥事难住了?"邬爸爸停下手里的活儿,怔怔地看着儿子。
"差十万块钱,贷款没下来。"
"你妈有钱,跟你妈说呀!"
"我妈以前跟我说过,那十万块钱是留给我结婚用的,雷打不动。"

"哪有那些'雷打不动',没那么死心眼,我跟她说去。"

邬国强听父亲这么一说,脸上露出笑容来,眼神也露出希望的光芒。"我就知道,有困难找老爸,老爸一定能帮我解决。"

邬爸爸放下镐头进屋去了。过了好一阵子,拿着两张存折走出来,交道儿子手里说:"你妈心疼那点利息。心疼也不行啊,买拖拉机是大事,马上就要种地了,不能误了农时啊!"

邬国强高兴地接过父亲手里的存折,大步流星顺着地垄沟走出园子,进屋吃饭去了。

傍晚的时候,李才生把新买来的拖拉机开进合作社的农机房。这房子十分宽敞,有五十米宽,两层楼房那么高,是国家出资兴建的,里面整齐地摆放着四十多台农机具。这台大型牵引拖拉机一开进厂房,其他的农机具立刻显得渺小简单了。十多名社员像拉拉队员一样跟在拖拉机屁股后走进来,用好奇的眼神盯着拖拉机看。他们还从来没见过这样高大先进的机器,就围着邬国强问这问那,眼睛都亮晶晶地看着他,好像邬国强的话语能满足他们的好奇心,邬国强高兴地给他们介绍起这台拖拉机的性能来。

"这是一台二百一十马力的拖拉机,实用性特别好,在规模化作业中,它能带联合整地机、深松机、深翻机,正好适用咱们这儿的大规模作业。这一台机器能干咱们原来小机器的五台到八台的活儿。"

大家听着邬书记的介绍,脸上的笑意更浓了,都笑呵呵地看着这台绿色的大机器,好像它能给大家带来财富一样。

小诗人吴天明大声地笑着问:"邬书记,这台拖拉机谁来开呀?"其实他心里早就跃跃欲试了。

"得找个好人开。"人群里不知谁说了一句,那声音像保护宝贝一样。

邬国强看着大伙说:"谁开都可以,我也能开。"接着他又笑呵呵地对大家说,"看这驾驶室封闭得多好,开着这台拖拉机种地,你就是穿着雪白的衬衫，都不会弄脏。大家说这拖拉机好不好？"

"好哇，真的好哇！"赵球子一脸喜笑颜开的样子，他也会开拖拉机，心里早就有开这台拖拉机的欲望了。

"就让才生开吧！他有修车技术，还懂机车原理。"不太爱说话的魏志民高声推荐道。

社员们七嘴八舌地议论着，仿佛引进的不是拖拉机，而是一个有血有肉的合作伙伴。

小诗人吴天明大声说道："弟兄们，今天高兴，给大家赋诗一首想不想听？"

吴天明高兴的时候就作诗，不管是打油诗还是抒情诗，总之灵感一来，就诗兴大发。

"好啊！"大家异口同声地拍手叫好。

吴天明看着这台大马力拖拉机，灵感立刻来了：

机械化，就是好！

春耕生产来到了。

齐心协力来种地，

日子越过越富裕！

吴天明并不懂写诗的规律，平仄音也掌握不准，高兴的时候就诗兴大发。老百姓听着开心，就纵容他"作"诗。他的话音刚落，大家就鼓起掌来，热烈的掌声在空旷的机房里回响。邬国强看着一张张满怀希望的笑脸，对合作社的未来信心百倍。社员们笑逐颜开，谈笑风生，感觉明天的日子会越来越好！掌声笑声一起飞出农机房，飘向远方。

太阳下去的时候，月亮的身影清晰起来，苍穹中那轮明亮的月亮俯瞰着大地，把清辉铺撒开来。人们相继走出农机房，温和的风悄悄袭来，带着清凉带着舒爽飘过人们的心田，大家敬重邬国强的人品，觉得他有一颗单纯上进、一心为老百姓谋幸福的心。大家簇拥着他一起向大门外

走着。

这时邬国强的电话响起来。

"国强,还没回来呀？"电话里传来母亲关怀的声音。

"我回来了,妈。"

"回来了咋不知道回家吃饭,都啥时候了,你不饿呀？"

"马上回去。"他温和地回答母亲。

邬国强回到家,看到母亲做好一桌饭菜,都是他爱吃的,有红烧鲤鱼,干煸五花肉,尖椒炒鸡胗……他有些惊讶地想：是因为今天去买农机具辛苦母亲犒劳我吗？父亲倒好了酒,正坐在饭桌旁笑呵呵地等他。他家的餐桌总放在厨房里,烧火做饭都改用了煤和天然气,炉火直通卧室内的火炕。在邬国强回乡当书记那年,他就利用闲暇的时间,把屋子改造了一下,室内的结构近似楼房,就连卫生间都是一间独立的屋子。村里很多人都效仿他家的做法改建了房屋。

"妈,今天啥日子呀做这些好吃的。"邬国强一边洗手一边歪着脑袋问。

"今天是你妈的苦日。"父亲笑着说道。

邬国强愣住了,惊讶地看着父亲。

"别听你爸瞎说,快洗洗脸吃饭。"母亲一边盛饭一边含笑地说。

"儿的生日娘的苦日,不对吗？"父亲笑着补充道。

邬国强洗完了手和脸刚坐下,电话铃又响了。铃声告诉他是叶欣打来的,因为他早已把叶欣的电话设置了独立的铃声。他从衣兜里掏出电话离开饭桌走到院子里接电话。小院清净整洁,水泥地面上连一个草刺都找不到,园子里水井旁长着一棵很大的樱桃树,枝条上挂满了绽开的淡粉色的花,一串串挂在枝条上。旁边的一棵杏树花也开了,小院里飘来一股股浓郁的花香。月亮的清辉洒满庭院,开满鲜花的树木像雕刻在夜色里一样,枝条一动不动地镶嵌在春天的月夜中。

"国强，生日快乐！"

"哈哈……"他开心地笑着，"我都忘了今天是自己的生日，老妈特意给我做了一桌子的菜，还没吃呢，我开车去接你呀？"

叶欣笑着说道："咱俩的关系还没通过'政审'呢，接什么呀！"

"哈哈……对呀，我忘了。"

"祝你快乐！"叶欣笑着祝福道。

"有你的祝福就天天快乐！"

"要注意休息啊，别太累，没白天没黑夜的操劳会透支健康的。"叶欣关心地说。

"没事，年轻！年轻苦点累点都无所谓。"

"年轻也不能透支健康。吃饭去吧，少喝点酒。"

"嗯！我的酒量你还不知道吗？只有一小瓶盖儿。"

电话里传来叶欣爽朗的笑声。

邬国强转身回到饭桌前，乐呵呵地举起酒杯："爸妈，祝你二老身体好，心情好！"

"俺们抱上孙子，一切都好！"母亲笑着说。

"别急，来年一定让你们抱上孙子。"

正说着，吴天明高高兴兴地走了进来，一进门他便看到一家三口举杯的场面，先是一愣，接着说："啥日子呀？"

一家人急忙都站起来，热情地欢迎吴天明。邬国强的妈妈离开桌子，找来碗筷和酒杯。

邬国强接过母亲递过来的碗筷："来来，天明哥，正好一起喝点，这些日子忙得吃饭都没时间。"

"我刚吃完。"吴天明推脱说。

"过门槛吃一碗。咱哥俩陪我爸喝点儿，难得今天有这个机会。从合作社回来，看老妈做一大桌好吃的，索性喝点。其实我也没有酒量，

酒量不在多少，在心情。"邬国强说着斟满酒递到吴天明眼前。

"来，咱爷仨喝一口。"邬爸爸举起酒杯说。

几口酒下肚，吴天明眯着小眼睛笑嘻嘻地看着邬国强，夹了一口菜放到嘴里，一边咀嚼一边说："这台大型拖拉机买回来了，合作社又添了新力量。感觉这日子越过越红火，心里特别敞亮。"

"今天我也高兴。看大家都开开心心的，感觉我们合作社凝聚着一股干劲！"

"那是啊！再说，你也是为大家好。不然你操这份心干啥？凭你的本事，干啥不行？"

"过奖了，天明哥。我有什么本事啊？"

"大学生，考个公务员不比当这个芝麻官强吗？多操心哪！你不还是为了咱村老百姓嘛。"

"当初没想那么多，就想带着大家机械化种地。小时候看我爸种地累够呛，就寻思我长大了，一定用机器种地，不挨这份累。"

"机械化种地确实好啊！省工省力。"吴天明接着话锋一转说："我今天来呀，有个小小愿望想跟你说说。"

邬国强用惊奇的眼神看着他问："什么愿望？"

"我想入党。"吴天明认真地说。

"想入党好啊！这个我支持你。"

邬爸爸高兴地接过话茬说："这个想法好！我儿子上大学的时候要入党，我就特别支持他。年轻人，得有上进心！"

"我都想很长时间了。"吴天明略带腼腆地说，"你当书记半年的时候，我就有这个想法了。"

邬国强笑着不解地问："为啥我当书记半年的时候你有这个想法啊？"

"你做的事儿，感动着我。我寻思，我岁数也不大，也不能落后啊！"

"咱们的党组织愿意吸收年轻的骨干力量，人家不是说了吗——村民富不富，就看村支部。这村干部要是有干劲，拧成一股绳地为老百姓谋幸福，你说老百姓还能贫困吗？"邬国强边说边高兴地站起来，拿起那双公用筷子给吴天明夹了块五花肉放到碗里。

"看你那么一心朴实为咱村老百姓做事，我寻思我为老百姓出一份力，大家都过好日子的时候，我心里也舒服啊！来人世一回，也做点好事，你说是不是？"

"我一个人的力量是有限的，只要大家都出一把力，这个力量就强大了。"邬国强激动地说。

"正是你的思想和干劲感动了我，我才有了入党的想法。"

邬国强深情地点着头，邬爸爸笑着看他俩促膝谈心，补充了一句："合作社是大家的，俗话说'家和万事兴'，合作社也需要团结和气，团结就是力量！"

"团结就是力量！为这份力量，咱仨再喝一口。"吴天明举起酒杯说。

外边的夜色暗了下来，街上的路灯逐渐亮了。吴天明伴着昏暗的灯光朝家里走去，脑海里还不断浮现邬国强一家人喜气洋洋的笑脸。村里刘大爷家中也灯火通明，红英住回了家里，因为刘大爷还在医院保守治疗，接送孩子上学放学的事就落到她的肩上。因为孩子晚上要写作业，她把原来只有五瓦的节能灯换成了十八瓦的，屋里亮得跟白昼一样。塑料布被她扯去了，窗玻璃擦得锃亮。原来酸菜缸里发酵的水也换掉了。她回来后，把屋里屋外用清水擦了好几遍，能擦的地方统统擦拭一遍。这会儿，室内虽然破旧，但是看上去整洁顺眼，令人心里舒坦了很多。

吴天明跟邬国强说出了自己的愿望，就像打开了一扇心窗。生平头一次有股子朝气蓬勃的劲儿，就连脚步都轻盈起来。

第六章

　　闹铃把邬国强从睡梦中叫醒，这是他昨晚睡觉前设置的，因为今天要去市里参加全市经济发展工作会议，担心迟到，睡前设置了闹铃，然后放在枕边安然入睡。

　　"睡没睡好？昨天那么晚才睡！"母亲看着儿子睡意惺忪的眼睛，心疼地说。

　　"差不多了。我爸呢？"他说着直奔脸盆走过去，母亲早已为他准备好了洗脸水。

　　"你爸吃完饭就走了，谁知道干啥去了。你这合作社一成立，把他忙够呛。"

　　邬国强洗了几把脸，说："我爸是个闲不住的人，大半辈子勤劳惯了！"邬国强一边擦脸一边说。

　　邬鹏六十多岁了，身体硬朗。用他的话说：一天不干活，浑身的筋骨都紧。吃完早饭撂下饭碗就去合作社了，先是把合作社大门口打扫干净，他说这是有风水的地方，财神爷喜欢干净，只有这样才能财源滚滚进。

　　他每天都勤勤恳恳地干着力所能及的劳动，儿子不让他干农活，可是他总是闲不下来，"撂下耙子就是扫帚"。打扫完大门外，又走进农机房清理起卫生来。他爱这些农机，时常跟人讲："过去咱们种地的时候，要是有这些种地的家伙该多好，何必挨那些冤枉累。"自从儿子办起这个农业合作社，他心里就充满希望，总感觉农村的明天会更好！

邬国强很快就吃完了饭，简单整理一下自己的衣着便开车直奔市里去参加会议。一路上让他想得最多的是合作社那三十垧稻田，如何下功夫打造出纯绿色水稻。

儿子和老伴都去忙自己的事了，邬妈妈一个人待在家里，想到让自己骄傲和自豪的儿子，心里就默默感念上天的恩赐。本来命里没有，老天爷看她盼子心切，就给他们送来了一个这么优秀的儿子。

早年老两口不生育，到了三十九岁那年，在市妇幼保健院当妇产科医生的表妹，遇到一个超生的孩子，家里人跟她说要把孩子送人。她看到孩子的父母都是有素质的人，小孩又健康可爱，她就给表姐抱回来了，这个孩子就是邬国强。邬国强至今也不知道自己是抱养的。小时候的他浓眉大眼，那双眼睛特别亮，总是灵动地看着周围的一切，那时就看出他是个机灵的孩子。上学之后学习成绩一直很好，每学期都得奖状，母亲就把儿子拿回来的奖状贴在墙上。中学毕业的时候，已贴了满满一墙，邬妈妈用这份荣誉鼓励儿子进取。他也特别争气，在学习上从不愿落在别人后边，偶尔一次考试被同学落下，他准会在后来的日子里加倍努力学习，直到在下次成绩测试中名列前茅，才能稍微放松一下。

会议在市政府四楼召开。他走进会场，看见许多人都已经坐在会场里，好歹自己没有迟到。主席台的椅子上还空着，他抬眼看看主席台上方的红色条幅"X市经济发展重点工作会议"，然后环视一下会场，找到自己所在的位置坐了下来。因为座席上都标注了每个乡镇的位置。他把手机做了静音处理，刚拿出笔记本，就看见与会的领导陆续走上台来，随即大会开始了。

他认真地做着笔记，一边听着领导的讲话，一边领会着会议精神。

领导的话，有时让他思绪万千，有时让他心潮澎湃。一上午的会议结束了，他随着参会人员一起下楼的时候还在想：我一定要为市经济发展尽一份力！会议精神鼓舞着这个年轻人的心，那份责任感又涌上他的心头。

邬国强上车之前看了看手表，驾车向叶欣工作的学校方向驶去。到了校门口，把车子停在路边，掏出手机拨通了叶欣的电话。还没等他说话，电话那头就传来叶欣甜美的声音："国强！"声音里带着惊喜。

"欣欣，中午出来一起吃饭。"

"你来市里了？"

"嗯，来开会。"

"等我，还有……五分钟下班。"她看了看挂在墙上的石英钟高兴地说道。

"我就在你单位门口呢。"

"好，一会儿见。"

叶欣挂断电话后一直开心着，眼睛不时地看着石英钟，这会儿她感到秒针走得太慢。她跑了趟校长室，告诉爸爸中午不回家吃饭了，然后就随着下班的老师和回家的学生们一起出了校门。还没等走到邬国强的车前，邬国强已经把车门打开了，笑呵呵地迎接她呢。近视镜后边那双深不可测的眼睛正情意绵绵地望着她。叶欣非常喜欢这双智慧的眼睛，喜欢他深情的目光，那发光的眼神常常温暖地穿透她的心，每当他们的目光交汇时，一股暖流都会在她心田流淌开来。

"想吃什么？"邬国强说着发动了车子。叶欣坐在副驾驶上，感到少有的踏实和安稳。

"饺子。"她面带幸福的笑容轻快地答道。

"能不能吃点别的。"

"好吃不如饺子。"叶欣是觉得吃饺子快捷省钱。

"好吧，只要吃得开心，咱就去吃。"

"跟你在一起,别说吃饺子,就是喝凉水都甜。"叶欣歪着头看着邬国强,笑容满面地说。

"哈哈,幸福的感觉!"

"真的,只要跟你在一起,我就无比快乐。"叶欣依然笑眯眯地看着说。狭窄的街道有些拥挤,邬国强小心翼翼地开车前行。

说话间,他们的车子开到了"特色饺子馆"前,他俩一起下了车。邬国强锁车门的时候,叶欣稍等了他一下,然后两个人一起往店铺里走去。

门口站着两位着装统一的年轻女服务员,热情地迎接着进门的顾客。西墙壁是一幅硕大的餐饮画,都是用瓷砖贴上去的,特别是那盘花边水饺图案,非常引人注意。过道旁摆放着两棵招财树,叶子葱绿,一进门正对着的是一个精致的大鱼缸,里面有各种颜色的漂亮热带鱼。大大小小的颜色美艳的鱼儿,撒欢地游来游去。整洁祥和的小店,让前来吃饺子的人感到温馨。

店铺不大,但是来吃饺子的人络绎不绝。他们选在一个角落的空位上坐下来,紧跟着过来一位女服务员,热情地跟他们打招呼,然后站立他们面前随时等候吩咐。

女服务员热情地问:"二位想吃什么馅的水饺?"

"吃什么馅儿的?"邬国强问叶欣。

"我吃鸡蛋韭菜,你呢?"

"我来猪肉酸菜。"

"每样多少?"服务员问。

"每样一斤吧。"

"能吃了吗?"叶欣掂量一下自己的饭量说。

"少了怕你不好意思吃。"

服务员看看邬国强又看看叶欣。手里拿着笔和本记录着。

邬国强说:"就按我说的来。"

服务员又看看他俩,面带微笑地继续说:"二位还要点别的吗?"

"还有什么?"邬国强问。

"炝拌菜,"

"那你就一样来点。"

"要什么酒?"

"不喝酒。"叶欣抢着回答。

服务员下去了,叶欣跟邬国强说:"国强,我做了一个决定,是一个大逆不道的决定。"

邬国强吃惊地看着她,思索的目光在叶欣的脸上游动着,好像要从她的表情里找到答案似的。

"什么决定这么吓人?"

"我下学期申请去你们乡镇中学工作!"

"真的?"邬国强睁大双眼看着叶欣微笑的眼睛,心里充满了激动和感动。

"嗯。"叶欣轻轻地点着头。

邬国强惊讶地问:"决定了?"

"嗯。"叶欣又轻轻地点点头。

"你父母……能同意吗?"

"老人的想法跟我们是不一样的,虽然我知道他们是为我好,但是我有我自己的活法。人这一辈子,谁都走不进别人的生活,自己的事自己做主。"

"你说得对,谁都走不进别人的生活,自己的人生还要靠自己把握。不过为了他们不伤心,你还是找个恰当的时候跟他们沟通一下为好。"

叶欣沉思着,没有说话。

"对了,你父母不是说要见见我吗?啥时候啊?我都着急啦。"

叶欣想起她妈妈说的话——"我现在不想见他了。"她想了一会儿说："忙啥？早晚的事。"

邬国强看出叶欣的笑容里掩盖着不悦的神情，就不再追问了，叶欣也不再提见父母的打算。她接着说，"我过一段时间就递交申请材料，去农村工作，到你身边去！"

这时候饺子端上来了，邬国强替叶欣倒好了醋，对她说："我好高兴啊！你越走离我越近。"

"我想好了，哪里都一样工作，都是这份工作。我去了，如果工作干好了，得到家长的认可，他们也许不会再把孩子送城里来读书。特别是城里私立学校的费用太高了！我家有个农村亲戚在城里建筑队打工，夏天烈日炎炎，肩膀都晒没皮了，一大夏天挣个万八千的，都不够孩子一学期的费用。"

邬国强安静地听完说："欣欣，你的决定我双手赞同。但是，我担心你父母不理解你呀！"

"慢慢理解吧！我就这样决定啦！"

"看看我们做的事有没有价值。我做一个职业农民，你做一个……农村老师！"

"都说'人往高处走'，你说，人生究竟多高算高？没有尺度。我觉得只要活出一份好心情，干工作尽心尽力，问心无愧就行了，活个心安。"叶欣沉浸在自己的思想里。

"对，活个心安。"邬国强附和着说。

叶欣夹了一个饺子放到邬国强的盘子里，小声亲切地微笑着说："有你在的地方，是我最暖心的地方，是我最幸福的地方！"叶欣深情的眸子凝望着邬国强，就像凝望着一盏灯一样。

"我相信自己，会用我一生的爱，守护你一辈子！"邬国强坚定地说。

叶欣听了邬国强的话，心里特别愉悦。笑呵呵地给邬国强夹了一个饺子递到嘴边，邬国强张开嘴接过叶欣的饺子幸福地咀嚼着。

剩下几个垫盘底儿的，邬国强一口一个地吃得又香又快。他吃得有点快，这是他在学校养成的习惯，那时候吃饭，几个半大小子，总比谁吃得快，不懂吃饭要细嚼慢咽的道理。

"我过几天要去南方考察学习，回来也就要抓春耕了。太忙了，村里的事，合作社的事。"

"去学习几天？"叶欣站起来准备走。

"大约一周。"他说着拿过自己黑色的男士牛皮手包。

"服务员，买单。"叶欣扭过脸冲着柜台大声说。

服务员走了过来，邬国强结了账。上车的时候，叶欣又问道："什么时候去？"

"下周一。"邬国强说着，发动了车子，调转车头原路返回，朝着叶欣单位的方向开去。

"跟谁去呀？"叶欣看着他问。

"去好几个人呢。是市里'农民科技教育中心'组织的，去的几个人都是合作社理事长。"

"外出参观学习挺好的，能学到很多知识。"

"嗯，能把外地合作社好的经验、做法学到手，能创新合作社发展新思路，还能够少走一些弯路。"

感觉没有几分钟就到了学校门口。邬国强把叶欣送到单位后就回了乡下。

下午组织村委会成员，把上午的会议精神学习了一下，然后跟李凌峰、魏志民还有几个社员一起把昨天买来的十棵万年青松树栽到合作社的大门两边。这个主意是邬国强的父亲出的，老人家说大门口种上松柏，无论冬夏四季常青，不但好看，还显得有生气！老人对松树总是有一种偏爱。

种树的时候，李凌峰调侃地问邬国强："你这也三十郎当岁了，也不能光立业不成家呀？你什么时候结婚哪？是不是也该结啦？听说你对象是正式老师，在编的呀，能跟你来咱这农村吗？"

他想起叶欣跟他说的下学期把工作调到农村来，于是胸有成竹地笑着说："'嫁鸡随鸡嫁狗随狗'！这是个亘古不变的规律，等着吧，最迟不超过年底，一定把媳妇娶回家！"

"挺有信心啊！不担心把你甩了呀？"

"我是梧桐树啊，一定能把金凤凰招来！"

"哈哈……"他又转向魏志民："你呢？你也不能一个人过呀！"

"我就这样了，穷嗖嗖的谁跟我呀。"他似笑非笑地说，"自个儿老婆都嫌穷，拍拍屁股走了。这年头没钱不行啊，谁都瞧不起！"

"也不能那么说，人不都那样。你那个媳妇就稀罕钱，你没钱，人就走呗。还有稀罕人品的呢，你善良、实在、孝顺，一定有人喜欢的。"赵球子劝慰地说。

李凌峰接着说："志民，好好干，我就不信，凭咱们的双手创造不出好生活？国家都奔小康了，咱们的好日子也不远啦！"

"对，好好干，日子过好了，到时候媳妇有的是！"吴天明说，"看人家国强的……未婚妻，大学毕业，正式老师，不离不弃！"

"我能跟人国强比吗？他什么情况我什么情况？"魏志民说。

邬国强看魏志民情绪消沉的样子，鼓励说："好好干志民大哥，我们人品不差，就不信招不来金凤凰！"

"对，松树咱都不做，就做梧桐树！"李凌峰一边给松树培土，一边坚定地说。

"我看张英挺好……"赵球子睁着一双亮晶晶的小眼睛笑眯眯地说。

刚说到这儿，李凌峰抢过话茬说："欸，你还真别说，真挺般配！"

李凌峰的小眼睛眯成一条缝儿，另一侧栽树的几个社员不时地往他们这边看，听不清他们的话，但是他们一阵阵带着快乐的笑声吸引着他们。

"凌峰，有机会你给撮合撮合。"赵球子喜笑颜开地说。

"行！等我见到张英的。"他忽然想起什么似的，接着说："这段时间咋没看到张英，她是不是没在家呀？"

"去城里打工了。"邬国强说。娘俩在车站依依惜别的场景浮现在邬国强脑海里。他看了一眼默不作声的魏志民，魏志民看着赵球子给树培土的方向，有些心不在焉。

这时红英带着儿子一瘸一拐地从这里经过，背上还背着个学生书包，眼尖的赵球子老远就喊着说："三嫂子，你不在城里陪三哥了？"

"我得回来管孩子。"

"刘大爷咋样了。"邬国强关心地问道。

"好多了，大夫说不出血了。"

"能不能说话？"邬国强一手拄着铁锹，一手叉着腰问，脑门上的汗珠子滚落下来。

"不能说话，但心里啥都明白。"

李凌峰接着埋怨说："就跟你家刘三上股火，老头不想种地就不种呗，他非得整个花样儿，这回看哪多哪少？"

"哎呀，俺家那三儿，狗屁不是，你们也不是不知道。"

邬国强接着说："还需要住一段时间吗？"

"不能住太长时间，我听三儿说，要出院回家养。"红英说完这句话，孩子就把她朝家的方向拽，还一边嘟囔说："作业留得可多啦！走！回家写作业。"

天空像一块硕大的蓝宝石，洁净明澈，没有一丝的云，就连一丝的风也没有，公路旁刚长出芽苞的树木安静地矗立两旁，孕育着生机。大家把最后一棵松树种完，夕阳已红灿灿地落在天与地交汇的地方。那浓浓的火红，好像预示着明天是个好日子！

邬国强经过张英家门口的时候，顺便往她家看了一眼，屋里亮着昏暗的灯光，一老一小正围坐在炕桌旁吃晚饭。他又想起了"空巢老人"和"留守儿童"的问题。

第七章

午夜的乡村，万籁俱寂，一切仿佛都在沉睡。浩瀚的天空深邃恬静，繁星眨着眼睛注视着乍暖还寒的大地。西天的月亮弯成小船，在繁星的簇拥下，慢慢地按着自己的轨道滑行。偶尔几声犬吠打破了乡村夜晚的安宁。

小爱雨陪着八十多岁的姥姥睡得正香甜。突然，她被一声闷响惊醒，惊慌失措的孩子不由地大喊起来："姥姥！姥姥！"

紫色的窗帘挡住外面微微的光亮，室内伸手不见五指。睡蒙了的孩子一时找不着炕上地下，她缓了一会儿清醒过来，就在黑暗中迅速爬过去把电灯开关打开，屋里亮起了浑黄的灯光。她看见姥姥正坐在冰凉的水泥地上，右手托着左手，一脸痛苦的神情。她不知道发生了什么，吃惊地瞪大双眼："姥姥，你怎么啦？"由于惊吓，小爱雨的声音变得急促而沙哑，她呆愣地看着坐在地上的姥姥。

"没事儿，我去打灯，扑空啦。"姥姥有气无力地说，嗓子发出沙哑的声音，嘴唇干涩得没有一点水分。

原来，老人从睡梦中醒来只觉得口干舌燥，想下地去找口水喝。就笨拙地从被窝里爬出半个身子，伸手去按墙上开关的时候却扑空了，从炕上重重地摔到水泥地上，最后的"扑通"一声，惊醒了睡梦中的小爱雨。

"你手咋啦？"孩子说着跳下地。

"没事，就是手脖儿疼。"钻心的疼痛刺着老人的心。

她蹲在姥姥跟前，眼睛盯着姥姥的手臂。

"就是有点疼，没事。"老人忍着剧痛镇静地安慰着孩子。

小爱雨像小兔子一样麻利地跳上炕，迅速从窗台上抄起手机就要拨号。

"孩子，别打电话，姥儿没事儿。"老人知道孩子要给妈妈打电话，急忙阻止。

老人的两个儿子都在广州那边工作，而且已经结婚成家，平时很少回来。即使逢年过节，回来的时候也少，给母亲寄点钱就算尽孝心了。几次说接母亲去那边生活，但老人故土难离，现在女儿孤儿寡母的日子更是让她放心不下。自从小爱雨的爸爸不幸去世后，张英娘俩就搬过来跟母亲一起生活了。

"给我妈打电话让她回来！"孩子哭腔哭调地说。

"不行孩子，大半夜地吓着你妈！"老人说着，从地上站起来，趔趄了一下，右手扶住了炕沿儿，然后吃力地爬上炕，继续用右手托着左手。

懂事的小爱雨把手机放回窗台后坐回姥姥身边，静静地守着姥姥，一双机灵的小眼睛不时地看着姥姥神情的微妙变化，极力想从姥姥的表情中觉察伤痛的程度。春季深夜冷冷清清，一老一小在昏暗的灯光下相互依靠着。老人尽管八十出头，但身体硬朗，每天照常做饭洗衣，不繁重的家务都能做得很好，这一老一小的日子过得还算安稳。

"姥姥，疼不疼？"爱雨伸出小手，想抚摸一下姥姥那只渐渐肿胀起来的手脖子。当那双稚嫩的小手触碰到老人手臂的时候，老人不由得"哎哟"一声，孩子马上机灵起来，目光直直地看着姥姥苍老憔悴的脸。

"姥姥，咱俩去大夫家吧？"孩子关切地说。

"深更半夜的,别惊动人家,等天亮的。你去睡觉吧,明儿个还得上学呢,看早上起不来。"

"我不睡,姥姥,我不困啦。"

老人忍着剧痛,不时看下愈加肿胀的手脖子。孩子毕竟还小,一会儿的工夫上眼皮跟下眼皮就合在了一块儿。她歪斜在姥姥身旁睡着了。老人没再合眼,看着这个还未成年就很懂事的孩子,又想起相依为命的母女俩,眼泪顺着老人苍老的面颊淌了下来,昏暗的灯光照着这张无助的脸。

终于挨到了天亮,老人轻轻地唤醒熟睡的外孙女。小爱雨揉揉睡意蒙眬的双眼,关切地问:"姥姥,还疼吗?"

"不疼了。"可是老人的心都跟着疼。

"都肿啦!"小爱雨惊讶地再次睁大双眼。

"你自个儿泡碗方便面吃吧,姥姥今早儿不能给你做饭了。"老人说着,抬头看了看墙上的石英钟说:"看一会儿校车过来不赶趟儿。"

"嗯。"

小爱雨一边答应着一边叠被子,把被子叠整齐后放进柜子里,然后悄悄拿起窗台上的手机跑出屋外,拨通了母亲的电话。

"宝贝儿,这么早打电话,怎么了?"张英见是孩子的电话,心就提到了嗓子眼儿。

"我姥姥昨晚掉地上了,手脖子摔肿了。"孩子说着,眼泪流出了眼角。

"怎么整的?严重吗?"张英急切地问。

"姥姥说不能做饭了。"她一边说,一边用手背擦着眼泪。孩子强忍着悲伤,轻轻哽咽着说话。

"别哭,孩子,妈妈一会儿就回去。"她没容多想就做了回家的决定。

"嗯。"小爱雨深深地点着头。

孩子挂了电话，一想到姥姥不能做饭给自己吃了，心里一阵难过，鼻子一酸，泪水像断了线的珠子滚落下来，霎时模糊了双眼，脸蛋儿上留下了两道泪痕。初春的早晨依然很冷，小爱雨没有穿棉衣，这会儿她有些瑟瑟发抖了，她用小手擦干眼泪转身进了屋。

张英接完孩子的电话，再也无法忍受对老人和孩子的牵挂和惦念，跟老板告了假，乘坐第一班大巴车回到了家中。

到家的那一刻，看到满头白发独自一人坐在冰凉炕头上的母亲，她心里一阵酸楚，眼泪在眼圈儿里打转，等看到母亲肿胀起来的手脖子，又是一阵心疼。于是她简单收拾一番，带上母亲出了门。沿着村街往车站走的时候，遇上从西边走过来的魏志民。他正要去村委会值班，看到了母女俩，也许是因为那天种树的时候大家提醒和撩拨的缘故，这会儿看到张英，他有点不自然起来。

"你们娘俩这么早干啥去呀？"他走到张英母女俩跟前，关切地询问。

"昨晚我妈把手脖子摔坏了，我领她去医院拍个片。"

"去哪个医院？"

"咱们镇医院。"张英回答说，"拍个片，看看骨头坏没坏，手脖子肿得挺厉害，不敢动弹。"

"咋去呀？"魏志民关心地问。

"坐客车。"

"这大岁数咋坐客车。等着，我找个车送你们去。"

"不用了，太麻烦啦！"张英听魏志民这么说，心里有点感动，一股暖流涌进心里。自从丈夫不幸去世后，她就学会了坚强，无论生活中遇到什么事都自己撑着，从那时起，心就不再有依靠。

魏志民给邬国强打过去电话，跟他借了车，同时让他找李凌峰去村委会代替他值班。

张英有些盛情难却，只好听从魏志民的安排。魏志民是一个忠厚老实的人，这会儿的举动多半是源于他对人有种天生的同情心。但是那天种树的时候，听邬国强那么一说，自己也时不时地想起张英，暗自把自己跟张英联系在一起，觉得张英确实是个不错的女人，心里也有了不寻常的想法。但是他不敢直接追求张英。因为自己父亲患癌症后治疗花去了所有的积蓄，还负债很多。家境的困难，总让他在别人面前低人一等。

　　魏志民打完电话就急匆匆地离开了。不一会儿的工夫，他开着邬国强的银灰色轿车来到张英母女俩身边，张英心里即刻产生了一种特殊的好久没有过的情感，那份帮助暖着她无依无靠的心。

　　这件事过后，张英心里一直暖暖的，对魏志民心存感激。后来，张英辞去城里的工作回到家，老人和孩子的脸上都多了笑容和轻松，似乎日子一下子变得有生气了，不再像从前那样挨日子过，生活变得有滋味了。老人喜欢吃什么，张英就做什么，简单的粗茶淡饭却让老人吃得特别舒心，老人家的脸上开始有了笑容。

　　自打那天从医院回来，张英的母亲对魏志民也有了好感，有时候还当着张英的面夸起魏志民来。每次张英听到母亲夸魏志民的人品如何如何好的时候，她就默默离开，不想让自己内心的感激之情升温和速变。

　　星期五的早上，天空乌云密布，一点风也没有，空气像静止了似的，只有鹅毛般的雪花懒洋洋地从空中飘落下来，像用一个无形的大筛子筛落一样。洁白的雪花落到房顶上、街道上、返青的树木上，翩跹的舞姿在天地间舞动着。最先落地的雪花已经化成冰水，但是地面上还是积聚了厚厚一层软绵绵的白雪。张英正顶着雪花清扫院子，扫过的地方，裸露出湿漉漉的红砖地面。就在这时，她又听到门外街道上"嗒嗒"作响的四轮子开过来，她抬头看一眼大门外，王长所把四轮子停在她家门口，倒了垃圾桶，又"嗒嗒"地把车开走了。

　　张英打扫到墙根儿的时候，发现几棵绿色的蒿草钻出地面来，心想：

春天真的来了！时间过得好快呀，一青一黄又一年，日子就这样飞速地往前跑着，不曾留下什么印记就消失了。她看着那些绿色的蒿草，仿佛觉得它们顶着白雪在欢笑，正拥抱着这个奋发图强的春天。她心里默默感叹小草生命力的顽强，尽管冷风袭人，雪花飘零，但它们依然不畏风寒成长着，时间召唤着它们，生命真是奇迹！

"扫它干啥呀，边下边化。"张英寻声抬起头，见王婶走进大门来。上身穿了件花棉袄，肚子向前凸着，像怀孕一样。一只手插在浅浅的衣兜里，肉嘟嘟的手背露在外边。

"王婶，挺长时间没看到你了！"张英热情地招呼道。

"可不是嘛，你也不常在家。听说你妈手摔坏啦，我来看看。"她一边说一边往院里走。

"没啥大事，骨头折了，接上了。人老了，骨质都疏松。"

院子里那三只大白鹅见有人来，又一阵"嘎嘎"乱叫。

张英放下扫帚，跟王婶一前一后进了屋。屋里亮堂堂暖乎乎的，热腾腾的气流扑面而来，让人觉得浑身都舒服。

"早上我捡豆腐，听志民他妈说的，说志民陪你们娘俩去的医院。我一打听，才知道你妈手摔坏了。这人老了，可不能自个儿在家呀，你知道会出点啥事？"

张英一听王婶说志民陪着看病，脸刷一下就热起来，脸色立刻由白变红，一直红到耳根。她心里难为情起来，好像自己做了见不得人的事似的。

"那天早上我和我妈正准备去医院，正好魏志民赶上了，非要送俺们去，但我不想麻烦人家。"张英解释说。

"谁用不着谁呀？这孤儿寡母的多不容易，帮个忙能咋地？"王婶不假思索地说出一串话。

"我不愿意求人，自己能做的事就不想麻烦别人。"

"别太要强了，这女的太要强不好。就像我，啥事都要强，咋样，遇上个懒爷们儿。就像你，要强，咋样？"

王婶的话勾起张英心里的悲伤，她垂下了头，眼里噙着泪花。

"别出去打工了，你走了，扔下这一老一小不好过呀，在合作社找点活儿干吧！"王婶快言快语地说。

"合作社能有啥活儿呀？"她使劲吞咽了一下，抬起闪着泪光的双眼。

王婶没注意看她，接着说："可别小看合作社，活多着呢。先说做饭吧，就缺一个人。"

"合作社还做饭？"

"过几天开始种地了，不得吃午饭吗？"

"那现在找到人了吗？"张英感兴趣地问。

"没有。你要是愿意去干，你就去合作社问问。"

"问谁呀？"

"问合作社的谁都行，最好问邬国强，他是董事长。"

"那我明天去问问。"张英眼睛闪着希望的光亮。

"别等明天，啥事都趁早别赶晚儿。"

"那好吧，一会儿我就去。"

王婶这时把一直揣在衣兜里的手拿了出来，原来手里攥着一百块钱，她把攥着钱的手伸到张英妈妈眼前。

"大娘，我没给你买啥，这一百块钱，让英子给你买点啥吃吧，补补。"

张英的妈妈客气道："哎呀，拿啥钱，也不是啥大毛病，过几天就好啦！"王婶来看她，让老人很开心。

张英也客气地让王婶把钱揣起来，可是王婶硬是塞到老人手里。

送走了王婶，张英就决定去合作社碰碰运气，看看有没有适合自己干的活儿。雪依然下着，雪花越来越大，街道上铺满了皑皑白雪，有半尺多厚，每一脚下去，都留下一个深深的印记。

张英走进合作社大门，红砖铺就的甬路被白雪盖住，上面留下很多大大小小的脚印。她顺着甬路往里走，路两边长着高大的万年青，墨绿的树冠，给这个落雪的春天增加了几分春色。

甬路的尽头是一排陈旧的瓦房，房盖儿是蓝色彩钢的，看上去很新。走到里边，靠北窗是一条长廊，墙壁雪白。走廊里没有一个人，有点安静，但隐约能听见讲话的声音，她寻着声音往里走，说话声越来越清晰了，这声音都是一个人发出来的。在会议室门口她停下来，透过门玻璃她看到一个穿着灰色上衣的男同志正对着银幕讲解着什么，银幕上有农机具影像，又一闪，出现了农机具构造图。里边坐着十几个人，没有太年轻的，大多都是四十左右岁的中年人。这些人她都认识，都是本村的农民。原来里边在给农机手讲课。她扭头继续往前看，很快发现了"董事长办公室"的门牌，于是心里一亮，朝着那扇门走过去。

门虚掩着，里边依然很静。她抬起手小心翼翼地敲了几下，里面依然没有回应，就在她转身要离开的时候，门轻轻地被拉开了。

"张英，是你呀。"李凌峰看到张英很惊奇。

"就你自个儿？"

"对，你不是去市里打工了吗，啥时候回来的？"他说着，示意张英进去。

"回来好几天了。我妈手脖子摔折了，我就回来了。"

"岁数大了，没人照顾不行啊！"李凌峰接着说道。

"是啊。"

"你来有啥事啊？"李凌峰问道。

"听王婶说你们合作社缺个做饭的？"

"是，过几天合作社上人了，中午得在这儿吃饭，得有伙食点。"

他说的"上人",指的是春耕种地的人。

"我……想来,能不能用?"她试探地问道。

李凌峰略加思索地说:"只要你愿意来,就能用。大家都知道你干净利索,用谁都是用,你做饭大家吃着一定放心。"李凌峰笑着说。张英听到他的夸赞,心里很舒坦。他继续说道:"前些日子国强还让我找一个做饭的呢,正好你来了,不用我费心思找了。"

"那我来巧了!"张英高兴起来。

"可不是吗,来巧了。国强没在家,等他回来我跟他说。"

"国强出门了?"

"他去南方考察学习去了。也快回来了,估计也就这一半天的事。最近几天没打电话,也没什么大事,打电话还打扰他。"李凌峰说话总是慢悠悠的。

"那我就先回去了。"

"回去吧,你等我的信儿。"到门口的时候,李凌峰突然问道:"对了,你家的地还包给代福来种哪?"

"嗯。"

"流转给合作社多省心,比包给他强多了。"

张英疑惑地看着他。

"你流转给合作社,一垧地七千,然后土地补贴还归你,这样你一垧地就能赚八千多。你在合作社再干点活儿,就不是八千了。你的地流转给合作社之后,还有你的股份,到秋还有分红。"

张英想了想说:"真挺好,这样一算,是比包给个人收入多。那我咋往回要呢?"

"带地入股,他没有理由不给你呀。"

张英又想了想,"行!我明天把地要回来。带地入股合作社。那我就成了股东了!"张英高兴起来,心里燃起了希望之火。

"对，你就成了股东了。到秋天还有分红呢。再说，这样你还能照顾老人和孩子，多好！"

"嗯，是挺好。不然，我妈岁数大了，得用人照顾，孩子也不行啊，上学也得有人管。"

"对了，张英，我还有个事……"李凌峰想起给魏志民说媒的事。可是转念一想，这个时候说这话不够妥当，于是他又提及另一件事："以后合作社干活还需要个领头的呢，你看看……你能不能干？"

"我？一个女的，干不了。"

"女的用一个，男的也得用一个。"

"啊……"

"以后再说，以后再说。"李凌峰笑呵呵地给自己那句话圆了场。

张英高兴地回到家，心里一直很舒畅，她开始琢磨怎样才能顺利地把地从代福来手里要回来。她在院子里来回踱着步，设想了好几句要回土地的理由和见到代福来时要说的第一句话。一次次又被自己的想法否了。该如何找个恰当合理的理由呢？既把地要回来，又不伤了和气。最后，她终于琢磨出一个两全其美的理由。

第八章

邬国强坐在返回的列车上,他透过车窗看着绵延起伏的群山、绿色的田野,还有跟家乡不一样的村庄。回想起参观过的那个别具特色的小乡村,思绪又荡漾开来。

那个质朴如画的小村庄,再次像过电影一样在他的脑海里浮现出来。干净整洁的村街旁,坐落着一栋栋青砖石瓦的独立房舍,几处古老的土坯小屋,呈现着一个个古朴的农家小院,它们坐落在村庄的各个角落,错落有致。小屋的房前屋后,长着一棵棵高大的古树,遮阴蔽日。村外溪流边的青草地,开满了五颜六色的野花。再继续向前走,来到绕村的清澈河流旁,几台古老的水车映入人们的眼帘,这古色古香的水车,同小村庄相映成趣,构成了一幅古老而别致的画面。空气里还弥漫着一股甜甜的香气,清新惬意,人们不由地想多吸几口清新舒爽的气息。邬国强好像闻到了家乡的味道,家乡的盛夏草木一新,花红柳绿,空气中到处都弥漫着这种甜润的气息。特别是每年荷花盛开的时候,那荷塘边的草地上、松林里,到处都散发着潮湿甜润的气息,呼吸起来,舒心爽肺。景色也是那么美,什么时候把自己的家乡也打造成独具特色的鱼米之乡,在家乡的土地上种上纯绿色的粮食和蔬菜,让它成为城里人流连忘返的地方呢？他的梦想又开始在异地他乡飞扬。

邬国强愉快地回味着，憧憬着家乡的未来。列车飞速地向前奔驰，车厢内旅客的耳语声、嘈杂的说笑声，没能阻碍他的思绪。他继续想：自己身为兴旺村的带头人，把家乡建设成现代化的新农村是责无旁贷的，让家乡的父老享受现代化的幸福生活是自己的夙愿。他梦想着、希望着，不由自主地想起那位老师说的话："闭门造车，永远都是老样子。只有善于借鉴别人的成熟经验、好的做法，勇于创新，拓宽视野，多层次深广度多元发展，才能使合作社实现转型升级，跨越发展。"他想：自己不但要做这个时代新型的职业农民，还要把村里的中青年培养成有文化、懂技术的人，建设一支新型的农民队伍，跟着时代的步伐朝前走。甩掉贫困的帽子，培养农民的创新意识，提高他们的创业能力，不再继续面朝黄土背朝天地生活。他想着这些，便同邻座的一位陌生朋友聊起合作社机械化的发展前景来。

列车驶进家乡土地的时候，他又不由想起刘大爷一家人，像刘大爷这样的家庭，让他独立发展，创新生活，实在是难上加难，对于这样的家庭，就得带着他们干！

二十多天过去了，刘大爷的病逐渐好转起来，虽然说话还不清楚，但是头脑清醒了。他一见到自己儿子，就要费力地叨咕那句话："地……包……合作……社。"字眼儿虽说不是很清晰，但刘三愣能听懂。这个说话做事从不会深思熟虑的三愣子，终于想通了，觉得父亲的话有道理，决定回去后把土地流转给合作社，了却老人的心愿。

这些日子，刘三愣不断奔走在医院和他工作的门卫之间，忙碌的身心让他疲惫不堪，偶尔琢磨一次土地流转的事儿，就觉得这次如果不跟老人作梗，也许老父亲不会得这场重病。但是，他永远不会明白，生活是需要用心思考的。可他在该认真对待生命和生活的日子里，总是马马虎虎地任时间自流、世事自变，从来没有改变生活的意识，也不懂得幸

福的生活是创造出来的,他是个活在世上的纯粹人。

终于到了出院的这一天,刘三愣提前跟别人串了班,一大早就来到医院。他今天格外高兴,把老父亲接出医院后就能了却一件让他牵挂的大事。一早还没等医生上班,他就来到主治医王大夫办公室门口等着。他斜靠着门框,交叉着两条不太粗壮的大腿,一双暴着青筋的大手捧着一部运行速度比牛车还慢的智能手机低头摆弄着。

"你老父亲昨天咋样?"王大夫从他身旁一闪而过,头也没回地问道。

王大夫是一位五十多岁的女医生,瘦高个儿,烫着卷发,皮肤有点暗黄,没有光泽,一双杏核眼看人的时候总是很木讷,跟谁说话都不带任何表情,无论是说病情还是讲病理,都像机器人一样嘴一张一合的。偶尔能从她脸上看到一次笑容,那是在病人病情渐好的时候。

"那啥,挺好的!"他急忙仰起脸回答。

他紧跟王大夫身后走着,没踏进医生办公室几步,王大夫就爱搭不理地说:"在门口等着。"

听到王大夫冷冰冰的话语,他无奈地退了出来,把那部破旧的手机紧握在手心里,于是站在门外大声说:"王大夫,我爸啥时候出院?"

"还有一个吊瓶,明天吧。"王大夫依然冷冰冰地说,随即坐在电脑桌前,翻看患者用的药单据。

"太好啦!"刘三愣一拍大腿,原地转了个圈儿,"这医院,真不是人待的地方!"

王大夫扭过头看他一眼,就继续看她的电脑了。

第二天,刘大爷出院回家了,虽然不能独立行走,语言表达也有障碍,但老人的眼神很快乐,回到家,看着被儿媳打扫得干干净净的房屋,心里更加高兴。王婶得知刘大爷出院的消息就过来了,她今天穿着一件半长不短的黑色大衫,长短正好盖住臀部,手心里攥着一百块钱,这钱在手心里打着卷儿，拇指缝里隐约能看见个红色的边儿。

一进门，她就高声大嚷地说："可回来了，这一走就二十多天吧？"

"可不是嘛，都快一个月啦。"刘大娘心情愉悦地迎接着王婶。

"这咋还不能坐起来呀？"王婶看一眼躺在炕上的刘大爷，吃惊地问。

"这样就不错啦，没开刀。"刘大娘开心地说，"说话不行，别人说吧……他能听懂。"

刘大爷抬起消瘦的脸看看王婶，眼神带着笑意，眼睛深陷在眼窝里，干裂的嘴角抽动了一下，什么也没说出来。

"大闺女没回来呀？"王婶问。

"回来了，待两天就回去了。这不是要种地了吗？人家那一大家子人也得吃饭哪，老待在这儿咋行！"刘大娘说。

"三儿这回可出力了哈！"王婶夸奖说。

"那是，关键时候还得儿子，闺女白扯。"刘三愣笑嘻嘻地一挥手说道。

这时，王婶把攥着一百块钱的手伸到刘大爷跟前，"给大爷买点啥吃吧！我也没拿啥，小鸡就下不几个鸡蛋，想拿来着，太少了。哈哈……"说完她自己先笑了。

刘大爷用带着谢意的眼神看着王婶，说了一句不很清晰的话："不用。"这两个字好像用舌根捅出来的。

"哎哟，拿啥钱，来看看就行啦！"刘大娘说着，去接王婶手里的一百块钱。

"没多还有少呢！邻里邻居的，就这点心意吧。"

王婶要回家收拾小园，说着就往外走。刘三愣娘俩送王婶到大门口的时候，刚好遇见代福来，他拎着一方便袋水果大步流星地往院里进。代福来的到来，可是破天荒的事，他当村支书那阵子，从来没自掏腰包

慰问过兴旺村的任何一个村民。

"代书记，来看……看我爸呀？"刘三愣激动地喜笑颜开，在他心里，代福来能探望他父亲，这是想都不敢想的事。

"什么代书记，别折煞我啦！那是从前，现在就叫我代叔得了。再说了，我这个姓也不好，偏偏姓个代，代书记，代书记，所以——没干长！"他自我调侃地笑着说，把另一只闲置的手向旁边一摊，笑容挂上长着络腮胡子的脸，那对天生的蛤蟆眼今天似乎多了几分神采。

"别送了。"王婶摆动一下手臂，那份助人为乐的喜悦还留在心里，高兴地说："招待代书记去吧。"说完笑呵呵地走出院门，心清气爽地走了。虽然一百块钱不多，但对于王婶一家来说，还算是不小的数目。王婶过日子很节俭，平时买新衣服的时候都少。城里有个叔伯姐姐，穿过的衣服不喜欢了就拿给她穿，王婶总是乐呵呵地接受。

代福来听见"代书记"这三个字，不但刺耳还有些戳心窝子。于是用气愤的目光瞪了一眼王婶离去的背影，心里充满了怒气，感觉肋骨在向外膨胀。王婶没有注意脑后的事情，迎着朝阳走了。初春的太阳热乎乎地照耀着大地，她笑盈盈地迈开大步朝着家走去。

代福来进屋后来到刘大爷身旁，现出十分关心的神情，把手中的一兜水果特意举得高高的，然后放到刘大爷枕边。刘大爷没有细看这兜儿廉价的水果，他毫无表情地看一眼凑到眼前的代福来那张皮笑肉不笑的脸，无力地垂下眼睑。代福来俯下身子，拉过刘大爷一只瘦得皮包骨的胳膊，嘘寒问暖。关怀备至的样子没能感动刘大爷的心，因为刘大爷心里明白，他是"黄鼠狼给鸡拜年——没安好心"，语言障碍让他无法表达心中想说的话。

"那天大爷得病，你说我咋就不知道呢？"代福来说话的语气像是有多遗憾似的，还一边翻着向外凸起的眼珠子，"知道的话我也就跟着去了。我小姨子的大伯嫂的侄儿，就在那个医院上班，就是拍片儿的大夫。我跟着去找找他，说不定也能帮上忙。我去了，他咋也得给个面儿。虽说我现在不当书记了，以前不也是书记嘛，你说是不是？"

他这话是故意说给刘大爷听的。然而，此时的刘大爷一句都不想听，他无精打采地看着天花板。那娘俩谁也没有细琢磨从他嘴里说出来的这些深思熟虑的话。

"挺多人都不知道。"刘大娘随便敷衍说。

刘三愣笑嘻嘻地看着代福来，开心地说："那啥，代书记，你先坐着，我去合作社办手续。"

刘大爷听到儿子的话，使劲地扬了扬脑袋。目不转睛地盯着刘三愣看了一会儿，勉强发出一个含糊的音符："呃——"

"办啥手续？"代福来严肃地瞪着眼睛问。

"土地入股啊？"

"唉！我不是跟你说了吗？你不能入！你现在更不能入啦！"

"那……为啥……不能入啊？"

"你爸现在得病了，是事实吧？种不了地了……"

"是，种不了地啊！"刘三愣直直地看着代福来说。

"找邬书记呀！"

"找人家干啥？又不是人家让得的病。"

"要我说你愣就愣到这儿。"他伸出细长的手指点着刘三愣的脑门儿说，"他不是兴旺村的书记吗？他不是共产党员吗？有困难就找他呀！找他理所当然。"

"这困难……把地流转给合作社不就……完事了吗？俺们也……不种地了，就收钱啦！啥也不用管了，多好哇！"

"这你就不明白啦！你爸现在得病了是不是？"

"嗯。"

"地种不了是不是？"

"嗯。"

"找他邬书记想办法呀？"

"找人家……想办法？"刘三愣有些发蒙，眼睛直勾勾地看着代福来，厚重的双唇欲张又合的样子。

"对呀，这才是考验一个真正的共产党员的时候呢！"

"咋考验呢？考验他干啥呀？"

"考验他是不是一个好党员哪！"代福来像演戏说台词儿一样，一边说一边比画着，吐沫星子飞溅。

刘三愣依然眼睛直勾地盯着代福来。

"你爸看病花不少钱是不是？"

"是。合作医疗报销挺多呢。"

"那不是也花钱了吗？"

"嗯哪，花了。"

"你爸得这么重的病，正好办低保。"

"能给办吗？"这个想法在代福来当书记的时候刘三愣连想都没敢想过。

"这个，应该能。我当过书记我懂啊，你听我的没错。"然后又咬牙切齿地说："我看他一个小毛孩子，能有三头六臂。说得好听，带领兴旺村父老乡亲走上致富道路，我看他咋走的！"

代福来的声音一句高过一句，说这些话的时候，好像邬国强跟他有多大仇恨一样。刘大爷直觉他的话震心，就索性紧闭双眼，心里渐渐燃起的火气烧灼着老人的心。代福来口若悬河地说着，几乎把躺在炕上的刘大爷忘到一边，此时心里装的就是刘三愣和他家的一垧多地，还有满脑子阻碍刘三愣把土地流转给合作社的想法。刘大爷恨不得把耳朵用棉球堵上，不想听到一个字眼儿。

代福来激动之后略微平静了些，接着语重心长地说："现在你父亲病倒了，摆在他邬书记面前的就是一个活生生的困难户。"随即又激动起来，大声说："叫他说得比唱得好听，我就看他咋对待贫困户的，咋做兴旺村的当家人的！我告诉你！土地不能轻易流转给他们合作社，地，还得自己种！"这气势，简直要压倒一切，屋里的三口人，一个紧闭双眼，两个眼睛发直地看着他说教。屋里只有他一个人的声音在咆哮。

"那啥，代书记……"

"什么代书记，不是告诉你叫我代叔吗？说一百遍也记不住！"代福来有些气恼起来，没等刘三愣说完，就打断了他的话，弄得刘三愣看着他喜怒无常的脸发呆。

半天，醒过神的刘三愣无可奈何地说："代……代叔，那我家的事就交给你吧，你告诉我妈咋整，让她整，我回去上班。"

代福来听刘三愣这么一说，心里沾沾自喜起来，一脸的得意。这才想起躺在炕上的刘大爷。他走过来看刘大爷，发现老人紧闭双眼，一脸的不悦。

"大爷睡着了，我该回去了。大娘，以后有事你就直接找我就行。咱两家地挨地，我种地也落不下你，放心吧！"

代福来走了，心满意足地走了。他一路吹着口哨，甩开膀子大步朝家走去。嘴里还咬牙切齿地骂道："邬国强！小兔崽子，我让你知道知道，村书记不是好当的！哼！"

他回到家，一进门看见张英坐在炕沿上，心里吃了一惊。又看看坐在炕旁边陪张英唠嗑的春兰，一种"不祥"的预感涌上心头。他急忙把那张阴郁的脸换成了笑脸，热情地打招呼说：

"妹子，咋这么闲呢？"

"没事儿，来看看你跟嫂子。"张英没有立刻说地的事。

"唉，你不是进城打工去了吗？咋不去了？"他用疑惑的眼神看着张英。

"不去了,家里扔下一老一小不行啊!都需要照顾,我终于尝到'上有老,下有小'是什么滋味了。"张英深有感触地说。

"前两天我听说你妈——咋地?手脖子摔折啦?"他摆出一副装腔做事的姿态。

"嗯,就因为这事儿我才回来的。"

"听说是魏志民……开车给你娘俩送医院去的?"

张英听了这话,脸顿时又热起来,满脸涨红地低下头,不敢直视代福来讥讽的目光。事先在家想好要说的话,这会儿也无从说起,白白空劳身心,一句都没用上。

代福来用他的蛤蟆眼瞟了一眼张英难为情的面容,继续说道:"找那穷小子送啥呀?媳妇都混没了,还做好事呢?车还是跟人家借的,没那条件就别做好事,找你哥我不就结了吗?我家好歹有个夏利,也能送到医院去。以后有什么事来我家找我,哥二话不说,指定帮忙!"

春兰在一旁听着代福来的话实在不入耳,就插嘴说:"你别在那儿瞎许愿,找你你该不干啦!"

"有事跟你哥我说一声,好使!指定好使!你别看我现在不当书记了,一样为老百姓服务。"

张英听到从他嘴里蹦出"为老百姓服务"几个字,心里好像滚落几粒沙子一样不舒服。心想:你说得好听,没看你当书记的时候为老百姓造什么福?

当初张英把地包给他种,还是因为春兰出面沟通的。春兰是个心地善良的女人,高中毕业,有文化有素养。当初大学没考上就务农了,又过几年,到了该嫁娶的年龄,经人介绍嫁给了代福来。当时的代福来是个退伍兵,在村里当民兵连长,长了一张能言善辩的巧嘴,春兰的第一印象挺满意,相处不到一年他们就结婚了。婚后两年多,春兰才感觉到他们的性格格格不入,但那时候自己的儿子已经出生了,为了孩子有个完整的家，就凑合着过日子。村里的人都很喜欢春兰，她为人处事正直善良。

代福来倒了一杯茶水递给张英："喝点水，也没有什么好招待你的。"他说着，故意扫视了一眼放茶杯的大地桌，这张桌子还是他们结婚时候的一件家具呢。

张英接过水杯，看着手里的水杯说："我今天来，主要是想跟你说说地的事儿。"她想避开代福来那令人生厌的目光。

代福来一听地的事，眉毛立刻竖了一下，又马上低垂下来。

"刚才你没回来我都跟嫂子说了。我今年不出去打工了，今年的地我想自己种。"

"哎呀，你年前咋不说呢？"代福来一拍大腿，从沙发上站起来，"种子化肥我都买啦！"

"买了也行，你过给我……"

还没等张英把话说完，他抢过话茬说："过给你倒可以，那都是我贷款买的。"他瞪着两只蛤蟆眼说道。

"利息我给你。"张英说。

"要利息这不是远了吗？不过——我确实是贷款买的。"

春兰瞅瞅代福来，瞅瞅张英，眼神在他们俩的脸上来回地看来看去。她很惊讶代福来能说出这番话，她知道代福来的心眼子多，但也没想到他会这样胡编乱造。因为年前买种子化肥是她跟着去的，根本没贷款，是去年卖粮的钱，她亲自从银行支出来的。

她有些着急地说："哎呀，都不是别人，啥利息不利息的。张英领孩子过日子多不容易呀！"

代福来冲春兰瞪起蛤蟆眼，"你容易吗？我容易吗？大家都不容易是不是？"又把脸转向张英，"这样吧，妹子，你今年让我再种一年，你也不差那一年……"

张英低着头不说话。

代福来担心张英把地要回去流转给合作社，"你既然要自个儿种，也行，种子化肥我不是买完了吗？都在一起呢，到时候我帮你种上，你把工钱、种子化肥钱到时候一起付给我就行了，雇谁都是雇。到时候我雇四轮子一起种。"

张英抬起头说："不用，还是不麻烦你了！"张英有些气愤，她再也听不下去代福来那些胡言乱语了。

"那你既然铁了心自己种，我只好给你啦！好心也白费，到头也变成驴肝肺。"

张英张了张嘴，看着代福来铁青的脸，觉得跟他再争辩下去也没有什么意义，就做了个要走的姿势。

"哥告诉你，可别听合作社那些人瞎忽悠，仨瓜俩枣地包给他们，要决定自己种，就自己种，有困难找哥，好歹哥也是个共产党员，你说是不是？"

张英微微一笑，轻蔑地看了他一眼就往外走。

"你可别提你是共产党员了，都给共产党丢脸。"春兰看出张英的不高兴，在一旁解围说。

"我咋这么不愿意听你说话，总说我给共产党丢脸，我不也当过书记吗？不也给老百姓办过事吗？"

"得得得，打住！"春兰抬起胳膊摆着手说。

那杯茶水还冒着热气。张英离开屋子的时候，代福来什么客套话也没说，头朝里躺在炕上，冷漠的举动让张英心里感到一阵寒凉，就像秋天的雨浇在心上。

春兰笑呵呵地把张英送到大门外。张英望一眼西下的太阳，红灿灿的落日点缀着炊烟袅袅的小村庄，在落日余晖的映衬下，小村庄变得如此美丽恬静。

第九章

　　谢娜接完胡雪娇的电话,一种淡淡的愉悦充斥在心头。她一边期待着女儿下班回家,一边在心里做着出游计划。正在她左思右想的时候,听到房门的锁眼里传来"咔嚓"的开锁声,门开了,进来的是丈夫叶建华。

　　"欣欣呢?她咋没回来?"她看见只有丈夫叶建华自己进门来,于是问道。

　　"人家就不行有自己的私事吗?同学来了,吃饭去了。"

　　"哪个同学?"谢娜一下想到了邬国强,因为她知道女儿平时不随便跟别人出去吃饭的,"是不是那个……"

　　"算你猜着了。"叶建华边说边脱下外套挂在衣架上。

　　"你说这孩子,她咋就这么一根筋,非要一棵树上吊死!"她气恼得五官都变了形。

　　"别说得那么难听,欣欣这样认准他,就说明这个孩子一定有她喜欢的地方,你就别强加干涉了!"

　　"不行,我是她妈,我必须得对她的未来负责。"

　　"我还是她爸呢……"叶建华说着打开电视,做到沙发上准备看电视。

谢娜不愉快地走到电视机前，随手关掉还没有完全开启的电视机："到家就开电视，不看也开。今天别看了，陪我说说话，我闹心着呢！"

叶建华看了一眼老伴气恼的面容，安慰说："你呀，咸吃萝卜淡操心，孩子都那么大了，研究生都读了，婚姻事你还有啥不放心的，要相信孩子，让她自己去研究吧，你别干涉了好不好？"

"我可做不到，我是她妈，必须得对她的未来负责。"

"对孩子未来负责，不是强加干涉。孩子大了，有自己的主见，你不能管太多。"

"我就是没看好那个村官！必须把他俩拆开。她不听我的，将来啥也不给她，那个新房子也不允许她住！"谢娜左一个"必须"右一个"必须"的，气得眼泪都要出来了。

"人家也没说非住你的新房。你气这样何苦呢？你能跟孩子一辈子呀？"

"就因为不能跟她一辈子，才要给她安排一个好的归宿。"

"一辈子长着呢，未来的事你能定夺吗？婚姻的幸福不是钱多钱少决定的，要看两个人的性格能不能合得来。你就保准于伟能给欣欣幸福吗？"

"起码现在看，于伟比邬国强的条件要好得多。这孩子太幼稚不务实，理想主义者。"

"你是现实主义者呗？"叶建华笑着说，谢娜也笑了，终于眼里的泪水被这一番劝解淡化下去了。

"那我也要做最后一次努力，借着这次一起旅游的机会，撮合撮合，我和胡雪娇一起努力。"

"旅游？去哪儿旅游？"叶建华吃惊地问。

"去山东半岛，八仙过海的地方，还有大明湖畔……"

"什么时候决定的？我咋不知道。"

"清明小长假不是快到了吗？想出去溜达溜达。胡雪娇跟我一说，我俩一拍即合，就这么定下来了。"

"清明小长假不是还有一周多呢吗？"

"一周多，不得提前找团儿吗？得提前报名啊。"

"跟团儿走啊？"

"嗯，跟团儿走省心。胡雪娇都定完团了，就差报名交钱了。她说请咱们一家。"

叶建华一听感觉不太妥，说："咱可不能让人家拿钱去旅游，再说，这样安排欣欣能去吗？"

"所以，让你开导开导她啊！"谢娜脸上泛起笑容来。

"我开导也不一定有效果。"

"你说话比我好使，欣欣听你的。"

"竟瞎安排。"叶建华不高兴地说。

"反正我不能让我姑娘下嫁到农村去，除非邬国强考上公务员。"

"老脑筋，啥公务员不公务员的，只要男孩子有事业心，干啥都是个爷们儿！再说，孩子自己愿意，爱嫁谁就嫁谁，只要活得开心。日子过的是心情，婚姻不是演戏，不是摆出来给大伙看的。有句话说得好，婚姻就像脚上的鞋，合不合适只有自己知道。一双再昂贵再漂亮的鞋，不适合自己，也是个摆设。"

"不要跟我说大道理。我这当妈的看出不合适，就得阻止。"

"再说，于伟条件再好，孩子不乐意呀！"

"要我说这孩子傻，再不，就让邬国强给洗脑了。"

"你可别逗我笑啦，还洗脑？"

"不洗脑，为什么死心塌地地跟他，他邬国强有什么好？"

"还是有她可心的地方。我说，你就别掺和啦！"

老两口争辩到太阳偏西，阳光温暖地照耀着这座逐渐繁荣起来的城

市。天空晴得跟水洗过一样，树木都在返青，处处呈现出生机勃勃的景象。

　　广场上的人很多，暖洋洋的阳光让人身心舒爽，温和的风迎面吹来，叫人想张开双臂拥抱一下大自然。邬国强开车路过这里，他心情愉悦地看了一眼窗外，草坪的绿草已经悄悄地探出手臂，迎春花含苞待放，一团团一簇簇，远远望去，像淡粉色的雾团，吸引着人们的目光。邬国强参加完"农村工作会议"，就开车来到一中大门口等候叶欣下班，他没提前给叶欣打电话，怕影响她的工作，直到看见她走到校门口的时候，他才钻出驾驶室，站在车门口迎接她。挺拔的身影一下进入叶欣的眼帘，她高兴极了，欣喜若狂地朝着邬国强奔过来。她来到邬国强跟前，两个人一同上了车，高高兴兴地朝着从前吃饭的饺子馆驶去。

　　邬国强夹了一个三鲜馅饺子放在叶欣的小吃碟里，笑着低声说："好吃吗？"

　　这声音像甘泉流淌进叶欣的心田，令她舒心悦耳，"嗯。"

　　"清明小长假打算怎么过呀？"邬国强依然微笑着说。

　　"我想让你陪我出去玩玩。"

　　邬国强沉思片刻说："这个愿望难实现啊！春耕马上开始了，我走不开呀。村里的事，合作社的事，一堆一堆的，真的是走不开！"

　　"就三天，抽出三天时间就行。"

　　"三天，对于你来说，也许不算什么，可是，农民种地却是黄金时间！"

　　叶欣的脸上现出失落的神情。

　　邬国强看一眼叶欣失望的眼神，继续安慰道："等以后有时间和机会，我一定带你去你想去的地方。我开车带着你，你想去哪儿，我就把车开到哪儿。"

　　"那时候就走不动了。"

　　"怎么会呢？做完了这辈子该做的事，时间就是我们自己的了，想去哪儿就去哪儿。"

邬国强看到叶欣不开心的样子，心里也有些不好受。但是春耕大局重要啊！他站起来走到叶欣身旁，扶着她的肩膀安抚着："人这辈子，总有身不由己的时候啊！"

华灯初上，他们离开饺子馆。邬国强开车把叶欣送到小区门口，临别时，他满怀歉意地说："欣欣，有一天，我一定带你去你想去的地方，相信我！"

叶欣微笑着亲了亲他的脸颊，跟他道别，尽量用笑容掩饰内心的失落。

叶欣尽管理解邬国强所做的一切，但心里还是快乐不起来。她心情沉重地推开家门的时候，母亲一脸开心地看着她，这让她有点莫名其妙，她不知道母亲为什么这样高兴。

"欣欣，清明小长假我们旅游去呀？"谢娜见到女儿就迫不及待地问。

这句话让本来对旅游失去兴趣的欣欣产生了反感，"不想去。"

"这孩子，放假不出去溜达溜达？"

叶欣寻思一会儿，平淡地说："咋去呀？"

"跟团儿。你爸也去。"

"咱们三口人都去呀？"

"都去。"谢娜盯着女儿的脸说。

"那好吧，就陪你二老溜达一趟，也算我这个做女儿的尽点孝心。"她说着在母亲身旁坐下来。

"看我闺女，多爽快，这一点就像我。"谢娜冲着老伴夸奖自己的同时，心里却有点惴惴不安。

谢娜的眼神一直没有离开女儿那张可爱的脸，不停地察言观色。叶建华坐在沙发上一言不发，翻弄着手中的一本杂志，抿着嘴。他没有看

进去一个字，而是在琢磨老伴怎样跟女儿交底儿。

谢娜看女儿没有反对出游的事，就进一步笑呵呵地说："你胡阿姨一家也去。"

叶欣吃惊地抬眼看着母亲说："跟他们一家一起去？那我不去了。"

叶建华在一旁笑了笑，然后把杂志放在一边，拿起茶几上的水杯，给自己倒了杯温开水一饮而尽，心里掂量着怎样规劝女儿。

"这孩子，咋这么不懂事！你胡阿姨特意邀请咱们一家的。"谢娜有点急躁起来。

"那你跟我爸去吧，反正我不想去。"叶欣一想到她家于伟，一有机会就对她献殷勤的样子，就对一起出游的事更加反感起来。

谢娜心里开始不舒服了，但为了达到目的，还是耐着性子说："你胡阿姨诚心诚意邀请，怎么也得给个面子吧？"

"还特意邀请，我看是别有用心，一定是你们煞费苦心琢磨的。"叶欣一针见血地揭穿了母亲跟胡雪娇的"阴谋"。

"别说得那么难听，我跟你胡阿姨自小一起长大的，多少年的交情啦！怎么能把'别有用心'用在你胡阿姨身上呢？"

叶欣听母亲这么一说，也不好再说什么，起身说道："再说吧。"说完回自己房间顺手关上了房门。

谢娜坐在沙发上郁闷着，这时候电话铃响起来，一看是胡雪娇打来的，她对走到跟前的丈夫说："雪娇的电话！"

"瞅啥呀？接呀！"

"接咋说呀？去还是不去呀？"

"不去多不给面子啊！"

"你那宝贝闺女……"她拿着电话的手指着女儿房间的门说。

"我闺女的工作我做，你该咋说咋说。"

胡雪娇来电话咨询准备好没有，其实是想探听一下叶欣是否愿意同行。谢娜说了一堆她爱听的话，于是她很开心。

胡雪娇撂下电话，高兴着来到客厅，看一眼墙上的石英钟，从丈夫手里拿过遥控器，打开中央一频道，正好播放"等着我"。她很喜欢这个节目，每次看节目的时候，那种奇异的想法都会在她心底升腾。

"你说，咱也通过这个节目，找找咱家送出的老二能不能行？能不能找着？"胡雪娇说完，目光一动不动地盯着老伴。

"当时是咱们主动把孩子送出去的，找着能怎样？跟孩子说什么呢？说我们把你送出去是因为超生？"

"不用解释什么，就看看孩子长多大了？干啥呢？上没上大学？"

于鑫莱半天没说话，沉默一会儿说："要是赶上现在让生二胎的好政策，说什么也不能把孩子送人啊！"老伴的话语里带着深深的遗憾，脑海里又浮现出孩子刚出生时肉嘟嘟的小胖脸，眨着似乎没睡醒的大眼睛，一张一合的小嘴，好像亲切地叫着爸爸似的。

"就是啊！"她感慨地说道，"那孩子今年三十了，比小伟小一岁。"她一边看电视一边说，"看！看！能不能找到他儿子。"胡雪娇的眼睛盯着电视，"门开了！"镜头里，那个老人的儿子出现了，她的眼泪也跟着亲人拥抱的那一刻淌了出来。

"这咋……还动情了？"于鑫莱在一旁深有感触地说，自己心里也酸溜溜的。

三十年过去了，胡雪娇一直也没有忘记那个儿子，时常会想想他的样子，幻想着孩子现在的生活。

清明小长假的第一天，他们一行六人登上了南航客机。胡雪娇第一次坐飞机出门，飞机起飞的时候心里充满了恐惧。她坐在谢娜身边，一动不动地看着窗外的蓝天白云。直到飞机平稳地飞行，她紧张的心才平静下来。

"看那白云，真好看。"她开心地跟谢娜说。

"在天上看云彩和在地上看云彩不一样。"谢娜也饶有兴趣地说。

"嗯。"

经过一个多小时的飞行，他们来到济南，第一站游览了大明湖。天公不作美，淅沥沥的小雨飘洒着，天空阴云密布。但是旅游团还是没有耽误行程，人们冒雨走进大明湖风景区，撑着各色各样的花雨伞，快乐的心情没有因为下雨而削弱。谢娜跟胡雪娇走在最前边，于鑫莱跟叶建华走在中间，于伟自然而然地陪着叶欣。叶欣早已在自己心灵周围设了一道防护墙，隔绝着来自邹国强之外的情感。

"欣欣，你看那游船多美！"于伟时不时地主动找话说。

"于伟，你发现了吗？"叶欣此时没有心情游山玩水，她在想，怎么跟于伟说清楚自己的想法。

"发现什么？"于伟略带吃惊地看着叶欣。

"你妈和我妈看到咱俩在一起，她们就很高兴。"

"哦！"他垂下眼睑，随后扭过脸去躲开叶欣犀利的目光，"我没注意呀。"其实于伟心知肚明，故作不知道。

"她们真是用心良苦。"叶欣冷冷一笑，淡淡地低声说。

于伟没有说话，眼神从风景优美的大明湖面收敛回来，低着头随着叶欣慢慢往前走，郁郁葱葱的树木接受着细雨的洗礼，焕然一新地生长着，耳畔响彻着悦耳的蝉鸣。叶欣此时没有心思观赏山水，继续说："其实他们不知道，咱俩在一起是不可能的。"

"为什么不可能呢？我是真心喜欢你呀欣欣。"

"你知道我有男朋友，我们都相处五年了，而且我们的感情很深。"

"可他没有正式工作呀，你父母也不同意。"

"我父母不同意不代表我不同意。他是没有正式工作，但他有自己的事业。"

"你就那么死心塌地嫁给一个种地的？"

"种地的又怎么了？那是他的事业。"

"种地也算得上一项事业？"

"对。我支持他！为了爱情，我也要支持他。他没有时间陪我，就像这个小长假，他抽不出一点时间。我还要告诉你，我的工作，下学期就调到他们乡镇去了。局里已经审批了，下学期开学，我就去那儿工作。"

于伟惊讶地睁大眼睛问道："你父母同意吗？"

"不同意。我自己的事我自己做主。"

"那你是铁了心嫁给那个村官了？"

"是的！"

"那好吧！我祝福你！"

于伟说完这话，眼神不再迷离，跟叶欣一起大步朝前走去。本来他们是分成三伙儿走，现在变成了两队前行。四个老人心照不宣地明白了眼前发生的变化，虽然有些遗憾，但大家的心都落地了。

晚上，叶欣疲惫地躺在宾馆的卧榻上休息。她翻着手机里的相册欣赏着，看着自己美丽的样子非常开心，但心中还是有一阵阵遗憾涌来。如果邬国强能跟自己同游，那该是多么快乐无比的事啊！尽管他们不在一起，但是她从未觉得离开邬国强半步。她的心一直追随着他，尽管远在千里之外，也感觉他就在她身边。叶欣有时觉得自己的心很大，能装下地球，但有时候又觉得自己的心很小，只能装下邬国强一个人。就是这个人为她撑起心灵的一片天。爱，让那片天蔚蓝。爱，让那个世界温暖。她心灵的芳草地四季都春意盎然，鲜花缀满，那是因为人间真爱在这个纯洁的少女心中盈满！

她把那张背对大海的照片发给邬国强，这是她登上蓬莱山顶照的一张照片，粉红色的丝巾随着海风飘逸，衬着那张可爱白皙的笑脸。

她用微信语音道："国强，我最喜欢这张照片。"

那边微信回应："笑得幸福甜美！"

"因为我是看着你笑的，不是看着相机。"

"用心灵的眼睛看我呢？"

"是啊，每天我都用心灵的眼睛凝望你，把你装在心里，走到哪儿带到哪儿。"

邬国强发来一张笑脸和一个吻。

两人在微信里聊了好一阵子，直到叶欣有些困顿，她才放下手机，不一会儿就进入了梦乡。

梦里，她梦见自己跟邬国强在海边散步，看着浩瀚的海面和盘旋头顶的海鸥，心情畅快极了。她亲热地挽着邬国强的胳膊，迎着惬意的海风徜徉着。她的心甜甜的，满是幸福的感觉。这时候，轮船的汽笛在远处的海面发出闷闷的声音，把她从睡梦中唤醒。原来是睡在对面的母亲一大早醒来在看微信，不小心播放了一个音乐视频。

第十章

昨晚邬国强跟叶欣聊天睡得很晚，今早起来，母亲已经把饭菜都在桌子上摆好了。他端起饭碗刚要吃，手机铃突然响了起来。他拿过手机一看，是山东省的号码。他犹豫片刻，接了起来。

"喂，您好！"声音带着浓重的山东口音。

"您好。"邬国强回应道。

"我是山东凤翔蓖麻有限公司的，邬书记，今天有时间吗？想跟您洽谈点业务。"

邬国强一头雾水："什么业务？"

"我们公司收购蓖麻籽，你们合作社能不能跟我们公司合作，种几十垧蓖麻呀？"

邬国强想了一会儿说："我对这个蓖麻不是很了解呀。"

"我可以给您介绍介绍，蓖麻这种植物不挑地块，最贫瘠的土地都能生长。"

"上次在市里开农企对接洽谈会的时候，真有人跟我提到种植蓖麻的事。有点太费事啊，都得靠人力操作。目前不打算种，您还是跟别的合作社洽谈吧。"

"邬书记，电话里说不清楚，您今天有时间吗？我想亲自登门跟您谈谈好吗？"

"您……还是找别的合作社合作吧！"

邬国强说完挂断电话，急忙吃了口饭就朝村委会走去。暖洋洋的太阳高高升起来，七彩阳光照耀着春意盎然的小村庄。他神采奕奕地走在村街上，平坦的水泥路两边，还不是很高的垂柳抽丝吐叶，一树新绿。休眠了一个冬天的丁香树含苞待放，和煦的西南风吹拂着邬国强憨实的面颊，他大步流星地走着，安静的小村庄不时响起几声鹅狗的叫声，打破了小村庄清晨的安静。

他走进村委会办公室，刚坐稳，刘大娘就跟了进来。

"大娘，你这么早来有事吗？"

"那啥，你刘大爷不是得病了吗？也起不来炕，干不了活儿，我看看能不能……办个低保。"刘大娘吞吞吐吐地说。

"大娘，这个低保户吧，也是有标准的，我给你申请一下，看看符不符合条件，因为您毕竟有儿女。然后村里开会研究一下，大家评定。"

"帮帮忙吧，要不咋整？"刘大娘的语气好像申请低保只是邬国强一个人就能决定的似的。

"不是帮忙的事儿，大娘，假如你家有什么活儿，需要帮你干，我就去，我自己说了算。但是低保得上级部门审批，村干部评定，不是我一个人说了算。这样吧，明天你把身份证和户口本带来，我复印一下，然后月末给您报上去。刘大爷现在卧床失去了劳动能力，你家儿媳还有残疾，这种情况下应该差不多。"

"我带来了。"刘大娘说着，从随身拎着的黑塑料袋里拿出身份证和户口本递给邬国强。

邬国强接过来说："还得写一份申请材料。"

"我……不会写。"

"你找个人替你写也行。"

"找谁去呀？要不……你给我写吧。"

邬国强寻思一下说："好吧，你先回去吧。"

刘大娘坐回靠墙的长条木椅，没有离开的意思。

邬国强有些纳闷，于是关切地问："大娘，你还有什么事吗？"

刘大娘摇摇头说："没有。"一边瞅着放在办公桌上的户口本和身份证。

这时候，魏志民从外边风尘仆仆地走进来，冲着邬国强说："人都到齐啦！"

"几个人？"

"来九个。九个人能干过来，还有报名的，我没答应那么多人。能干过来，多了也用不了那些人。"

"行。对了，你顺便通知一下张英，她想来合作社做饭，就让她来吧。"

一听到张英要来合作社做饭，魏志民心跳加快起来，心里一下涌进一股热流。不知为什么，最近这段时间，他对"张英"这个名字太过敏感，无论是听别人提到她还是自己想到她，心里总是热血涌动。他转身走了出去，眉宇间露出喜色，他在走廊里拨通了张英的电话。

"喂？"电话那边传来张英的声音。

"我是志民。"

电话那头没有立刻回应，过了几秒才传来张英的说话声，就是这几秒，让魏志民感到窒息。"志民，有事吗？"

"合作社上人了，邬书记让你来做饭。"

"嗯嗯，好的。"张英特别惊喜，"我收拾一下就去。"

"来吧，合作社可热闹啦！"魏志民突然高兴起来。

张英把地从代福来手里要了回来，然后入股合作社，自己来这里干

活,心里有了一种主人翁的踏实感,就像给自己家干活一样。

魏志民打完电话就出去了,带着几个社员朝着村西头育秧大棚走去。

刘大娘依然坐在那里。邬国强看着呆若木鸡的老人,感觉她还有什么要说的话,就热心地询问:"大娘,你还有什么事吗?"

"没有。"

"那您回家去照顾大爷吧。"邬国强说。

"那个……得几天能办完?"老人迷离的眼神里流露着焦急和不安的神色。

邬国强明白了刘大娘不走的原因。"我也说不准几天,我会尽快给您办的。"

就在这时候,一个年轻的小伙子出现在门口。小伙子三十出头的样子,看上去跟邬国强的年龄差不多,穿着一身灰黑色的休闲装,挎着一个黑皮包。就在邬国强审视他的时候,小伙子主动搭讪说:"您是邬书记吧?"一口山东腔。

"啊,我是。"

"我就是早上给您打电话的那个人。"

"噢。"邬国强依然审视着他。说话间,小伙子来到他办公桌的对面。

"您请坐!"邬国强客气地说。

邬国强离开座位,倒了杯水端给小伙子。刘大娘见有客人来,就悄悄走开了。

"大娘你放心吧,我会尽快给你办的。"邬国强目送着刘大娘的背影说。

年轻的小伙子看了一眼走出去的刘大娘说:"您还真忙啊!"

"瞎忙。这么早来找我,还是为了种蓖麻的事吧?"

"是的。"小伙子和颜悦色、不紧不慢地说。

"这个……"邬国强抬起手,挠挠头,"种这个……太费时呀!"

"蓖麻的价值非常高,收购价格也不低。而且,主要它不挑地,房前屋后,废弃的坑边,哪都可以种。"

邬国强想了想:"您这么有诚意,我就先少种点尝试一下。"

"那您准备种多少呢?"年轻人眼睛亮了起来,笑眯眯地看着邬国强。

他想起有几块从老百姓手里流转过来的贫瘠的土地,用心估摸了一下说:"五垧吧。"

"邬书记,您咋也得种十垧八垧的,我来收购一回。您说是不是?"年轻人用期待的目光看着邬国强。

"那就种十垧,如果效益好,能为社员们带来效益,来年再多种,你看怎么样?"

"好,邬书记,就喜欢您这样的爽快人!"

年轻人说着,立刻把放在一边的黑色皮包拿过来打开,从里边拿出一沓纸。

邬国强看一眼他手里的东西:"现在就签合同?"

"对呀,做事就得雷厉风行。"

"过两天再签,得跟合作社的社员沟通一下,然后再签合同也不晚。"

"您是董事长,还跟他们沟通什么呀?"

"那也不行。"

年轻人用渴望的眼神看着邬国强,恐怕毁约似的。

"放心吧,我答应的事,也就十有八九了,但是必须得跟合作社的其他人沟通一下,我们得协商好。"

"那我等您的消息。"年轻人很客气,言谈中一直用"您"称呼着。

他们互留电话后,握手道别。

年轻人走后,邬国强准备去水稻育秧的现场看看。九点钟还要去镇里参加一个村耕会议。他刚走到门口,张英步履轻盈地迎面走来,看上去十分开心的样子。原来的马尾辫剪去了,梳着短发,还烫了几个大波

浪。人显得十分精神。

邬国强热情地打招呼说:"英姐,你来了。"

"我接到魏志民的电话就过来了。"

"跟我来吧。"

邬国强走在前边,张英跟在后面。在里边最后一个门口停下来。邬国强推开房门,这是一间宽敞的饭厅,足有四十平米大。一个大长条桌子靠窗下放着,上面铺着绿花格子面的地板革,放着米袋和做饭用的餐具。往里走是一个灶屋,靠北墙是一个大灶台,安放着一口十二印的大铁锅,白铅锅盖和灶台上面落了一层厚厚的灰尘。

"这里好长时间不用了,英姐,你收拾收拾,中午准备十三四个人的饭。"邬国强说完就出去了,他边走边看了看手表。张英隔着窗看见邬国强开车朝着兴旺镇的方向驶去。昨晚他没有把车开回家,停在村委会院里了。

第二天上午,社员们继续进行水稻育秧的劳动。大棚里潮湿温暖,两条钢轨从这头伸向那头儿,隔出两块平整好的消毒处理过的土地。大棚足有一百米长,二十米宽,平整之后的土地上撒满金黄的"抗逆性"好的优质稻种。吴天明坐在运土车上,小小的电动运土车载着十多桶筛好的细腻黑土来回运转着。赵球子一个人站在覆土机上,调好覆土的厚度,然后启动覆土机,覆土机开始慢慢向前滑行,他站在覆土机上开始录制小视频。

"你看这家伙唰唰的。"赵球子说着,一抬头,运土车又到了他跟前,"这车又回来了?"

"快吧!"吴天明说。

"我还能撵上你?你就这么整?哈哈……"

"厚不厚吧?"

"嗯?我看看厚不厚。"赵球子弯腰用大拇指探一下土的厚度,"不厚，咱们浇水浇的时间长。"

"这个是覆土机，往上覆土呢。看这覆的土，匀不匀？嘎嘎匀！"赵球子一边录制小视频一边赞叹道。

这时，邬国强来到大棚的门口。手机突然响了，他知道是叶欣的电话，就转身朝外走。"国强，在这儿接吧，让我们听听你们大学生是咋谈恋爱的！"小诗人吴天明高声大嚷。

邬国强笑着回头看他一眼，猫腰出了大棚的小门儿。

"欣欣，干啥呢？"

"我在八仙过海的地方呢。"

"入'仙境'了！哈哈……玩得开心吧？"邬国强笑着说。

"让你来你不来。"叶欣撒娇地埋怨道，"这里的景色太美了，你没陪我一起来，太遗憾了，风景里就缺你啦！"

"哈哈……有一天我会给你补全这道风景。开心地玩吧！我这里有点忙，晚上聊。"他依然笑着说。

邬国强的话像蜜一样滴落在叶欣的心上，她高兴地挂断电话，继续陪着母亲和胡阿姨快乐地游山玩水。

邬国强返回大棚里，正好看见吴天明站在轨道车上说："别吵吵，我来灵感了！"

大家看着他奇怪的表情都忍不住笑起来，他像什么也没看见似的随后说出一串顺口溜——

大学生，素质高，

我的对象特别好。

你是咱村梧桐树，

引来凤凰入爱巢。

虽然诗歌没有合辙押韵，却让大家无比开心。不知谁在后边补充道："以后我们村的梧桐树越来越多，凤凰呜呜往这飞。"

"哈哈……想得美！不用说凤凰，落几只喜鹊就行啊！"赵球子大声地笑着说。

"唠啥了？跟俺们说说。让大伙儿跟你一块儿乐呵乐呵。"李才生平时不怎么爱说话，今天也兴奋起来。

邬国强笑着看了李才生一眼，轻声说道："这是秘密，只能意会，不能言传。"他走到大棚中央看了看吊挂的温度计，上面显示23度。魏志民正在小本子上记录什么，表情严肃认真。自从邬国强把种植有机水稻的管理事宜交给他以后，他的高度责任感被激发出来。从选种那天开始，他就开始做稻苗管理记载，暗自告诉自己一定要争气，做出个样儿来给大伙看看，给弃他而去的妻子看看，他不是个草包。

直到中午，一棚水稻育种播种完毕，圆满地收工了。响午时分，十几名社员心情愉快地回合作社吃午饭。魏志民走在最前面，他想快点回到合作社帮张英干点零活，于是甩着胳膊大步朝前走去。他的心被一种莫名的情感驱动着，不知不觉把身后几个人落下一段路程。他迈着矫健的步伐，心中燃着希望之火，那是对生活的希望，对爱情的希望！他正用热情拥抱生活，热爱生命中的每个日子。他从曾经颓废彷徨的阴影里走出来了，时刻记着邬国强对他说的：经济是生活的命脉，要想过好日子，就撸起袖子加油干！只有生活富强了，我们才能活出个样子来！

"志民，慢点走！等等我。"吴天明在后边故意大声喊。

魏志民含笑回望大家一眼，继续甩开胳膊大步朝前走。邬国强走在最后，他正在接电话，没在意大家的说笑。之后他撂下电话对大家说："李技术员明天来，下午就开始召集割土豆栽子的人员，明天开始栽土豆。"

"召集妇女干活的事，你就交给张英，她一定能整明白。"赵球子抢先说。

邬国强思索片刻点点头,觉得这活儿挺适合张英干。

他们走进合作社大门的时候,隔着玻璃窗看见魏志民正端着一个冒着热气的大盆放到窗台上,里面盛的是饭还是菜看不清,这热气腾腾的情景立刻唤起了大家的食欲。张英捧着一摞碗筷紧随其后。

大家进了合作社的小食堂,小小的饭厅立刻喧嚣起来,说笑声,碗筷的碰撞声,洗脸洗手的倒水声交融在一起。

"大米饭好香啊!什么米?"李才生一手拿着空饭碗,一手掀开电饭锅。

"长粒香。"张英一边盛菜一边说。

"等今年咱们种出纯绿色水稻,焖出的饭你再吃吃,比这个还要好吃。"魏志民信心十足地说。

第十一章

　　第二天是晴好天气，没有一丝的风，空气中透着丝丝凉意，让人觉得浑身舒爽。二十多名妇女穿着五颜六色的衣服聚集在合作社的院子里，她们年龄都在三四十岁。这些人自然站成一个半圆形，个矮的站在最前排。一个年轻的小伙子站在她们队伍的前面，随时准备开始讲话的样子。照实说，在农村生活了几十年的人，割土豆栽子这么一个简单的农活是不在话下的。可为什么还要请老师亲临指导呢？有几个妇女早就不以为然了。

　　她们头上用头巾包裹得严严实实，目的不是为抵御春风，而是要保护那张需要呵护的脸。现在农村的小媳妇们，也开始用"美"来装扮自己了。干农活的时候，把那张细腻的脸做最好的保护，生怕伤着皮肤。

　　她们每人手里都拿着一把割土豆栽子用的迷你小砍刀，放在手里比巴掌大不了多少，脚下都放着装满土豆栽子的塑料袋子。年轻的小伙子站在妇女们前面，手里拿着一个鸭蛋大小的土豆儿，高门大嗓地讲解着割土豆栽子的方法，小小的土豆随着他的话音在手里不停地转动着。

　　"大婶大姐们，别看这个土豆不起眼，它可是我们研究所去年研制出来的新品种，不但产量高，质量好，出粉率也特别高。这就要求大家割的时候用心选牙儿,看准,掌握好分寸,尽量不浪费胚芽,不要割出土豆瓢子。"

"谁割土豆栽子没瓢啊?"一个外号叫"葵花"的中年妇女小声对身边的王婶说。她叫温霞,"葵花"是她的微信昵称,大家就用"葵花"代替了她的本名。

"听着听着。"王婶小声说道。

"为什么这么讲呢,土豆栽子大,能保留水分,供应养料。"

"懂了,小伙子,不用讲了,开干吧!"王婶胸有成竹地手一扬,高高举起手中的小砍刀。

"您别急呀大姐,我还没说完呢。咱们过去的割法是只留独芽。现在我们要留住顶芽,顶芽旁边的小芽随着这个顶芽的生长就会慢慢枯萎,只有这个顶芽成长。所以割的时候一定要看准。"

"哦,过去割土豆栽子,看着芽随便割。""葵花"说。

"科学的割法是一刀下去。创面不能多,两面到三面,割成三棱锥形。这样细菌感染面就少,有利于土豆生长。"

"葵花"开始琢磨三棱锥形是啥形,她只念了小学三年书,那点知识早就就饭吃了。正在她苦思冥想的时候,技术员小李又说了,"这种割法的好处是耐旱,营养足,还能保持土豆栽子本身的水分。"

"小伙子,俺们听懂了,割了一辈子土豆栽子,还第一回听说这种割法呢。"王婶笑哈哈地说。

"这是科学割法,现在种地得讲科学!"小伙子很有耐心。

"时代不同了,现在是科学种田。"张英笑着补充道。

"看机器都开出厂房啦!开干吧!"魏志民的妈妈是个急性子,她看到栽土豆的机器从厂房里开出来了,就有些着急了。昨晚她听说合作社用人,今天一大早就来了,尽管儿子百般阻拦也没能阻止老人的劳动热情。她寻思自个儿能干动的活儿就来干,合作社有自家的地,何况干

活又不白干，按小时给钱。她这样想着，就积极踊跃地来参加合作社的劳动了。邬国强知道后，还鼓励老人一番：干活效率是小事，老人的精神可嘉！

一台台崭新的拖拉机开出厂房，整齐排列在合作社大门口两侧，李才生坐在拖拉机上，等候人们上满土豆栽子，准备第一个开进地里，过一过用机器栽土豆的瘾。

"噼啪噼啪"一阵爆竹声在合作社大门口炸响，大家不约而同地朝大门口看去，只见赵球子正捂着耳朵，斜着身子，躲避着烟雾和炸响的鞭炮。这突如其来的鞭炮声，把聚精会神等待装车的李才生吓了一大跳。

代福来家的北门正对着合作社的南大门，鞭炮声把代福来跟春兰吸引出了屋。他俩躲在自家屋檐下一个谁也都看不到的地方，抻着脖子，跷着脚，往合作社院里眺望。昨天下午，张英特意去了代福来家，把合作社召集人员干活的事跟他们说了。春兰一听一小时八块钱，很高兴地答应张英，但是被代福来一口回绝了，穷死也不挣合作社的钱。

"这家伙，还挺热闹。一个种土豆子，放哪门子炮仗，不放点花呀？这家伙咋呼的！"代福来轻声嘀咕着。

"你咋呼一个我看看！"春兰在一旁不服气地说。

"我咋呼咋地？哼，走着瞧！"嫉妒又涌上他心头。

昨晚春耕会议结束的时候，赵球子就提议要放一挂鞭炮，庆祝春耕大会战的开始，没有得到邬国强等人的同意，可他还是把自己家里春节期间没有燃放的一挂鞭炮奉献出来了。

妇女们虽然在年龄上参差不齐，但干起活来不相上下。不到半个小时，四台拖拉机的拖斗里盛满了新割好的土豆栽子，拖拉机陆续开出大门，"哒哒哒"向大地驶去。技术员小李在劳动的妇女堆里细心检测着，他发现那个叫"葵花"的中年妇女割出的栽子不符合规格，于是就耐心地手把手地教她。即使这样，她割出的栽子还是不符合要求。张英看在眼里急在心头，就凑过去心平气和地说："葵花，这样吧，你中午给大家做饭，也按一个小时八块钱给你。我的那份活儿，就交给你，你看咋样？"

"我？去做饭？"葵花有点不情愿。

王婶抢着说："行啊，葵花，干啥都是干，俺们一小时也八块钱。"

"那……你们可以成天干，我就干那几个小时。"

"做完饭剩余的时间，你还可以跟俺们割土豆栽子。"张英说。

"这样行，葵花。"王婶说道。

昨晚的会议决定，从今天起张英就担任领工。她知道这是得罪人的活儿，但一想到自己家的地在合作社，合作社收成的好坏连着自己的生计，便横下心来担起这个差事。在干活过程中，她细心观察了一番，看到这二十多人干活不都是全力以赴。于是她笑呵呵地跟大家说："我有个建议啊，想跟你们说说。"

"啥建议？说！"王婶头也不抬一下，割好的土豆栽子从手心里一个接一个地落到下面的塑料袋里，不一会儿就成了堆。可有几个人割出的栽子还不到她的一半。

"我觉得这样大帮哄看不出谁干的多少，咱们分组吧。五个人一组，每个人把自己割的栽子放在自己的袋子里。这样干多干少就看得一清二楚了，你们说行不行？"

王婶这才抬起头看看左右两边的劳动成果，她醒悟地说："行！行！这个办法好。"

张英看着大家不紧不慢地说："姐妹们，大娘大婶们，咱们合作社昨天开会研究让我代工，我既然应下了这个得罪人的差事，那我就得负起这份责任。我们分组干，这样干多干少大家都能看得见，谁也不会偷懒。"

"行，这招儿好！"魏志民的妈妈快言快语，她还不知道自己的儿

子跟张英之间的事，要是知道，老太太的嗓门比这还得高出一倍。

大家自由组合，最后把魏志民的妈妈丢在一边，因为只有她的年龄最大，谁也不愿意跟她一组。张英看到这个情形，主动说："魏婶，我跟你一组。"

"还有我。"王婶站起来大声说。

"那咱们这组就四个人，算上葵花。"

老太太受了冷遇心里很不是滋味，"没事，四个就四个，保准不让她们五个人的落下，别看我岁数大，我干起活来，绝不服你们任何一个！我还真就不信那个邪，年轻那会儿在生产队干活，净当打头的了！"魏志民的妈妈站在人群中，不服气地大声说道。

说完，她一阵风似的走到土豆堆跟前，捞过一袋土豆就割起来。那双粗糙的大手看不出一点女人的柔弱，每个手指的骨头节都突兀着。土豆在她手里迅速转了个圈儿，随后就四分五裂地成了一个个小三棱锥了。

一直在远处看热闹的代福来两口子还没有回屋。春兰很想参加她们的劳动，于是小声跟代福来说："欸，老头子，老魏太太也去了！看来这合作社活儿好干呢。好像挣钱不费劲儿似的，要不……你让我去吧，还挺热闹。"

"我看你去一个？"代福来瞪着两只蛤蟆眼说。

"去咋地？挣的是钱！"

"穷死也不去！别说还没穷死。"代福来嘟囔着，眼睛直直地盯着合作社的院里。

这时候，邬国强和三个陌生人从合作社办公室走出来，一起朝着大门口走。他们是福利淀粉厂的人，刚刚跟合作社签订了一百垧土豆收购合同。

邬国强的手机突然响起来。

"喂，你好！"

"邬书记，我是刘婷姝。"

"你好，刘镇长。"

"一会儿电视台记者要去你们那儿采访，关于春耕生产方面的事，要录制一期节目。"

"好啊，欢迎！"邬国强听到这个消息很兴奋。

"你准备准备，我们马上就过去。"

"没有什么准备的，正干着活呢，你们来正好现场实拍。"

邬国强撂下电话，在大门口跟客人们道别的时候，院里突然唱起歌来，一开始是粗声粗气没有经过一点训练的女人的声音，接着十几个粗细不一的声音一起唱起来：

"没有共产党就没有新中国

没有共产党就没有新中国

共产党辛劳为民族

共产党他一心救中国

他指给了人民解放的道路

他领导中国走向光明

……"

合作社的上空被粗犷有力的歌声笼罩着，一切都和着歌声快乐着。邬国强喜欢这快乐的劳动场面，很想跟她们一起唱《没有共产党就没有新中国》。原来，张英分好组之后，想调节一下气氛，就建议大家一边干活一边唱歌。这个建议一提出来，就得到大家的热烈回应，"葵花"第一个唱起来，这会儿她专门干捞土豆袋子的活儿。大家跟着唱，虽然有点南腔北调，但歌声里流露出人们内心的快乐。

邬国强走到她们中间，高兴地为大家鼓掌。他看着喜上眉梢的社员们脸上绽放的笑容，心里有一种凝聚的力量鼓舞着他，给了他对丰收年景美好的憧憬。

"强子，俺们唱的没跑调儿吧？"魏妈妈抬头看一眼走过来的邬国强，手里的活儿没有停。土豆块儿迅速滑落到下面的塑料编织袋里。老人很久没这么有干劲了，自从儿媳妇带着小孙女走后，她也心灰意冷地挨日子过。今天好像又找到了年轻时候的感觉，体会到从前干活的激情。

"俺们是唱歌干活两不误。"王婶接过话茬。

正说着，王婶的手机响了，铃声是宋祖英的歌《好日子》，这部老年机的铃声如雷贯耳。王婶拿出手机一下兴奋起来，"我儿子来电话啦，是我儿子的电话！"

"你儿子电话，把你乐这样？"一个中年妇女不屑地说。

"嘿嘿！我一见我儿子就高兴！"她说着接起电话。

"废话！谁见儿子不高兴啊？"那个妇女不依不饶。

"嘿嘿！儿子！"王婶高门大嗓地说。

"妈，我们开支啦！"

"我说嘛，给妈打电话准是好事儿！开多少，快说，妈听听。"

"我跟小月儿俺俩开了五千多呢。"

"五千多呀？开那么多？"

大家也跟着一起高兴着。邬国强站在一边静静听着，脸上挂着笑意。看到乡亲们热火朝天的劳动场面，他心里甜滋滋的，希望自己在未来的日子里能给他们带去更好的生活。

"妈，地流转给合作社了，俺俩打工也不惦记家了。"

"不用惦记。这合作社呀，大伙一起干活，别的不说，就是乐呵啊。这一天老开心啦！"

"开心就好啊妈，心情好啥都好，你们干活吧！"

"欸！"王婶的这句"欸"像唱歌一样飞出嗓子眼儿。

邬国强看王婶撂了电话，才开口说话："告诉你们一个好消息，一会儿市电视台记者要来咱们合作社采访，可能要找你们谁说说话儿，你们不要紧张，问你们什么，你们就说什么。"

"呀，俺们要上电视啦？"王婶惊讶地问。

"是的。"

"我的天哪，老了老了，还能上电视？太好啦！可是我这样子有点对不起观众，两头细，中间粗，跟个大酒瓶子似的，可千万别录我呀！"说完她哈哈大笑起来，大家也跟着笑起来，可谁都没有放下手里的活儿。

张英鼓励大家说："撸起袖子加油干，咱们的生活会越来越好的！"张英这几天心情格外好，有了魏志民的关爱，她冷却的心开始升温，生活开始温暖着她。

正说着，一辆新闻采访车开到合作社，车停在大家干活的地方。一行四人先后下了车。走在最前面的女同志就是镇长刘婷姝。她梳着一头披肩发，虽然人到中年，但看上去很年轻。走在最后边的一个年轻小伙子扛着一台摄像机，旁边跟着一位拿话筒的年轻女子。代福来听到大家唱歌，真想把耳朵堵上。看到新闻采访车开进合作社院里，他惊奇地把眼睛又睁大了一圈儿，直直盯着院里看。

"看人家国强，年龄虽然不大，干得多红火！"春兰夸赞说。

"那都是他爹指挥的，没他爹，他能有这套路？"

"他爹有国强有远见哪？人家国强是大学生，能跟上时代潮流，他爹那思想，早落伍啦。"

"听听，记者问王婆呢，你能听见说啥吗？"代福来说的王婆，指的就是王婶。

"你顺风耳呀你能听见，我可听不见，看着得了。"

"别瞎吵吵。"

代福来猫着腰躲在大墙根下，把耳朵贴在墙上。只听见呜呜的小西南风从耳边吹过。

王婶对记者说："我原来就是这个村有名的贫困户。结婚那阵儿，

他家就穷，过门以后老爷子有病，病了两年，走了。接着老太太又有病，瘫痪了六年，就这么的，成了确确实实的贫困户啦！今年土地流转给合作社了，俺家儿子媳妇进城打工去了。对了，刚才来电话了，刚开完支，小两口开了五千多，乐够呛。俺家老头子，是一杠子压不出个屁的主儿……"

记者强忍着笑说："别说这话。"

王婶也不好意思地笑起来："我说到哪儿了？"

"说到你家老头儿了。"魏妈妈一边割土豆栽子一边大声提醒她。

"俺家地不是流转给合作社了嘛，人闲起来了，村上看俺家困难，就让俺家老头儿在村里开四轮子收垃圾，一年到头也能收入几千。我在合作社干活，还能收入好几千，地流转给合作社，有五六千的收入，到秋还有分红，你说这日子是不是越来越好？"

王婶几乎忘了面对着镜头，好像跟人唠嗑一样越说越起劲。"你说这合作社谁发明的呢，太好啦！"

记者看王婶的话题要跑远，就接着问："你们都是自愿来合作社干活的吗？"

"给现钱呀，一天一算，谁不来干呢。你看那大岁数的都来了。"她回头指了指魏妈妈。

"合作社有俺家的地，有俺家的股儿，不给钱也来呀、别说还给钱呢！"魏妈妈笑着说，手也不闲着。

就在这时候，拉土豆栽子的四轮车开进合作社院里，采访告一段落，人们开始往四轮子上搬运土豆栽子。

第十二章

邬国强随记者一行人开车向播种土豆的大地驶去。

远远地就看见四台拖拉机在广袤的大地上劳作着,拖拉机走过之处是翻新的黝黑的沃土。一望无边的黑土地上,纵横交错的树带泛着淡淡的新绿,点缀着春天的旷野。

车子在地头的水泥路停了下来,大家陆续下了车。旷野里到处是春的气息,泥土的芳香伴着青草的味道弥漫在空气里,还有那吐绿的树木散发出的清新气息,这里的空气沁人心脾,让大家神清气爽,都想贪婪地多吸几口这儿的新鲜空气。多么可爱的大自然啊!淡蓝的天,几缕棉絮般的白云自由自在地飘荡着,百灵鸟在空中欢唱,布谷鸟也在远处的树林里回应着。和暖的春风吻着人们的脸颊,像爱人纤细柔嫩的手轻轻地抚摸。春天来了,一个充满希望的春天正向人们招手,社员们正张开心灵的双臂,拥抱着这个可爱的春天。邬国强看着忙碌的兄弟们,脸上露出灿烂的笑容。他凝神眺望着远处的原野,望着苏醒的大地,思绪激荡。

采访开始了,记者对着镜头慷慨陈词:"春耕生产是农民朋友们一年最重要的大事,龙华合农民专业合作社抓住气温上升的有利时机,开展了土豆的播种工作,大范围的农业现代化作业让春耕事半功倍。下面,

我们就来听听董事长邬国强怎么说——"

邬国强面对镜头，不慌不忙，沉着稳重地说："刚才看到机械化作业的劳动场面，我特别高兴。农业机械化使我们的春耕快捷省时，节省了劳动力，也减小了劳动强度。在政府大力支持下，我们龙华合作社全面开展机械化作业，今年流转了三百二十公顷土地，除了种植水稻和玉米以外，又重新调整了一下种植结构，今年种植了一百坰土豆和十坰蓖麻，土豆这块儿，已经跟淀粉厂签订了收购合同，解决了后顾之忧。这十坰蓖麻是新项目。我想，如果效益好的话，打算继续推广农户种植。在房前屋后，还有废弃的土地上都可以种植。希望能给老百姓带来更大的经济效益，贫困户能早日脱贫，一起奔小康！"

"据说你们今年经营的三十坰水稻全部施农家肥，打造纯绿色粮食。"

"是的。虽然三十坰不算多，但我们要以质取胜。"

"你们村的农户都入你们合作社了吗？"

"这个没有。我们第一年组建，有很多人还在观望。但是我有信心带领大家走上一条富裕的路，齐心协力奔小康。"

"能问您点私事吗？"记者笑着说。

邬国强微笑着说："可以的话——嗯，可以。"他心里揣摩着记者要问的问题。

"听说您还是单身。"

"呵呵……这是我的私人问题。"邬国强依旧笑着。

"可以向大家……透露点……您的……个人问题吗？"

邬国强没有回答，带着笑意看着记者。

"刚才来的时候，有人说你好像不能在兴旺村扎根。听说你女朋友在城里教学，而且是一所重点中学。"

邬国强想了想说："如果有必要在这里回答的话，我可以告诉父老乡亲，我女朋友答应我到农村来。下学期，下学期她的工作关系就转到我们镇中学了。她已经向上级部门递交了申请，已经审批下来了。"

"听说你女朋友是个教学能手，在市里是很有发展前途的。"

"她很愿意跟我到农村来。她说，无论城市还是农村，工作的性质都是一样的。"

记者对着镜头又说道："刚才似乎采访了点题外话，但是，我想，老百姓想知道他们的当家人能不能在这里扎根，带领大家一直奔向小康生活，我想有必要采访一下。这回，兴旺村的父老乡亲就可以放心了。"

接着，镇长刘婷姝又补充道："备耕生产是我们镇的重点工作，特别是机械化种地、农机的检修与保养、农业技术等方面，都是由我们农业技术推广站全程做好技术服务。"

……

采访结束了，新闻采访车沐浴着正午的太阳迅速远去，消失在绿树掩映的乡村路上。土豆播种继续进行着，"隆隆"的机车声响彻回春的大地。

一天的春播告一段落，人们怀着喜悦的心情离开了劳作的黑土地。夕阳像个硕大的圆盘，贴在银灰色的天边，周围的云彩被它染成了橙色。远处，一片片小树林抖动着嫩绿的叶子，在微凉的晚风中翩翩起舞。好美的春色，安静的黄昏！社员们恋着夕阳，沐浴着晚霞，坐在拖拉机上，沿着乡间平坦的水泥路向村口驶去。

吴天明坐在魏志民开的拖拉机上，看着红灿灿的晚霞，兴致勃勃地顺口朗诵了一首打油诗——

晚霞天边红，

夕阳悦心情。

播种新希望，

待看丰收景！

魏志民手握着方向盘，头也不回地说：“还是没累着你呀！”

"这样种地，多清闲呀，全都机器化。比起老爷子那时候，真是天壤之别！"

"还甩词儿呢！'天壤之别'，你给我解释解释，什么叫天壤之别？"魏志民自打跟张英在一起，每天都开开心心的，从前的苦闷心情荡然无存。现在不但愿意跟大家说话了，还时常有笑声从他的嘴里飞出来，好像生活一下变得美好起来。

吴天明解释说：" '天壤之别'吗？就是天上到地上的差别。"

欢笑声洒在乡村路上。

吴天明接着说："过去种地是——面朝黄土背朝天，一年四季没清闲。如今是——坐着机车种大田，一年两季享清闲。"

"不愧小诗人，说话一套一套的。"赵球子打趣道。

"对了，天明，听说你要入党？"魏志民突然冒出这句挨不上边的话。

"是啊！我现在是党员积极分子，我得好好干，经得起党的考验，早点加入党组织。"

"生活越来越有奔头喽！连天明都有上进心啦！咱们这新时代的农民，以后继续发展下去，也跟工人一样，月月领工资。你没看电视里说吗？有的地方农民也跟城里工人一样，到月就开工资。所以咱们不但要有种地的新技术，也要有文化的功底，没事去咱们村的文化大院看看书读读报，提升一下自己。以后咱们就是新时代的职业农民喽，得让城里人刮目相看。不久的将来，农民就变成一种职业，咱们就是……新时代的职业农民！"吴天明滔滔不绝。

坐在他身旁的赵球子眯着眼睛看他，疑惑的眼神让吴天明马上反应出啥意思。

"哈哈哈……在电视里看到的，是南方的一个农村。那哪是农村啊，简直是世外桃源哪！花红柳绿不说，农民住的都是小洋楼，过着悠闲自得的日子。什么时候咱们村也发展成那样，你再看看，咱们就是有身份的人啦！"吴天明坐在机车上，眉飞色舞，好像美好的生活正牵着他的手一样。

"哈哈……还有身份的人呢，啥身份？"赵球子笑着说。

"职业农民！"

"开始做梦啦！"赵球子嘲笑地说。

"有梦想，才有希望，才有干劲！你说不是吗？"

"你这点书是没白念哪，都用上了。"赵球子说。

"念少啦！我得让我儿子上大学，圆我的大学梦！"

拖拉机在大家谈笑中驶进村口。整齐的街道，平滑的水泥路面，让大家心情舒坦。道路两旁的柳树已经长出嫩黄的新叶，给兴旺村增添了生机和色彩。村街上不断飘来一股股紫丁花香，农家小院里的杏花开了，樱桃花也在绽放。家家户户的房顶上，袅袅炊烟正在升起，兴旺村在苍茫暮色里显得格外安静祥和，偶尔几声犬吠和鹅鸣演奏着小村庄固有的小乐曲，悦耳动听！

路过张英家大门外的时候，魏志民不自觉地朝院里看了一眼，只见张英正在园子里备田垄，一丝爱怜涌上他的心头，突然产生要替她承担这份重担的念想。

眼尖的赵球子很会察言观色，他笑呵呵地试探道："志民，你跟张英姐进展得咋样了？张英姐可是个好人哪！千万别错过！"

"看缘分吧。"魏志民很有信心地说。

"你也离婚一年多了，快两年了吧？她呢，孤儿寡母也怪不容易的……"

"我倒愿意，人家愿不愿意呀？"

"我看张英姐也有点意思。"赵球子接着说，"最起码她不反感你，不反感你就有戏，你就大胆地追吧！"

"处对象要有处对象的精神——胆大心细不要脸，时时刻刻敢冒险。"吴天明逗趣地说。

"哈哈哈……你追弟妹的时候，一定就是胆大心细不要脸才追到手的，不然那么漂亮的女人能跟你这个小个子。"

"我个儿还小？一米六九，标准男人！"

魏志民有所感触地说："不管怎么说，家穷，就不好办！"

吴天明接过话茬说："咱不能总穷，好好干！跟着国强干，我就不信富不起来。现在党中央的政策多好，不但种地不要钱，还给老百姓钱。这在从前想都不敢想，听我爸说，他年轻时候种地，有一年还'倒找钱'呢，那才叫穷哪！"

"那倒是啊，现在农民的日子好过多了，穷的都比那时候富的强。"魏志民说。

"国家政策越来越好，共产党希望老百姓都富起来。咱还愁说不上媳妇？"赵球子也帮魏志民鼓劲。

"看缘分吧。"魏志民不紧不慢地说，脸上浮现出平和的神态，好像觉得该来的总会来，该去的留不住一样。他不由得想起了自己的前妻跟女儿，淡淡的离愁涌上心头。

"缘分也得争取呀！看好了就追！"吴天明在一旁使劲儿地说。

说话间拖拉机开进了合作社，社员们都朝着自己家里走去。魏志民没有径直回家，他牵挂着张英备垄的活儿。于是大步流星地绕到村子的前趟街来到张英家门口，驻足观望的瞬间，被张英的女儿小爱雨看见了。

"妈，你看那是谁？往咱家院里瞅呢。"小爱雨指着魏志民大声说。

听孩子这么一说，魏志民就好像背后有人推他往前走似的，几步就走到园子里。"张英，在合作社干一天了，不累呀，还备垄？"

张英直起腰，前额的刘海儿已经被汗水打湿。她应声道："还行，早晚是我的活儿。"她显得疲惫不堪。

"来，给我！"他伸手要张英手里的镐头，"这活儿，男人干不算活儿，要是你们女人干，就是重活儿啦！"张英犹豫着，有些不知所措。魏志民从张英手里夺过镐头，她的手碰到了他的手，两个人不由得热血涌动，他们相互避开对方炽热的目光，一时间都沉默了。

小爱雨紧跟在妈妈身旁，嘴里背着英文，嘀里嘟噜的，谁也听不懂。

"这孩子叨咕什么呢？"魏志民挥起镐头，轻松地备起垄来。

小爱雨天真地回答："英语老师留的作业，让我们背课文。"

"背给你妈听呢？你妈能听懂吗？"

"嘿嘿，她好像听不懂。"小爱雨仰起稚嫩的笑脸。

"小爱雨下半年该上中学了吧？"魏志民找话说。

"嗯！"小爱雨笑呵呵地抢着回答。

"去哪儿念啊？"

"我想去'章邯'。"章邯是市里的私立学校，管理十分严格。农村学习比较优秀的孩子都被家长送到这个学校读书。

张英接过话茬："去章邯念书，费用太高了，一年得两万多。听说邬国强的对象要来咱们中学，如果她能来就太好啦！她可个好老师啊！有一次我在电视里见过她，是在教师节表彰大会上。后来听大伙说那个就是邬国强的对象。听说来咱们村儿找过邬国强。如果她能来，就在咱们中学念。"

"行，我看行！只要有好老师，在哪儿念都一样。"魏志民一边备地一边说，头也不抬一下，汗水顺着两鬓流下来。真卖力气了，垄沟刨得深深的，笔直成趟儿，活儿干得特别像样儿。张英看在眼里，佩服在心里。不由得想起魏志民的前妻，这样一个勤劳肯干的男人，怎么说踹就踹了呢？何况他们还有一个可爱的女儿啊！难道城里人的生活就那么诱惑人吗？他俩各自琢磨着自己的心事，谁也不说一句话，小爱雨也不背英文了，此时静得连魏志民喘气的呼哧声都听得很清晰。眼看天就要

黑了，光线暗淡下来。

"魏叔叔，以后你常来帮我妈干活吗？"

小爱雨看到清闲下来的妈妈，心里美滋滋的，很高兴有一个替妈妈干体力活的人。因为她父亲在她十岁的时候就离她们而去了。长大以后，家里出力的活儿，都是妈妈一个人干。她看在眼里，疼在心里。所以张英干活的时候，小爱雨时常陪在母亲身边。张英经常教育孩子好好念书，长大考一所好大学。小爱雨很懂事，她知道只要自己好好学习，妈妈就高兴。她每次拿奖状回来，都能看到妈妈的笑脸，有时一连好几天妈妈都快乐着。

"只要你妈愿意，你家的活儿我全包了。"魏志民一边刨地一边说，每个字都伴着刨地的节奏飞出嗓子眼儿。

"妈你愿意吗？"

"小孩子，别啥都问。"

小爱雨嘿嘿地笑着，魏志民看一眼天真活泼的孩子，也高兴地笑了。到了园子的尽头，魏志民才直直腰，用满是尘土的衣袖擦擦脸上的汗水。这时，他的手机铃响了。

"志民，咋还不回家吃饭呢？"传出母亲的声音。

"你先吃吧妈，我马上就回去。"

张英留魏志民吃完饭再走，他谢绝了她的挽留，心情愉快地朝家里走去。爱的春潮不停地激荡他的胸怀，久违的心动又回到他心底。走在暮色苍茫的街道上，他觉得浑身都爽快，虽然劳动了一天，但是一点没感到疲乏。路灯一个接一个自动亮起来，明亮着他的心，眼前的一切都变得可爱起来。从前也经常走在这样的傍晚，却没享受过这样美好的心情。他不知道这种心情能否持续下去，但张英给他的感觉让他开启了封闭很久的心窗。

第十三章

  第二天中午，社员们都回到合作社吃午饭。小小的食堂饭厅这会儿显得十分拥挤，三十多人围着一个二十人的大圆桌团团转。没办法，窗台上、锅灶旁都是端碗吃饭的人。他们随便捞过一条塑料凳坐下来就开吃，久违的大锅饭让社员们吃得热烈而香甜。

  "葵花，你这饭焖得真香，不软不硬还暄腾。"李凌峰夸赞道。

  "明天就换秀霞做饭啦！我可不做了，烟熏火燎。我还是去干地里活儿吧！"葵花说。

  "你呀，真奸，滑头！"赵球子毫不客气地半开玩笑地说。

  葵花反驳道："你比我还奸，你比我还滑。要不你咋叫赵球子呢？"

  赵球子一时无语。

  "好吃！我再来半碗。"李凌峰端着碗奔饭盆去了。

  "哎！哎！饱了就别吃啦！"赵球子逗趣地探着身子阻拦。

  "真看吃饭不花钱啊，使劲儿造。给我留点，给我留点！"吴天明端着空碗跑上前。

  "你说平时吧，干豆腐大豆腐咋就吃不出今天这味呢？"赵球子端着半碗饭回到饭桌前，端起盛菜的大海碗就往饭碗里倒，连汤带菜，随

后他就像添柴火似的往嘴里扒拉，粗茶淡饭大家吃得别有一番滋味。

很多人都知道魏志民跟张英好上了，乡里乡亲都默默祝愿他们早点成一个家，这个曾经的"新闻"成了民心所向的事。魏志民也不回避大家的眼神，从自己碗里加了一块瘦肉就奔张英去了，路过赵球子身边时，赵球子有意把自己的饭碗递到魏志民眼皮底下，魏志民笑着说："远点！你不够级。"

总爱"哈哈"的王婶看到魏志民憨憨的样子，差点笑喷，急忙蹲下憋住出气儿咽下嘴里的饭，然后大笑起来，眼泪都笑出来了，大家都跟着哄笑。

"哎妈呀,笑饱了！"她把筷子放在端碗的手里,腾出一只手擦眼泪。

这时候，刘大娘带着她的那个红方格子头巾走进来。红格子失去了本色，看上去脏兮兮的。

眼尖的赵球子看见刘大娘进来了，拿腔拿调地说："您老来了？您老又有啥盼咐？"

有人手里端着碗，有人嘴里嚼着饭，这时都不约而同地转向门口。

"那啥，我来找邬书记。"她说得非常仗义，感觉找邬书记是理所当然的。

李才生听到刘大娘又来找邬国强，有点生气："不找你儿子，总来找邬书记干啥？"

"我不是没找你吗？"刘大娘不高兴了，满是皱纹的灰突突的脸拉得老长，她气恼地一把撸下头上的红格子方巾，乜斜着李才生。

"你找他——他也不给你干！"一个社员接着话茬说，"还是找邬书记吧！"刘大娘直勾勾地看着说话的社员。

邬国强正在里边的屋子吃饭，听到外面的谈话三扒拉两咽地吃完饭菜，好像都没来得及品出咸淡就进到胃里去了。

魏志民接着说："你家本来没人种地，你就把地流转给合作社多省心。邬书记能亏着你吗？咱村那几家贫困户，把地流转给合作社，邬书记都照别人多给一千块钱。不信你问问王婶，她家就照别人家多给一千块。你说说，哪头大哪头小？"

李才生接过话茬："自己不能种，还一遍一遍找邬书记。都答应你了，还找啥？到时候不就给你种了吗？"

"好像邬书记就给你家当的！"赵球子关不住话匣子，凑到刘大娘身旁半开玩笑地说。

"小死孩儿，你再数落我，我就扇你个嘴巴！"刘大娘急眼了。

邬国强走出来，把碗筷撂在大圆桌上，来到刘大娘跟前笑呵呵地说："大娘，看人家种地你着急了是不是？"

"别人家都开始种地了，俺家那点地咋整？"刘大娘犯愁地说。

"我不是早就答应你了吗，一定帮你种上，你就放心好了。"邬国强安慰道。

"让你流转合作社你不干，咋整？你说咋整？"有点倔强的李才生愤愤不平。

"不是我不干，开始都想……"

"想啥？想入合作社？那咋想半道不想了呢？"吴天明追问道。

其实大家都知道是代福来在背后指使这一家没有主见的人，就一个明事的刘大爷还不会说话了。

"是……是俺家三儿……"刘大娘差点把代福来供出来。

"他不干，让他回来种！"李才生没好气地说。

"他回不来，回来扣钱。"刘大娘的脑袋一会儿转向东，一会儿转向西，看着七嘴八舌的社员们。

"欸欸，你们别瞎说了，跟老人……有点礼貌好不好？"邬国强和蔼地制止着大家的胡言乱语。

"没人给你种，撂荒吧！"赵球子故意气她。

"赵哥，你就别气刘大娘了。"邬国强瞪着眼看着赵球子，赵球子不说话了，笑着背过脸去。邬国强转向刘大娘："你回去吧大娘，等我们把土豆种完，种玉米的时候，就一起给你种上。你那点地，用不上两小时。我知道你家那块地跟合作社的地挨着，保准落不下你。"

"愿意种你种去，俺们谁也不去。"李才生生气地说，"是不是咱们谁也不去？"

大家异口同声："不去！"

"大娘，你回去吧！有事给我打电话，不用来合作社找我。他们不给你种，我给你种，你就放心吧！"他说着，亲切地拍拍刘大娘的肩膀，"这些小子不懂事，你老可别生气呀！回去吧，好好照顾刘大爷。"

邬国强把刘大娘送到大门外，看着刘大娘消失在拐角处。他往回走的时候想：这是有人拿刘大娘一家的困难在向自己挑战啊！邬国强从外表看不出顶天立地的英雄豪气，但那双深邃的明眸总能让人感觉到他内心的刚毅和坚强。

刘大娘回到家里，一屁股坐到炕沿上，看着直挺挺躺在炕头的刘大爷。刘大爷正用一种期待的眼神看着她。她明白老伴儿的心思，就大声说："国强说了，地他给种。不用惦记啦，不就这点事嘛！"

刘大爷把脸扭正，脸上浮现出轻松的笑容。自得病以来，老人一句标准话也说不出来。虽然经过治疗能听明白别人说的话，可是自己却表达不出来。他听完老伴儿的话，面容安详了许多。刘大娘忽然想起半天没给他接尿了，爬上炕掀起被子，看到湿乎乎的褥子正冒着夹杂着浓浓骚味的热气。刘大娘没有埋怨，连撤带拽地给刘大爷换上了新的褥垫，这一通折腾，让她汗流浃背了。

社员们吃完午饭一起往外走，吴天明高声地笑着说："别忘了今晚看电视呀！"

"王婶，看看你在电视里像不像大酒坛子。"李凌峰笑着补充说。

"哈哈哈……不像酒坛子也不能像明星。"王婶被张英等簇拥着,一边往外走一边笑着大声说。

"说不定就能成了农星呢!"吴天明振振有词,"别错过时间,六点半咱们市里新闻联播。"

吃过晚饭,谢娜躺在沙发上休息,准备半个小时之后跟胡雪娇去广场散步。叶欣在阳台接完邬国强的电话,高兴不已,回到客厅里对着母亲撒娇:"妈,今天别去遛弯了,跟我一起看电视吧。"

"啥电视让我跟你一起看?"

"今天……电视节目……好。"叶欣不知道怎么跟母亲说。

"这个时候没有我愿意看的节目。再说了,锻炼身体贵在坚持,风雨不误。"

"今天看电视……我让你认识一个人。"叶欣坐在母亲身旁。

"认识谁呀?电视里的人认不认识能咋的。"

"妈——今天就别去了。给胡阿姨打电话告诉她一声,就说有事不出去了。"

谢娜看着女儿满是笑容的脸:"这孩子,今儿是咋地了?"

"心情好。"叶欣撒娇地说。

"看电视,咱俩都不是一个频道的。"

"呵呵……今天我跟你看一个频道。"

"不行,我跟你胡阿姨说好了,天天走一个小时,雷打不动。"

"什么雷打不动啊!今天特例。"

"到点了。"谢娜说着看看墙上的石英钟,起身就准备往出走。

"今天真的别去了,有事儿,妈——"叶欣看到母亲准备出去,心里着急起来。

"什么事儿你说呀?"

"一会儿看完电视你就知道了。"

"这孩子，还跟你妈卖关子。"

"不是的妈，我现在……不能跟你说。"叶欣担心的是，说出来怕母亲不看这个节目。

"有啥不能说的，要是不能说的事，就不是什么好事儿。"谢娜肯定地说。

这时候，叶建华收拾好厨房走了出来，他在厨房里就听见娘俩的对话，见老伴固执地要出去，女儿又一再挽留，就劝老伴："孩子不让你出去，你今天就别出去了。让你看电视，指定有原因，平时咋没让呢？这么固执，多大岁数了还不随和点。"

听老伴这么一说，谢娜放弃了出去的想法，给胡雪娇打了个电话，说有点事不去广场了。这才踏踏实实地坐回沙发，等着看女儿指定的节目。

"我知道你爱看新闻联播……"

"新闻联播还早着呢。"

"市里的新闻联播。市里的比中央的新闻联播提前一小时。"

"市里的有啥看头儿，我从来不看。"谢娜显得有些不耐烦。

"你看我爸，让看就看。"其实叶欣早就跟爸爸透露过，邬国强他们合作社上电视节目了。

"欣欣今天这是怎么了？非看这个台，每天都不看。"谢娜扭过脸问老伴儿。

"让你看你就看，一会儿看了不就知道了吗？"

叶建华不急不躁地坐在一旁，谢娜看了他一眼，觉得表情跟平时没有什么两样。

新闻联播开始了。

"来了来了。"叶欣一手拍着妈妈的肩膀，一手指着电视。电视里出现播音员的画面——

"春耕生产……"

"看这个干啥，一个种地，跟咱们有啥关系呀？"谢娜抬起屁股又要走。

"你接着看嘛！"叶建华拉着她的胳膊坐下。

叶欣在一旁笑呵呵地看着母亲。接着就听到播音员说："……龙华合作社董事长，也是兴旺村的党支部书记邬国强，他告诉记者……"

电视里出现了记者采访邬国强的画面。

谢娜眼睛一亮："他就是邬国强？就是把我姑娘魂儿勾走的那个村官？"

"没错，就是他。"叶建华笑呵呵地说。

"呀！跟我想象中的农民不一样啊！"

"你想象中的农民啥样？"叶欣笑着问。

"……反正不一样。"谢娜寻思半天也没找到合适的词儿。

"妈，你可要知道，邬国强是受过高等教育的，是大学生出身的村干部。他们现在都是机械化种地，不是你想象中那种古老的种地模式，什么都机械化了。"

"小伙子不一般哪！嗯！"她眼睛突然一亮，"他长得怎么这么像你于叔叔呢？"

"我也觉得他很像。"

"你看那脸儿，跟从你于叔叔脸上扒下来似的。"

"像谁不重要，先说你相没相中吧？"叶建华说。

"还行，小伙子气度不凡。"

"相中了？"叶欣笑着问，"你一直不同意，我都没敢让他来咱家。"

"怪不得我姑娘不撒手呢，像个爷们儿！"

"同意做你姑爷了？"叶建华开心地问。

"那……我得见见真人。"

"等他们忙完这阵子，我就让他来咱们家。"

谢娜忽地又想起什么:"那你工作怎么办?也不能两地生活呀?"

"我去他们那儿呀。"叶欣说得很轻松。

"啥?你去农村?那可不行!"

"有句老话,叫——嫁鸡随鸡,嫁狗随狗。"叶欣依然高兴地跟母亲周旋。

"这都什么年代了?人往高处走,鸟往亮处飞。你怎么能去农村呢?"

"妈,现在的农村啊,也不是你想象的农村了。"

"有多少人想来城里都来不了,你还要去农村。真是的!你怎么想的呢,我说你呀,想一出是一出!"谢娜有些不高兴了。

"你没看电视播呀,有多少大学生毕业后都去偏远地方支教了。"

"人家那是进步青年。"

"我就不能做进步青年吗?我告诉你——我亲爱的妈妈,我还申请入党了呢!"

谢娜睁大眼睛看着女儿,好像不认识了一样,半天才慢慢缓过来,平静地说:"女大不中留啊!我把你养大成人,以后的事,你自己安排吧,妈也不能跟你一辈子。"

"每个人都有自己的人生路,每个人都有自己的命运。"叶欣说出这样的话,谢娜一时无话可说。

"孩子长大了,让她自己去安排自己的生活吧!"叶建华拍着老伴儿的肩膀说。

谢娜的妥协和放手,让叶欣心里松快起来。母亲终于卸下了捆绑她心灵的枷锁,她可以如愿以偿地去经营自己未来的生活了!

中央新闻联播开始了,这是谢娜最喜欢的一档节目。

"您二老看电视吧,我不打扰你们了。"叶欣说完,拿起自己的手机回房间去了。她拨通了邬国强的电话。

第十四章

　　叶欣打电话把这件事告诉了邬国强,邬国强听了心里的一块石头终于落了地。这个让他爱恋和欣赏的姑娘,无论遇到什么事,总能稳妥解决。而且是那样有主见,她认准的事,从来不会被人和环境所左右。单说工作调转的事,没跟父母商量,也没征求邬国强的意见,就向局里递交了去农村乡镇工作的申请,是那样的义无反顾,这让邬国强心里无限感激。她来农村工作,能成全多少家长渴望孩子就地读书的愿望啊!

　　肃静的清晨给人一种安静的期待,天空没有一丝云,宁静安详,又是一个晴好的日子。邬国强披着霞光走在整洁的村街上,远远看见王长所开着四轮拖拉机挨家挨户收垃圾,再远处有几个人在清扫街道,自家的大门口都是由农户自己负责清扫,兴旺村的百姓都自觉遵守着规则。

　　合作社大门口,春兰正在用扫帚清扫对着她家的一段路面,代福来往夏利车的后备厢里装玉米籽和种地用的单籽播种器。

　　"你沙楞点!"代福来直了一下腰冲春兰喊着。

　　"完了完了,你把车开出来吧。"春兰说着把扫帚立在墙根。

　　代福来为了节省油钱平时很少开车,这段时间种地比较辛苦,就以车代步。自从春耕开始,他们两口子都是披星戴月地忙农活,就怕被别

人落下，特别怕被合作社落下。春兰锁好大门，两个人上了车，沿着干净整洁的村街朝自家的责任田开去。

代福来把车停在树林带边上，杨树嫩绿的叶子挂满枝头，叶子散发出来的芳香随着晨风送进鼻管，嫩叶在晨曦薄雾里有些绿意欲滴，淡淡的新绿伴着清晨的鸟鸣，让人心旷神怡。广袤的土地大部分已经翻新。远处合作社的水田地里机车隆隆，正在平整旱地，做插秧前的准备工作。

"听说合作社今年种水稻化肥农药一点都不用？"代福来明知故问。

"有机粮食用什么化肥农药。用化肥农药那还叫有机粮食吗？"春兰说。

"让他们费事弄去吧！"代福来一提合作社的事，总是幸灾乐祸的样子。

"哪有那些省事儿的。省事儿种出来的东西就不值钱啦。"春兰习惯了代福来说话的语气，没有什么反感，就顺着自己的心情说。

"值钱？还能有黄金贵呀？"代福来两眼一瞪。

"没人跟你说。"春兰低头往播种器里装玉米籽。

代福来扛起玉米播种器朝着没播籽的田垄走去，走出不远回头说："你把那半袋玉米籽送地当腰去。"

春兰没吱声，按着他的吩咐去做了。

本来春兰让他雇四轮子种，代福来为了节省开支，硬是要自己种，没办法，春兰只好陪着他一起挨累。临近晌午，代福来只觉得又渴又饿，和春兰坐在地头歇息一会儿。他拿过从家里带来的水壶，咕咚咕咚喝了一气凉白开，看着不远处刘大娘的责任田说："老刘太太家的地还没打垄呢。"他无论什么时候说别人不如他的话，心里总是很惬意。

刘大娘家的地就在他家跟合作社的地之间，去年秋天啥样现在还啥样，依然像没睡醒似的安静地趴在那里。

"人家自个儿都不着急你着急啥呀？"春兰喝口水。

"我替他着啥急？我是看热闹！人都有私心吧，合作社咋不先种老刘家的地呢？切！他邬国强说得好听！"

"人家国强是有安排的。你怎么老跟邬国强过不去？人家那孩子做错什么了？"心存正义的春兰反问道。

"我不是跟他过不去，我看他干好我就来气！"

"你那是嫉妒，见不得别人好。你看国强当书记，啥事都替老百姓想到头儿喽，你行吗？不是我说你！"春兰鄙夷地看他一眼。

"别跟我比。"他话锋一转说，"今天不下雨咱俩就种完了。咱不能让合作社落下，决不能！"

"你总跟合作社比啥？要是比，你也是头龟。"春兰有些气恼。

"你说谁是龟？"代福来拉长了脸。

春兰从地上站起来，扑搂扑搂屁股上的土说："晌午了，回家吃饭去。"

"回家吃啥饭？我都带来了。"

"你自个儿吃吧！我得回家歇歇，吃点饭睡一觉，我可不能干活不要命。这几天起早贪黑都够呛啦！"春兰说着就要走。

"欸，那不是老刘太太吗？"他一抬头，看见朝这边走来的刘大娘，"这老太太空手来的，干啥来了？看风景来了？"

原来，刘大娘刚要吃中午饭就接到邬国强打来的电话，说马上去给她家种地。刘大娘心里乐开了花，急忙把这个喜讯告诉瘫痪在炕的刘大爷，刘大爷的眼里透着快乐和开心，松了口气。刘大娘从炕里抓起那条红格子头巾蒙在脑袋上，精神抖擞地朝自家地走去。一路上她开心极了，看着嫩草丛中金黄的蒲公英花、绿色蒿草中小小的紫茄花，仿佛都在冲她微笑。

邬国强从市里开会回到合作社已经晌午了，衣服也没来得及换，就开着那台二百一十马力的拖拉机出了合作社大门。社员们正在吃午饭，

看到邬国强饭也不吃一口，就把拖拉机开走了，大家就知道是给刘大娘家种地去了。

"你说这人，咱们说不给老刘太太种地，他真自个儿去了。"李凌峰指着窗外远去的拖拉机说。

"那点地，用不上两小时。让他一个人去吧，吃完饭咱有咱们的活儿呢，稻地耙平施肥……"魏志民说。

"我吃完饭就得去拉鸡粪，车都雇好了。"李凌峰说。

"嗨嗨……你吃完饭干啥去？"赵球子挑着字眼儿问。

"拉鸡粪哪！"李凌峰一时还没有反应过来，待看到赵球子笑嘻嘻的嘴脸，才如梦初醒。"老农说话别细分析。"李凌峰也抿嘴笑了。

里边屋子里传来妇女们叽叽喳喳的说笑声。

"老多活了，都是细门儿活儿呀！"魏志民说。

"种水稻你是总指挥，你可别指挥歪喽。我毛遂自荐，邬书记都信不着我，说我毛愣。"赵球子笑着说。

"我是什么总指挥？人家市里农科院来技术员告诉咱们怎么种咱就怎么种。我呢？就是听指挥，领着大伙儿干！再说，邬书记把种水稻的事交给我，我得用心哪！马虎不得。"

"知不知道咋整呢？"李凌峰认真地问。

"先是三泡两耙水整地除草，这是第一步，就是咱们现在正在干的活儿。插秧前十二天到十五天，进行第一次浅水泡田，不排不进，渗干，晒田，提温促进杂草萌发，五到七天杂草出芽后，进行第二次泡田；水耙地除草，然后排水保持田间湿润状态，继续促进杂草萌发，插秧前一到两天进行第三次泡田和第二次水耙地。"魏志民说。

"呀？都背下来啦？"赵球子惊讶不已。

"这能马虎吗？你看邬书记下了多大决心哪！糊弄糊弄就过去是不行的。"

"欸，他一个人去种地能行吗？"李才生不放心地说，"要不我去看看。"

"国强做事你放心，没有把握的事他不会干的。"李凌峰肯定地说。

邬国强来到田间，刘大娘已经在地头等着了。邬国强跟刘大娘打了招呼就启动了拖拉机，随着隆隆的响声，一排崭新的地垄展示在太阳底下，打垄、施肥、播种一体化进行着。邬国强扭过身透过车窗看了看翻新的黑土地，同时看到了站在地头的刘大娘，面带笑容，一动不动地注视着他。

拖拉机到了地南头，代福来一眼就瞧见坐在驾驶室里的邬国强，有些惊讶："车里面好像邬国强那小子。"

"不是他还是你呀？"

"咋还穿个白衬衫，开飞机呢？"代福来好像受了刺激一样。

由于驾驶室封闭好，再加上这会儿阳光充足，邬国强把外衣脱掉了，身着一件雪白的衬衫操纵着拖拉机。

春兰白愣他一眼。

"快干快干，别让人家落下。"他急躁地催促春兰。

"都晌午了，还不回家吃饭？"春兰没好气地说。

"我带来了，面包香肠白开水。"代福来讨好着春兰。

"干一上午了，我可得回家歇歇。"

"回啥家呀，还有一亩多地呢，要是下雨就耽误事儿了。种完了一块儿歇吧。啊！"他和春兰商量着说。

"你张膀儿都撑不上人家。拖拉机来回几趟就种完了。瞅瞅，跟你忙活几天了？起早贪黑，还剩那些没种。我说不让你种，你非得种！流转给合作社多省心。"

代福来一听到"合作社"就跟过敏一样："我就不流转给合作社，我乐意种！"

"你乐意种你自个儿种！我不跟你受这份洋罪！"

"你不吃不喝呀？"代福来眼睛冒着火。

春兰头也不回大步流星地走了。代福来直直地站在地头，看着春兰远去的背影，自言自语："倔娘们！说走还真走了！"

一个晌午，邬国强把刘大娘家的一垧三亩地种完了。他到地头跳下机车走到老太太跟前，笑呵呵地说："大娘，这回放心了吧？"

"嗯嗯，放心啦！放心啦！"刘大娘脸上挂着快乐的笑容，"那啥……孩子，你先记账，到秋，种子、化肥还有工钱一堆儿都给你们。现在……没有钱。"刘大娘有点难为情。

"没事没事，工钱就不要了。这种子化肥是合作社的，如果合作社是我自己的，我也不要啦。但是……"邬国强话还没说完，刘大娘就抢着说："那可不行。你能给俺种上就谢天谢地啦！"

邬国强看着刘大娘欢欣鼓舞的样子，总算了却了一桩心事。他又看了看远处地里的代福来，他一个人的身影孤单地移动着，低着头铆足劲，双臂一抬一落，有节奏地朝前行进着。

邬国强犹豫了一会儿，掏出手机打给代福来："还有多少没种了？"

"种完了种完了，就剩不几垄了。"代福来停下手里的活儿回应道，朝邬国强张望。

"剩的少，我这台拖拉机大……"

"不用不用，谢了啊！"代福来的语气中流露出几分感动。

邬国强刚撂下手机，铃声又响起来。

"国强，那家鸡场的粪肥涨价了！"李凌峰有些急躁地说。

"涨多少？"

"一斤涨一分。"

"别人家的也涨了吗？"

"他们好像串通好了，都涨了。"

邬国强寻思片刻说:"一分就一分吧,涨了也要!"

"咱们可是三十垧地的肥料啊!差不少钱哪!"

"那也得买。"邬国强坚决地说。

"要不,咱们别用农家肥了,还是用化肥吧。"

"不行,一切按原计划进行!"邬国强十分果断。

他撂下电话,看着远处三十垧稻田,心想:我一定要打造纯绿色无污染的水稻,让人们品尝品尝这纯绿色稻米的味道!

春兰气恼地回到家,早已饥肠辘辘了,她从冰箱里拿出一袋前天包好的饺子,煮熟后先装了一饭盒放在一旁,就急忙吃起来,一边吃一边惦记着地里干活的代福来。虽然他们脾气秉性截然不同,她也没喜欢过他一天,但是快三十年的婚姻生活,早已使他们之间那份木然的情感转化为血浓于水的亲情了。

春兰读高中的时候暗恋过一个品学兼优的同窗男生,后来那个男生考上大学去了哈尔滨,从此他们中断了联系。她当年因疾病未能参加高考,家里兄弟姐妹多,母亲又不重视女孩子上学念书,她就这样回乡务农了。第二年经人介绍认识了当兵退伍的代福来,年轻时候的代福来颇有几分气质,在村里当治保主任。由父母包办她嫁给了比她大三岁的代福来,两个性格截然不同的人结合到一起,婚姻里的苦辣酸甜只有自己知道。迁就忍耐是常有的事,精神和心灵的摧残却是无言的折磨。

善良的春兰端着热乎乎的饺子朝着村外大地走去。经过村口时,她看见张英带领十几个妇女在村头那块贫瘠的土地上种植蓖麻,这块地是从社员那儿流转过来的,村里人都知道这块沙土地种啥啥不长。当初流转给合作社的时候,其他几名社员执意不要,只有邬国强坚持收下的。

"葵花,咱们唱首歌呀?"张英在前面停下来,回头说。

"好啊!我就愿意唱,没事我自个儿在家也唱,一边做饭一边唱。"葵花一听张英说唱歌,兴致提到了嗓子眼儿。

"你起头儿吧。"王婶头也没抬，用手中的播种器轻松地把蓖麻籽送到黄土地里。

"我们就唱《北京的金山上》吧。"张英大声开了个头，大家就一起唱起来——

北京的金山上光芒照四方，

毛主席就是那金色的太阳，

多么温暖，多么慈祥，

把我们的心儿照亮。

我们迈步走在社会主义的大道上……

歌声回荡在空旷的大地上，虽然不是特别嘹亮，却唱出大家的开心和快乐。她们一边唱一边劳动，播种蓖麻的频率跟打节拍似的。大家忘记了劳动带来的疲劳。春兰端着热乎乎的饺子看着她们，心情随着大家的歌声愉悦起来。她的心在笑，脸也在笑，阳光照着她略微泛黑的面庞。

春兰担心代福来饿得慌，就跨着横垄地，深一脚浅一脚地朝他奔去。

第十五章

五月。

一天早晨，灰蒙蒙的云雾遮蔽了天空，细如牛毛的雨丝淅沥沥地飘洒着。小雨已经下了半宿，直到现在也没有停。真是春雨贵如油啊！兴旺村的老百姓早晨起来看着蒙蒙细雨，心里都快乐着，期盼雨再下大些，让地里的种子喝个够。村街两旁柳树的新枝嫩叶日益稠密着，在微风细雨中轻轻摇曳，像是在雨中欢笑。邬国强撑着一把蓝色雨伞从村里出来，润物细无声的雨丝像洒在他心田的甘露。一个多月没下雨了，难得一场及时雨，种子在黑土地里安详宁静地躺卧了许久，就等着一场及时雨唤醒它们好生根发芽茁壮成长呢。邬国强看着湿润起来的黑土地，沿着村子东头的水泥路向种植土豆的大地走去。看着一棵幼苗都还没有长出的黑土地，听着伞面上刷刷的细雨声，他心里滋生了一种热切的期盼，盼着小苗早日出土。此时此刻，刷刷的雨声像一首久盼的乐曲在他头上奏响，他越听越爱听。凉爽潮湿的微风轻抚着他憨实的面颊，令他无限惬意。

远处，代福来扛着一个什么东西向这边走来。走近时，邬国强主动热情地招呼道："代书……""记"字刚到嘴边，急忙换了字眼儿，"代

叔，地还没种完哪？"

"种完了，种完了。"代福来皮笑肉不笑地看着邬国强，把肩上扛着的玉米单眼播种器放下来。

邬国强看着茫茫大地说："这场雨不知道下没下透。"

"洼地还行，岗地没透。"原来代福来也是来查看大地墒情的，顺便把地边儿上昨天新翻的一根垄地种上玉米。

代福来来得很早，那阵子雨稍微小些，似雨非雾的样子。他扛着玉米单眼播种器从家里出来，心里惦记着这根没有播种的田垄，春兰让他吃完早饭再种他也没听。他的头发被雨水淋湿了，满脸都湿漉漉的，像水洗的一样，有点像落汤鸡。他不自在地搭讪几句，拖着两只泥脚走了。邬国强知道一直以来他都在暗中作梗，但他依然把代福来当作长辈尊重。他用一颗诚挚的爱心对待每一个人，他希望人间充满爱。邬国强看着代福来远去的背影，思索片刻便把目光投向大地，看着一排排精心雕琢的纵横交错的田垄，期盼秧苗早日出土。

邬国强索性收起雨伞，走进泛新的黑土地。他蹲下来，用手扒开一层层黝黑的沃土，露出土豆的种子，看到粗壮生长的新芽，他心里掠过一丝欣喜。自从把土豆种到地里，一天都没下过雨，他十分担心种子会风干，这会儿看到一棵棵粗壮的嫩芽，他的心踏实了，仿佛看到一个个希望。他默默感谢技术员的精心指导，采用宽垄种植的科学性。技术员的话确有道理——新时代科学种田才是硬道理。他培好土站起来，眺望茫茫大地，仰望灰蒙蒙的浩瀚苍穹，希望雨再大些！

举目远眺，村头的塑料育秧大棚映入他的眼帘，他知道吴天明跟魏志民正在大棚里给稻苗浇水，想去看看稻苗的长势，于是他出了地垄，沿着水泥路朝大棚方向走去。

一进大棚就听吴天明对正在浇水的魏志民说："我编了一首水稻育苗的三字经，我给你叨咕叨咕？"

"好啊，说说我也听听。"邬国强笑着接过话茬。

他俩谁都没注意邬国强的到来，听到这话，不约而同地向大棚的门口看。吴天明高兴地说："邬书记，你来得正好，我给你们叨咕叨咕，看看我总结的有没有道理。"

"好，叨咕吧。"此时魏志民回头看到正往里走的邬国强，急忙说："哎哎，邬书记，门口有消毒袋，把脚套上。"

"你们俩不用套啊？"

"俺们俩的鞋是消过毒的，在这里放着专用。"魏志民说。

邬国强对魏志民这种认真负责的心劲儿非常满意。自从跟张英相好后，魏志民这段时间非常开心，心也敞亮起来，心房像透进七彩阳光的厅堂。爱情的力量真神奇呀！这份迟来的爱，救活了他那颗将死的心。

吴天明清了清嗓子："我总结的，你们听听啊。"

稀播种，苗不细；

水少浇，生根系；

勤通风，百病祛；

土松散，为透气；

厚土层，盘根利；

阴雨天，棚不闭；

防青枯，最有益；

晴朗天，早通风；

育壮苗，病菌避；

三字经，要牢记。

"哈哈……别说，还真有道理。"邬国强认真听完，夸赞道。

"其实这些做法都是志民教给我的，只不过我编成了三字经。"

魏志民这才恍然大悟，不由得心生喜悦。"我是跟人家技术员学的。

有时在网上也看。干一行爱一行,什么都得学习,种地也是一门学问,国强不是说了吗?新时代的农民,一定要学会科学种地。"

"国强说了……国强说了……我看国强都成了你的偶像啦!"

"知道咱村里我最佩服的人是谁吗?"魏志民认真地问吴天明。

"知道,邬书记!"吴天明大笑着,冲邬国强一甩头。

"别叫我邬书记,喊名儿就行,听着亲切。"邬国强说着,拿起过道上闲置的浇水壶准备给水稻浇水。

"别动邬书记,那个水还没兑好呢。得用 pH 值 5 左右的食用白醋稀释的酸化水浇。"

"噢,那你们现在浇的水就是吗?"

"俺们现在浇的是农家肥浸出液。"魏志民一边喷水一边说。

"真麻烦,跟他干活,啥都得听他的。我说你再找几个人吧,这麻烦活儿咱俩干太累。你猜志民咋说,'等你吃上咱们亲手种出的大米饭,你就忘了累啦!'哈哈哈……"

稻苗长得郁郁葱葱,油绿油绿的,绿得新鲜可爱,让人总想用手轻轻去抚摸它。

"邬书记,浇完稻苗就晌午了,外边下雨也干不了啥,犒劳犒劳我俩呗!"吴天明嬉笑着说。

"说吧,想吃什么?"邬国强很慷慨。

"别别,我有饭。"魏志民赶紧说。

"谁没饭?废话!"

"饭跟饭不一样。"魏志民用嗓子眼儿嘟囔着说。

"哦……哦……我说咋一个劲儿催'快点!快点!'原来……着急……"

"张英包饺子呢,她说今天雨休在家包饺子,晌午让我去她家吃。"魏志民毫不掩饰。

"我也想吃饺子。"吴天明依然笑嘻嘻，在他的表情包里很难看到愁眉苦脸。

"你让嫂子给你包啊！"邬国强笑着说。

大棚里多了欢声笑语，洒过粪水的稻苗更加新鲜葱绿了。

张英的妈妈盘腿坐在炕上，细心地捏着一个个元宝饺子，想到女儿跟魏志民相好心里就高兴。魏志民是她看着长大的，了解他是个品行端正的人，就是家庭困难点。这年头只要勤劳就饿不死人。女儿后半生有了依靠，老人的元宝饺子捏得也更加像模像样起来。张英在厨房一边用大锅烧水，准备煮饺子；一边用煤气灶炒菜，心情特别好。脑海里不断设想着跟魏志民在一起的未来家庭生活场景，脸上挂着愉快的笑容。

香味从敞开的门飘进院落，魏志民一进院门就闻到了让人垂涎欲滴的菜香，让他感受到张英一家人的热情，心里顿时温暖起来。

"我来了。"他一进门就高兴地说。

"煮饺子，煮饺子。"张英的老母亲不知道说什么好，就招呼女儿煮饺子，好像等得着急了一样。

"我洗洗手，我煮。"魏志民说着就转着磨磨找洗脸盆。

"你会吗？"张英笑着问。

"除了生孩子不会，剩下啥都会。"魏志民爽快地说。

这时候，魏志民的电话突然响了起来，他看了一眼，是个陌生号，而且不是本地的。正在犹豫接还是不接的时候，张英在一旁着急地说："瞅啥？咋不接？"

"生号。"

"一直响，肯定是认识你的人。"

魏志民听张英这么一说，接通了电话："喂？"

电话那头没有应答。

"喂？说话。"

电话那头还是没有回应。魏志民索性挂断电话，嘟囔着说："接了电话不说话，真怪。"

张英的母亲步履蹒跚地从屋里走了出来："怎么能让你煮呢？长这么大，头一回来俺家吃饭，怎么能让你煮，我煮。"八十多岁的老太太来了精气神儿。

"你们谁都不用，我自个儿就行。"张英说。

"好好，我放桌子去。"魏志民高兴得不知干点啥好。暖流在他心里流淌，一种久违的温暖在他心里蔓延开来。

第二天雨过天晴，天空像水洗过一样，淡蓝的天没有一丝云。大地经过昨天一场细雨的滋润显得安静平和。可是没过多时，风吹起来了，风力越来越大，刮得门窗"啪啪"作响。刚刚抽丝吐绿的树冠使劲儿地摇晃着，好像把全身的力气都使出来了一样。这风好像有点刮过了头，细嫩的小树枝被狂风无情地撕扯着，折了，断了，被风卷走甩到墙根和路旁。这时候，从西北方向上来了一片密集的乌云，像灰色的幔扯过天空。风依然猛烈地刮着，不时有沙砾被风吹起敲打着窗玻璃。邬国强站在村委会的窗前，望着窗外，猛然想起村外育秧大棚。他没有多想，就朝村外走去。刚走到村头，远远看见几个人影围着大棚转悠，那几个人一会儿弯下腰，一会儿站起来，他们被狂风吹得东倒西歪。邬国强也被狂风撕扯着，吹得睁不开眼，好歹鼻梁上的近视镜保护着他的眼睛。这时候他的手机铃突然响起来。

"国强，老刘头儿死啦！"王婶的话和着冷风一起刮进他心里，他不由得一怔。尽管刘大爷离世是早晚的事，但听到这个不幸的消息，还是让他有些吃惊。

"什么？"他不敢相信王婶的话，又情不自禁地问了一遍。呜呜的风声灌满了他的耳朵。

"老刘头死啦！"王婶重复了一遍。

"什么时候？"

"就刚才不长时间。听老刘太太说，她把饭做好了，进屋要给他洗脸吃饭。开始以为睡着了呢，后来干招呼也不吱声，才知道死了。"

"告诉他儿子了吗？"

"打电话了。左邻右舍的都来了，你爸也在这儿呢。"

"好，我马上过去。"

邬国强转身往回走，豆大的雨点稀稀拉拉地落下来，风才消停。

刘三愣家的大门跟房门都敞开着，屋里屋外有十几个人进进出出。邬国强进去的时候，看见赵球子的父亲正跟刘大娘说着什么，他是这里很有名气的阴阳先生，谁家有人去世了，都少不了他在场。

刘大爷的尸体就停在厨房地上，放在一块长条木板上，用一个破旧的毯子盖住全身和脸，头顶上摆着供桌还有长明灯，很简单的几样东西，看样子是临时弄的。屋里飘荡着人们的窃窃私语声。刘大娘跟在阴阳先生身后，阴阳先生一会儿指使她干点这个，一会儿又拿点那个，她一副六神无主的样子。

过了好一会儿，平静的气氛被一声号啕大哭打破了。刘三愣一进院门，就扯开嗓子号起来，好像使出了全身力气，哭得惊天动地。跟在他身后的还有他的媳妇红英和孩子，红英一瘸一拐地拽着差不多有她高的儿子往院里走。小孩知道爷爷去世了，但他不懂生离死别的事，茫然地看着屋里屋外的人们，最后目光落在盖着毯子的爷爷的尸体上，特别惊恐的样子。自打他爷爷病倒后，就跟他爸妈去市里念书了。虽然开销大了，但红英过日子很节俭，勉强能维持生活。

刘三愣进了屋门，跪倒在刘大爷头顶前号丧："爸呀！爸呀！……你咋走了呀！"他号了半天，一个眼泪疙瘩也没号出来。

"活着不孝，死了乱叫！快点张罗买棺材，别号啦！"王婶没好气地冲着他说。

"等我姐回来的。"他带着哭腔说。

"你就张罗买吧,还等你姐干啥?她到家还得等一会儿呢。"阴阳先生冲着他说。

红英一瘸一拐地走到邬国强跟前说:"邬书记,就得麻烦你了,你看看派人去镇里给定一口棺材吧。"她说着从身上背着的陈旧的兜里掏出一沓钱。

邬国强没有接红英的钱,把她叫到一边,轻声说:"三嫂子,你看,人都没了,咋地也是……埋葬。"他沉了沉,又说道:"你们研究研究,把尸体火化吧!"

站在邬国强身后的刘大娘一听急眼了:"不能火化,干一辈子了,到末了儿烧成灰儿,不行!"

邬国强沉静片刻,和蔼地说:"大娘,你看这人都没了,土葬也是那么回事,还不如火化呢,火化干净。不然也是老鼠啃、蛆虫咬的。人死了就什么都没了,最后不也是腐烂成泥吗?"

"火化就烧成灰了,我可不能把我爸烧成灰!"刘三愣插嘴说。

"周恩来总理去世的时候都火化了,咱们老百姓有什么不可以呢?"

大家都沉默不语,刘大娘和刘三愣还执意土葬,后来经过邬国强再三做工作,终于同意火化。

外边下了一阵小雨,又打了几个闷雷,便风停雨住了。

下午一点多,大家把刘大爷的骨灰安葬在他家地头,虽然骨灰匣子很小,但坟头堆挺大。魏志民和李才生用四轮子拉来两车黄土,把坟墓堆得高高的,盖上花圈,人们就相继离开了。

刘大爷的一生画上了句号。一辈子在那个土了吧唧的家里过完了他的人生。自他爷爷那辈儿就在这个老院子里生活,他舍不得离开,年轻的时候由于家里穷困,娶了这个邋邋遢遢的刘大娘过日子。生活给了他太多的酸甜苦辣,过过生产队时候大集体的日子,吃过返销粮,经历了包产到户，如今赶上了好时代，一心想把土地流转给合作社，享受一下清净的日子，可他却带着深深的遗憾走了。

　　生活在继续，好日子还在后头。原本准备种完地，村里就给他家修房子。可是，刘大爷却没等到那一天。

第十六章

　　水稻插秧结束了，大田的一切作物都耕种完毕，社员们的心终于可以轻松一下了。但身为村支书的邬国强却轻松不了，他要在挂锄期间组建秧歌队，丰富农民的文化生活。扶贫工作还要开展，村里的几家贫困户除了刘大娘一家都入了他们的合作社。他要带着他们走出贫困，期盼合作社的丰收给大家带来好收成，多分钱，跟着全国人民一起奔小康。贫困户刘大娘家的房屋最近要修整，这是摆在他面前的紧要任务，得抓紧时间干这些工作。时间犹如白驹过隙，要做的事太多。他从村支部出来往家走的路上，一直想这些问题。走进家门，他看见母亲正在做晚饭。

　　"妈，我回来了。"

　　"今天咋回来这么早？"母亲一边洗菜一边问。

　　"农活都干完了。本来能更早一些，最后一池稻苗剩半池的时候，有一台插秧机出了毛病，耽误了两个多小时，把农机站的小张找来才修好，不然早完工啦！"他一边说着一边伸手帮母亲往灶坑里添一根小木块，锅里的水"吱吱"响着，要翻花儿的样子。

　　"听你爸说插秧的时候插秧机也得消毒。"

　　"是。种有机水稻可不是简单的事啊。"他看着锅里翻花的水，"水开了。"

"你进屋歇着去吧！我不用你。你不是爱吃炝拌土豆丝吗？好几天没做了，妈今天给你做点儿。"

"我来做。你教我怎么做。"

"以后娶媳妇了再学，歇着去吧！这一春天累坏了。"母亲心疼地说。她开始切洗好的土豆。她的刀工很厉害，切出的土豆丝又细又长，要比插菜板插的土豆丝好出好几倍呢。

"我爸呢？"邬国强进门没有看到父亲的身影，就猜想到父亲一定去大地看那些刚出土的小秧苗了。

"你爸这个人……我说快吃饭啦，别去啦！他非要去土豆地瞅瞅，说看看土豆长啥样啦？"

"我爸是个老不舍心少不舍力的人。"邬国强笑着说。

"你这句话说得真对！"母亲肯定地说，"年轻的时候拼命干活，就像不知道累似的。你看这老了，啥都替你操心，你不用他张罗啥事他也替你想到那儿。"

"哈哈……这才是我爸呢！"

"去进屋躺一会儿去，妈做好饭招呼你。"

邬国强进了里屋，屋里的电视还开着，正播着《西游记》，这是母亲非常喜欢看的电视剧。他躺在沙发上没看几眼就呼呼地进入了梦乡。梦里，他梦见叶欣的母亲横眉立目地指责他没有正式工作……心里正难受的时候被妈妈叫醒吃饭。他坐起来摘下眼镜，揉了揉睡意惺忪的眼睛，打了个哈欠自嘲地想：噩梦醒来悔已迟啊！

他来厨房看见父亲已经坐在饭桌前了。还没等他说话，父亲就急着跟他汇报土豆的出苗情况："土豆出得很齐呀！"

"宽垄种植不错吧？"邬国强在父亲身旁坐下。

"嗯，不错！真得相信科学种田。往回走的时候，我绕道一队地，

那几家还是用以前的窄垄栽的，土豆出得不齐不算，苗也细，不壮实。"

"缺雨呀！"邬国强说。

"现在就盼老天再下一场透雨啦！"父亲的语气中带着强烈的期盼。

"来年我准备再打几眼机井，不能这样看天吃饭。采用喷灌方式，土豆垄让它起圆形的，这样受水面积大。我在电视里看到有的地方就这么整的，旱天也不用愁。"邬国强比画着跟父亲说。

父亲琢磨了一会儿："别说，这招儿行。喷灌是个好办法，省水。如果往地垄沟放水，高处的没等滋润透，就淌洼地去了，喷灌好！"

"以后我还准备把蔬菜粮食都打造成纯绿色的，现在的人都想吃无公害的蔬菜和粮食，我就顺民意发展，创建自己的品牌，为老百姓增收创效益。让咱村的人都富裕起来。"

爷俩唠嗑的时候，母亲已经把饭菜都悄悄端上了桌，听着他们的谈话，笑容浮上脸庞，一会儿看看儿子，一会儿又看看老伴，好像他们的憧憬就要实现了一样。

"看我儿子这思想……"母亲赞叹道。

"我儿子想得对！老话说得好：'当官不为民造福，不如回家种白薯'！"

厨房里满是饭菜的香味。邬国强看着桌上摆着他爱吃的炝拌土豆丝，食欲一下就上来了。他端起饭碗，高兴地跟父母说："妈、爸，叶欣上午打电话跟我说，她父母同意见我了。"

两位老人一听，喜出望外，高兴地相互对望着。

"我儿子一点都不照她闺女差，还看不起我儿子。哼！"邬国强看着母亲骄傲自豪的神态，笑了。随即听到母亲长出一口气，好像这口气窝在她心里许久了。他能体会母亲为他的婚事焦虑的心，他默默感动着，端着碗往嘴里扒拉饭。

"慢点吃。这孩子，吃饭总跟抢饭似的。"母亲微笑着看着他说。

"嘿嘿……习惯了,没等嚼自己就进去了。"邬国强在父母面前像只温顺的小绵羊。

"吃饭慢有福,你以后慢着点吃。细嚼慢咽……"母亲高兴得不知说什么好,只觉得心里甜丝丝的,安详地看着儿子。

"一个劲儿瞅你儿子干啥?端碗吃饭哪。"邬爸爸笑着催促道,"谁吃饭能像你那么慢,像数饭粒似的。"

"我就吃饭慢,干活儿慢吗?"

"不慢。"邬国强笑着倾向母亲。

母亲十分开心,两眼都放着光。这半年,她心里一直惦记着儿子的婚事,那颗心总像被一根无形的线扯着。这个未曾谋面的亲家母瞧不起自己这么干练的儿子,一想起来心里就涌起一阵说不清道不明的郁闷,随即一种冲动驱使她想找上门去跟谢娜谈谈。可是细细想来,这又何苦呢?有些事情就随缘吧。邬妈妈遇到什么不顺心的事,总能化解。

"打算什么时候会亲家呀?"父亲不慌不忙地问儿子。

"急什么?这回咱还不着急了呢!"母亲高兴地说,其实心里早急着把儿媳娶进门了。用她的话说就是"添人进口,越过越有"。老太太笑在脸上喜在心头。

"你们先别着急,我周二去市里开会,跟叶欣约一下,先去他家见见她父母再说。"

"你怕不怕见她父母啊?"母亲担心地问。

"县委书记我儿子都见过,还怕见他们?又不是什么高干,不就是退休老师吗?我儿子念这么多年书,啥样老师没见过,还怕他们?看你把我儿子看的。"邬爸爸一脸严肃。

"妈——把你儿子又当成小孩儿了!哈哈哈……"

老太太若有所思地看着儿子。

"你怎么了妈?又想起啥事了?"邬国强无意中瞥见母亲异样的目

光,调侃地问。

"三十年了,终于把我儿子养大了,要娶媳妇啦!"老太太感慨地说。

"没承想我儿子出息啦!"邬爸爸自豪地喝了口酒。这份心满意足像醇香的美酒一样滋润着老人的心。

"看你们俩,好像养我特费劲似的。"

"咋不费劲,连口奶都没有,一口一口喂大的。"母亲说完看了父亲一眼,像是说错了什么一样。父亲心领神会地看了老伴儿一眼,夹口菜放进嘴里咀嚼着,像在品味有滋有味的生活。

"喂的,我还长这么壮实呢。"邬国强头也没抬,又夹口菜津津有味地吃起来。他最喜欢吃母亲做的饭菜,这味道一直伴着他长大。"我现在长大了,立业成家,晚年让你们好好享受生活,有机会也带你们俩出去旅游旅游,看看我们祖国的大好河山。"

邬爸爸一听更加开心了:"我还没坐过飞机呢。"

"对,我带你们坐坐飞机。"

一家人在其乐融融的氛围中享受着这个时代带给全家的美好憧憬,幸福着,开心着。一股股温柔的暖风夹着初夏清新的气息从窗口飘进来,和着全家人喜悦的心情,留住岁月的美好,流淌在时间的长河里。

又过了两天,老天终于下雨了。小诗人吴天明高兴地写下一首打油诗,发在微信朋友圈里:

四季风光夏暑连,

蒙蒙细雨洒良田。

今日盼来及时雨,

明朝又迎丰收年!

发完之后,他看到大家纷纷给他点赞,心里美滋滋的,一种成就感绕上心头。

邬国强站在窗前向外看去,灰蒙蒙的天一点风丝儿也没有,淅沥沥的小雨轻轻飘洒着。窗棂上，树木的枝条上，都挂着晶莹的小水滴。从他家的窗口能看到远处的田野，大地潮湿着，绿色朦胧，细细看去，一棵棵小绿苗破土而出，整齐地排列在田垄上。又是一场及时雨啊！前一段时间的一场雨把小苗唤醒了，这场雨会让小苗茁壮成长。

邬国强从衣柜里找出自己平时不怎么穿的白条衬衫和一件蓝色休闲外衣，穿好后对着镜子照了照，对自己的仪表很满意，又从衣架上拿起黑色手提包，大步走了出去。他特意打扮一番，因为今天除了开会，还要去见未来的岳父岳母。

车开出大门口的时候，他正好遇见魏志民和张英一起走过来。看见他们走在一起，邬国强心里掠过淡淡的欢喜，魏志民这个对生活一度失去信心的人，如今开朗快乐起来了，这让他很为魏志民高兴，默默祝福他们早点组建新的家庭，过上幸福的日子。

邬国强把车缓慢停下，摇下车窗，满脸笑容地说："志民，好好表现，英姐可是个好人哪！"

"我也不坏啊兄弟！"他说完哈哈大笑起来，"遇到张英，我会变得好上加好！"

"不怪人们说，人逢喜事精神爽啊，你这说话都好听啦！哈哈哈……"

"那是啊。"魏志民依旧满脸笑容，张英在一边笑呵呵地看着他俩。

"你干啥去呀，国强？一大早就开车出来了，也去约会呀？"张英笑着找话说。

"我约会限时呀，不是随便约。我去市里开会。"

"对，我昨天看到通知了，什么'三农创新模式交流会'。"

"嗯。"邬国强摆摆手关上车窗，启动车子向村口驶去。

魏志民跟张英不约而同地回望一眼，然后朝前走了。雨依然淅淅沥沥地下着，魏志民把雨伞高高举过张英的头顶，自己却被毛毛细雨淋湿了。

村街的水泥路面湿漉漉的，王长所头上戴着一顶草帽，开着四轮子，正挨家挨户收垃圾。他总是默默无闻地干活，没有人注意到他勤恳认真的劳动，但他依然风雨不误。为了打造农村美好的环境，他甘心付出，虽然光荣榜上没有他的名字，小村清洁的环境却有他莫大的功劳。远望村街，水泥路两旁的柳树绿叶滴翠，丁香树也生机勃勃，丁香花竞相怒放。

魏志民家的院门敞开着，一条用碎砖头铺就的甬路一直伸向房门跟前。尽管这三间老式的砖瓦房有些陈旧，但是清洁干净的院落透着温馨祥和。院子靠西的墙根边长着一排高大的果树，杏花开满枝头，满树淡粉色花，像个大雾团抱在一起，庭院里盈满花香。园子两边都是整整齐齐的木障子，那些鸡鸭鹅都被隔离在外边。尽管树根底下的韭菜已经长到一扎多高，机敏的麻鸭把脖子从篱笆缝儿使劲往里伸，也无法够到。

魏妈妈扎着一条花布围裙迎了出来，她今天见到张英，可不是以前劳动伙伴的感觉，心里多了几分亲情。自打儿媳妇带着小孙女走后，这个家清冷了很多，老人时常孤独寂寞，张英的到来给她带来了无比快乐。曾经一蹶不振的儿子，现如今也重获新生一般，让老人也跟着开心。

"婶——"张英一见面就亲热地招呼道。

"英儿啊……"老太太不知道说什么好，满脸笑容走上前来拉住张英的手往屋里走。"英儿啊，有好几年没来俺家了吧？"

"得有十来年了吧？"

虽然是屯邻，从小跟魏志民一块长大，读小学的时候又都在村里的小学校念书，但长大后他们就不再联系了。张英自打出嫁，一次都没来过他家。今天走进这个既熟悉又陌生的院落，张英的心里多了一些对童年往事的亲切回忆。

"不嫌俺家穷啊孩子？"魏志民的母亲有些愧疚地说。

"婶，这年头只要认干就不会穷。你看，从打邬国强当书记，把咱们村治理得多好！现在又把大家撮合到一起办合作社，日子会越来越好的。"

"是啊，日子会越来越好！"张英的话入耳入心，老太太听了心里顿时亮堂了。

"过去你听说谁种地给钱？现在国家政策多好，种地还给咱钱。国家都奔小康了，咱们也奔小康！"张英充满希望地说。

"对，咱们也奔小康。"老太太还弄不懂"小康"是啥生活，只是附和着说，但她知道"小康"的日子是不愁吃穿的。

说话间，魏志民的电话又响了起来，他一看电话号码，有些熟悉，回想半天，才想起来那天在张英家吃饺子，就是这个号码，他顺手接起来。

"喂？"

电话那头依然没有回应。

"这人可真怪，打电话还不说话。"魏志民说。

张英看了魏志民一眼，说道："不用理它，你接电话也不花钱，他打你就接呗。"

魏志民的妈妈说："那天，我也接个电话，问他是谁也不说话，我就挂了。"

"骚扰电话现在很多。"张英满不在意地说。

第十七章

　　下午，谢娜接到女儿的电话，听到邬国强要来的消息她喜出望外。自从那天在电视里看到邬国强后，她就开始期盼这一天了，似乎要把以前被她耽搁的会面时间瞬间补回来一样。她开始琢磨哪家饭店厨艺最好，饭菜质量高，又开始琢磨陪同吃饭的人都找谁。她第一个想到的就是胡雪娇一家，转念一想又犹豫了。没有撮合成于伟跟叶欣的婚事，这场合邀请人家，会不会很尴尬呢？她拿着电话在客厅里走来走去，正拿不定主意的时候，听见开门的声响，还以为女儿带着邬国强回来了呢，激动地看着房门。

　　门开了，叶建华走了进来。

　　"是你啊老叶，我以为欣欣他们回来了呢。你看见他们了吗？怎么没一起回来？"她很开心的样子。

　　"一会儿就回来了。我在校门口看见他俩了，欣欣要去买什么东西，明天讲课用，邬国强就开车带她去了。"

　　"哦。老叶，你说邀不邀请胡雪娇他们一家？"她犹豫不定地看着丈夫。

　　"你见姑爷，约人家干吗？"

"人多不是热闹吗？烘托烘托喜气儿。"

"相中邬国强了，不知道咋地好了。哈哈……要我说你这个人哪，什么事都走极端，开始说啥也不同意，这回见到人了，相中了，来个一百八十度大转弯儿。这大岁数了，还是改不了你的性格。"

"又教训起我来了。"谢娜有些不高兴，"我不是想，就咱家这几个人太冷清，高兴的事人多点热闹吗？"

"我看有点不妥。你想想，胡雪娇一心想把咱闺女介绍给她儿子，结果没撮合成。现在咱家相姑爷，邀人家人来凑热闹，你说说，这合适吗？"叶建华一边换拖鞋一边说。

"有啥不合适的？顺便让她们看看咱姑娘找的对象……咋样？"

"我看……这场合人家未必能来呀！"

"其实来也没啥，多年的老关系了，处得都跟亲姐妹一样。不来才叫小心眼儿呢！"

"你试试吧，看人家能不能来。"叶建华没有把握地说。

"试试就试试。"谢娜说着就拨通了胡雪娇的电话。

叶建华脱下外套挂在衣挂上。

"雪娇，忙啥呢？"

"没事，看电视。"

"晚上我请你们一家吃饭。"

"啥日子请我们一家吃饭？"

"一会儿我们家欣欣对象来，咱们一起吃个饭，凑个热闹。"

"欣欣对象来……我们去……合适吗？这场合？"

"你说这话不就见外了？捧捧场热闹热闹还不行吗？没有几个人，你也知道，我们家欣欣的三叔二大爷都离得远，也来不了。你这姨，跟亲姨不差啥，来吧，就这么定了。"

"哎呀，还是……"胡雪娇有些为难。

"说定了。你们要是不来，那就是生我姑娘的气了。"

电话那头半天没有回音。

"婚姻是缘分的事儿。咱俩家没有姻缘还有情缘呢，你说是不是？来啊！一定来！"谢娜千叮咛万嘱咐，弄得胡雪娇盛情难却了。

"好吧。等我儿子下班，我们开车过去。在哪个饭店？我们直接去饭店。"

"聚鑫源。五点半准时开饭，早点到啊！"

她撂下电话兴冲冲地来到老伴面前。"你看，多给面子。"说完高兴地笑着，几道浅浅的皱纹浮上眼角。

这时候，房门打开了，叶欣和邬国强同时出现在门口，谢娜跟叶建华急忙迎上前去，谢娜显得尤为热情，特意把一双新拖鞋放在邬国强的脚下，她的热情让邬国强很意外也很开心。叶欣看到母亲这么热情地接待邬国强，心里十分满意，笑眯眯的杏核眼透着幸福之光。

此时，叶建华和谢娜都被邬国强这张似曾相识的脸惊呆了，他们几乎同时在想，这孩子长得这么像于鑫莱呢，难道……就在他们左思右想的时候，叶欣和邬国强相继走进客厅，落座在浅绿色的皮沙发上。

"吃水果，吃水果。"谢娜说着，从果盘里拿一个大丑橘递过去。

邬国强接过来，扒开一半送到叶建华手里，然后自己送嘴里一瓣，落落大方地咀嚼着。他的稳健让叶建华很欣赏，一看就是见过世面的人，大方的举止让人看着心里都舒服。

"国强，你家原来就在兴旺住吗？"谢娜看着邬国强问。

"原来在桦甸，我一岁多从那儿搬回兴旺村的。"

"噢，兴旺村不是你出生的地方？"

"兴旺村是我爸的老家。我爸妈结婚的时候在我姥姥家住。后来我姥姥和我姥爷都去世了，就搬回老家了。"

"你爸妈多大岁数了？"谢娜好奇地问。

"我父母都六十多了,但是身体都很硬朗。"邬国强平静地回答,用手推了推鼻梁上的镜框。他敏锐地感到这个准丈母娘的话里有话,是不是她也怀疑自己是抱养的?难道他知道什么吗?

"妈——你干什么呀?像调查户口似的,我以前不是跟你说过了吗?"叶欣温柔地打断了母亲的问话,谢娜不好意思地笑了。

叶建华虽然是教师出身,但对国家的政策和形式也有所了解。他就土地流转的事跟邬国强攀谈起来,谢娜在一旁听得津津有味,仿佛也看到农村发展的美好前景。她不再阻止女儿去乡下从教,当场表示大力支持。

"咱们去饭店吧,我还约了别人。咱们去那儿唠,看人家到了我们还没到就不好了。"谢娜的精神状态很活跃。

邬国强开车带着叶欣一家人来到饭店。饭店的装修很特别,从外到内都是怀旧的风格,土坯土墙,室内墙壁上还挂着玉米棒子和高粱穗。服务员的着装都是一身葱绿的"军装",带着"军帽",喝酒的杯子全部是印着毛主席头像的茶缸子,而且上面印着大红字帖:大海航行靠舵手。邬国强和叶欣早就听说过这家饭店格局特别,但从没来过。邬国强也约过叶欣来这里吃饭,都被叶欣拒绝了。他们经常一起吃饭的地方,就是那个物美价廉的饺子馆。

五点一刻,于伟开车带着父母径直向"聚鑫源"饭店驶去。于伟本来不情愿参加这次晚宴,但他想看看那个"情敌"究竟有多优秀,这样牢牢地拴住他心爱的姑娘的心。

胡雪娇一家人走了进来。于鑫莱走在最前面,就在大家都站起来迎接的时候,邬国强的目光跟于鑫莱的目光相对了,他们都被对方的容貌惊呆了。

"长得这么像我呢?"

于鑫莱跟邬国强几乎同时这样想。

胡雪娇第一眼看到邬国强,心里也奇怪起来,世上真有没有血缘关

系还能长得这么相像的人吗？于伟也大为意外，觉得邬国强长得太像父亲了，就连嘴角上那个痦子的位置都不差毫厘，立刻怀疑起邬国强是不是父母常念叨超生送人的那个弟弟呀？难道世上真有这么巧合的事吗？他上前跟邬国强热情地握手，看着他那张跟父亲长得极为相像的脸，一种亲切感涌上心头。他握着邬国强的双手，好像握着久别亲人的手。

寒暄后大家落座。

"服务员，人到齐了，上菜吧！"叶建华对站在门外的服务员说。

服务员下去不久，就开始上菜了。

"国强，喝点酒吧，少喝点。"谢娜觉得不让邬国强喝点酒，心里不舒服。

"阿姨，开车不能喝酒。"邬国强微笑着说。

"对，喝车不能开酒……"胡雪娇跟着说。

"这咋嘴还瓢瓢了呢？"于鑫莱笑着说，邬国强也微笑着看着胡雪娇，两张微笑的容颜是那么相似。

大家被她的话逗得哈哈大笑，胡雪娇不好意思地笑着纠正："开车不能喝酒……孩子，你喝点果汁。"她拿起放在自己眼前的橘子汁给邬国强倒满一杯递过去，顺势问道："你家……是哪儿的？"

邬国强心想，今天怎么都问这个问题，跟调查历史似的。"我们原来在我姥姥家那儿住，后来搬回我们现在住的兴旺村的。"

"你姥姥家在什么地方？"胡雪娇追问道。

"挺远的，离这儿一百多里呢。"

"吃菜吃菜，以后有的是时间唠，今天咱们就是喝酒吃菜。"叶建华看到胡雪娇急切调查邬国强身世的样子，急忙转移了话题。

回到家，胡雪娇再也按捺不住自己急切的心，跟于鑫莱说："你说，邬国强长得怎么那么像你呢？就连嘴角那颗痣都一模一样。我觉得他就是咱们给出的那个孩子。"

"我也这么想。"

"你看他说话的表情，举手投足都跟你那么像。"

"你观察可够细的啦！"

"后脑勺子都像你。"

"世上能有这么巧的事儿吗？"

"也说不上啊，也许老天又把我们的儿子给送回来了！"胡雪娇感慨万分。

"当初送的人家，说是北京的，父母都有工作，家庭条件也好。不是农村的呀！"

"也许要孩子的人糊弄咱们呢。咱也没见着那家人，就糊里糊涂把孩子送出去了。"胡雪娇思索着，心情无法平静，"不行，明天我去那个医院找找那个大夫去，找到了问个明白。"

"别做梦了，人家早退休了，多少年啦？你要知道，三十年过去了。"

"那我也要去打听打听。如果那个大夫退休了，看看有没有认识那个大夫的，找找联系方式，现在信息这么发达，我就不信找不到。找到那个大夫，我问问究竟把我儿子送哪儿去了。"说到这儿，两个人都沉默了，外边的霓虹灯光照进屋子里，胡雪娇在昏暗的光亮里，一丝睡意都没有。突然她坚定地说："我一定要调查清楚，邬国强是不是咱们送出的老二。"接着她又感慨："要真是咱儿子该多好啊！"

"快睡觉吧，别胡思乱想啦！"

于鑫莱催促她早点睡，可是自己却辗转反侧，往事涌上他的心头。

那一年大年初一生的于伟，后来在哺乳期，胡雪娇就意外怀孕了。等到发现怀孕的时候，孩子在肚子里已经开始活动了。就这样没舍得打掉这个孩子，胡雪娇跟于鑫莱商量，如果是女儿就留着，让自己的表姨代养，等孩子长大，再抱回来。如果是男孩就直接送人。因为那个年代超生是不允许的，特别是有公职的人。

于鑫莱现在还能回忆起当时送走孩子的情景，胖乎乎的小脸蛋儿，粉嫩粉嫩的，一双圆圆的大眼睛还没有彻底睁开，都没有好好看一眼生身父母，就被送人了。胡雪娇根本一眼都没瞅，一听说是男孩，她把眼睛闭得登登紧，就这样母子分离了。于鑫莱回忆着，不由得一行泪水淌出眼角。他可能真把邬国强当成自己的儿子了，才这样动心动情地回忆和怀念。

邬国强在后来的日子里，时不时就想起于鑫莱那张充满父爱的脸，但他怎么也无法把自己跟那一家人联系在一起。

第十八章

　　地里的蓖麻长势很好,"葵花"铲地的时候像不知道累一样,到地头后,把一件花上衣系在腰间,从头上拽下红花绿叶的花头巾,就地扭起了东北大秧歌。

　　"葵花,我手机里有秧歌曲儿。"邵玉华到地头冲着扭得正欢的葵花说。

　　"忘了,我手机里也有。"说着她停下来,从裤兜里掏出手机,播放出欢快喜庆的秧歌曲,又继续扭起来,硬邦邦的腰身,两只胳膊一伸一屈,脑袋一歪一扭,逗得大家哈哈大笑。

　　没铲到地头的妇女们着急起来,加快了速度。张英铲到地头,笑呵呵地看着她们。体态肥胖的王婶早已汗流浃背了,汗水顺着两鬓往下淌,霜白的鬓发粘在脸上。张英把她接到地头后,她直奔那个灌满凉水的大暖壶,倒一大茶缸子凉水就往肚里灌,一饮而尽后才仰起脸,用手抹了抹两颊的汗水说:"哎呀,真解渴!"

　　"别扭了葵花,是不是没累着你啊?"张英说,"咱们往回拿垄了。西北阴了,好像要下雨呀!"她看着远处的天空。

　　"哈哈……要是下雨,也是我这大秧歌把龙王爷请来的。"葵花高

门大嗓地说。

"那还得感谢你呢,小苗正渴着呢!"王婶说。

十几个人跟在张英身后,排成一字形,开始拿垄往回铲。葵花眯缝着小眼睛朝远处地里瞄着,望见一条不是很荒的垄,她立定站稳了,一动不动地把锄头搭在地头。

"葵花,往下串。"王婶在她的身后说。

"你串吧,我就铲这垄了。"

"这垄咋地?"王婶说着抬头看去,原来这垄没有几根草,下边几垄杂草丛生,有的地方看不到苗。王婶白愣她一眼,"怪不得你铲得那么快呢?哪垄不荒你铲哪垄,净耍鬼心眼!"

"到头我给你扭大秧歌。"葵花笑嘻嘻地说,脸不红不白的。

"王婶……"张英刚要说什么。

"俺就是说说。铲吧,合作社有俺的股,合作社的地就是俺家的地。铲吧铲吧。"王婶说着猫腰搂起锄头。

铲到地当腰的时候,天空突然响了几个闷雷,"轰隆隆"的雷声跟乌云一起从西北方向过来了,这久违的声音响在铲地的社员们耳畔,大家都觉得格外爽心。眼看大雨就要来临,大家扛起锄头顺着垄沟往地头跑。远处的天幕上已经扯下雨帘,远远就能看见天地间被灰暗的细线连接着,那是雨水在向大地泼洒。

"王婶,别往家跑了!到我家吧,你看雨马上就来了,都能听到雨声啦!"张英一边快走一边说。

"没事,一会儿就到家了。"王婶拖着肥胖的身子气喘吁吁地朝前跑着,手里拎着一把锄头,头巾也脱落到脖颈上。她想赶快到家,借着下雨天躺炕上舒舒服服睡上一大觉。

离家不到一百米的时候,雨瓢泼似的下起来,王婶顿时成了落汤鸡。头发都贴在脑门儿上,眼睛也睁不开了。好不容易到家门口,一推大门没推开，她也不知道哪来的一股气力，蹬着大墙根一棵小树杈，一跃跳上了墙头，但是往下一瞅傻眼了，大墙那边没有可落脚的东西，一人多高的墙头，让这个本来就恐高的王婶心生余悸。墙头被雨水冲得十分光滑，她担心跳下去会摔坏胳膊腿儿，就索性骑在墙头上任凭雨水冲刷。大雨向她泼下来，她闭着眼睛，双手按住墙头，心里在说：下吧下吧，宁可挨浇，只要地里的小苗喝足就行！

王长所平时不怎么出门，这会儿把大门锁上干啥去了呢？王婶一边淋着大暴雨一边在心里琢磨着。原来收垃圾的车厢开裂了，他去镇里焊车厢去了。

这阵雨虽然下的时间不长，可社员们心里却乐开了花，大雨洒在田野里，如同甘霖落入心里。吴天明立刻赋诗一首发到朋友圈：

整一春，零半夏，

父亲节里把雨下。

雨水落地化甘霖，

苍天礼物悦民心。

这次没有人为他的诗点赞，大家都望着倾盆大雨高兴着。天，很快就晴起来，太阳从西边露出了笑脸。经过这场雨水的冲刷，大地的秧苗变得油绿油绿的，抖擞着精神，在斜阳的映照下，撒着欢儿地往上蹿。

第二天早上，代福来来到他家的玉米地头儿，清新的空气钻进他的鼻管，一直舒服到心里。夏日的阳光照耀着生机勃勃的苍茫大地，他背着手踱着步走在田间的路上，还不时地向远处眺望，当看到自家的玉米苗比刘大娘家的矮两寸的时候，心里生出一股烦恼，脸拉得长长的，眉宇间锁起一丝阴暗。这参差的青苗，让他本来烦躁的心又平添了几分憋闷。

春兰去城里打工一个多月没有回家了，他一个人待在家里，孤独寂寞的时候就跟在外地工作的儿子通通电话，也没啥嘱咐的，因为他儿子很争气，研究生毕业之后就留校任教了，这让争强好胜的他有了一丝安

慰。他总想出人头地，无论什么事都想胜人一筹，有时候达不到目的就会出歪点子。然而天不藏奸，他越是这样挖空心思，琢磨别人，生活中越是会出现磕磕绊绊不顺心的事。在他难为别人的时候，也难为着自己。种完地的那段日子，他也想去城里找份临时工作赚点钱，但怎么也放不下家里的田地。他每天都要去大地转转，看看庄稼苗长高了多少，特别是这半个月来一直没下雨，他心里是火烧火燎，昨天的一场喜雨给他的心降了温。

在他转身要往回走的时候看见了刘大爷的坟丘，本来就很低落的情绪又添了一份哀愁。是惆怅自己还是惆怅别人就分不清了。他想：人这一辈子，就跟庄稼苗一样，出生了，成长了，收获了，结束了。实际上他的想法太过于肤浅，这一点跟他儿子的人生理念就不一样，他儿子想的是好好读书，读好书，为建设国家贡献一份力量，生命才有意义，人生才有价值！儿子的雄心壮志大概遗传自母亲，他母亲春兰遇事总能先为别人着想。

他走到刘大爷坟前叨咕着："老刘头儿，你在这儿安息吧！活着的时候，总惦记你家那一亩三分地儿，你死了小苗照样长得挺好，比俺家的好啊！"说完一抬头，看见邬国强一行人从西边走过来。合作社的几个人他都认识，还有几个陌生人，看他们走路的姿态和步伐不像农民。那几个陌生人一边走一边环视碧绿的田野，还不停地说着什么。他想躲开这伙人，但玉米苗太矮藏不住他。想走，后面是一眼望不到头的合作社稻田。就在他犹豫不决的时候，邬国强一行七人已经来到他面前。

"这是我们村的前任支书。"邬国强看见代福来，用了代福来最爱听的话向农研所的人介绍道，语气满是尊重。代福来听了心里热乎乎的，好像他成了以往的贡献者。

"噢，你好！"陌生人中有个长者跟他握手。

"你们这是……"这时代福来已满脸笑容了，就像他曾经当村书记接待上级领导的样子。

"这几位是省农科院的,来考察咱们的有机稻田,指导田间管理。"邬国强说。

"这水稻可是纯绿色的,一点化肥都没下,我可是亲眼看见的,一车一车的鸡粪撒里去啦。就说耙地吧,折腾好几个来回。"代福来高兴地说着。他真的是亲眼看到合作社种水稻的全部过程,明里看暗里瞅,几乎没松过劲儿。

一眼望去,广袤的稻田,秧苗长得郁郁葱葱,一池一池的稻苗连成一片绿色的海洋,微风吹过绿波荡漾,满眼的新绿柔美壮观。一条水渠从稻田穿过,阳光洒满渠面,波光熠熠的水面像一条长丝带。渠水是从松花江引来灌溉这几十亩良田的。

他们一行人走在田埂上,专家们认真地观察着茁壮成长的秧苗。

邬国强介绍道:"这三十垧水稻,花费了很大气力和时间,单说耙田吧,旱耙,潜水泡田,水耙,折腾了好几个来回。那时候刘技术员一直指导着。"邬国强转脸看着低头察看水稻秧苗的刘技术员。

"是的,很费功夫。我一直在场了。"刘技术员说着,用自带的一把尺子测试了一下水层,"插秧有半个月了吧?"他问身边的魏志民。

"今天是第十四天。"魏志民从衣兜里拿出小本子翻看着说。

"明天,后天吧,就要开始施肥,促进分蘖。"

"我们都准备好了,用遥控的小飞机喷洒。"吴天明在一旁抢着说。

"每亩喷施生物有机肥在150毫升,你记上,"刘技术员歪着脑袋对魏志民说,"生物有机肥喷洒也是有时间的,要在下午四点之后进行。"

魏志民点着头,认真做着笔记。

李凌峰说:"我们合作社以后要打造绿色无公害的粮食给大家吃。"他摇晃着脑袋很有信心。

邬国强说:"过几天,准备买些鱼和蟹放里面。"

刘技术员插嘴说："那叫稻鱼。"

"嗯。"邬国强点头，然后接着说，"我们从育秧，到耙地整地，都做了视频资料，不是有可视玉米吗？我们也来个可视水稻。"

李凌峰补充说："主要是让人们吃着放心，纯绿色就是纯绿色，一点不掺假，看得见摸得着，放心吃！"

代福来远远看着他们，本来想跟大家一起去稻田看看，一想自己啥角色呀，连合作社的社员都不是。就这样看着大家从身边走过去后，自讨没趣儿地转身朝相反方向走了。

七月骄阳似火，炙烤着禾苗，也炙烤着铲地的社员们。一望无边的土豆大地盛开着灿烂的白色小花，那美丽的花朵随着微风摇曳，形成一片花的海洋，满地飘着浓郁的花香。地里有二十多人，在魏志民和张英的带领下给土豆锄大草，零星的大败草、麻果秧还有少量的烩菜长得比土豆秧还高，好歹数量不多。他们排成长长的一字形，女的头上都包着头巾，戴着凉帽，五颜六色的。头巾浸满水，湿呼呼地蒙盖在头顶上。每个人都穿着厚厚的衣服，火热的阳光晒不透。魏志民铲在前边，他连草帽也没带，汗水顺着黝黑的脸颊淌下来，他一边拔着草一边不停地跟大家说："今年的土豆三毛钱签出去了，一百垧，一垧按十万斤算，那可就有算头喽！"

"别看国强岁数小，就是有头脑。"一个社员说。

"书不白念哪！大学生跟咱们老百姓就是不一样。"

"以后还得供孩子念书！"吴天明感叹道。

大家一边低头铲地，一边七嘴八舌地说着话。一会儿是笑声，一会儿是大声说话声，在田野里此起彼伏，传向远处。

"咱们在合作社每天挣一百二十块钱，然后到秋再有一笔分红钱……哈哈哈，有奔头了吧？撸起袖子加油干哪！"魏志民笑着说，换了一下握锄头的手，又吐了口唾沫，抱着锄头杆子搓着满是老茧的双手，暗自给自己加油鼓劲。

"撸起袖子加油干！"吴天明大声说。不知道谁接着话音唱了起来，随后一个接一个地跟着唱，形成了大合唱：

撸起袖子加油干

兄弟姐妹是一家

中国越来越强大

狂风暴雨咱不怕

撸起袖子加油干

勇往直前闯天涯

中国越来越强大

流血流汗咱不怕

流血流汗咱们不怕

……

这首歌还是开始组建合作社的时候邬国强教大家唱的。尽管唱得不整齐，还有点南腔北调，但是歌声激昂，粗犷有力，振奋人心，歌声在美丽的田野上飘荡。

"嗨——我给你们录个视频发出去！你看这满地的土豆花太漂亮啦！"葵花笑着说。

听她这么一说，有的摆出一副笑脸，有的仍然自顾自地铲着地……葵花双手举着手机，把这一切融进"花海"里，随后发到朋友圈。

歇气儿的时候，人们来到地头儿北边的松林里歇息。这片松林有几十年的历史，谁都不记得是哪一年是谁栽的了。松树枝繁叶茂，每棵树干都有大碗口那么粗，头两年差点被代福来出售给木材站。后来邬国强接任了村支书，才留下这片小林海，成了这片黑土地上一处独特的风景。大家说笑着坐在松软的树林地上，空旷幽静的大片松林里到处回响着鸟儿叽叽喳喳的鸣叫着，声音清脆悦耳，分辨不出是什么鸟，鸟鸣声汇成

了大自然独有的乐章。空气中弥漫着浓浓的松脂香味，跟绿草清新的气息融合在一起，钻进人们的肺腑，令人心旷神怡。魏志民干脆把外衣铺在地上，锄头往地上一横，仰面朝天躺下了，树荫罩着他黝黑惬意的脸。蓦然间，一只拳头大小的松鼠跳入他的眼帘，毛茸茸的小家伙着实可爱，在松枝间蹦上跳下。这幽暗静谧的松林，简直就是它的乐园。松林尽头的那片芳草地，青草细嫩柔软，微风拂过绿波荡漾。五颜六色的野花点缀其间，远远看去像绣着色彩缤纷花朵的绿绒地毯。王婶放下锄头，拎着潮湿的头巾穿过芳草地，来到莲花泡边上，找了一个能擎住脚的地方洗起围巾来。霎时蛙声四起，在水边的草丛里，可爱的小青蛙裸露着水汪汪的脊背，悄悄地窥视着岸上的一切。王婶的到来惊吓到了好几只青蛙，它们纵身跃入水中。泡子里的水冬夏不干涸，有人说水底连通松花江，有人说水底有泉眼，谁也没有考证过。荷叶浮在水面，挨挨挤挤翠绿欲滴，荷花还没有盛开。泡子里有很多野生的河虾，闲暇的时候，兴旺村的大人孩子都拿着自制的网兜捞河虾，回去油炸着吃，又香又脆。

接着又来了几个洗头巾的妇女，盖在她们头上用来消暑驱热的湿头巾已经没有水分了。魏志民招呼大家该铲地了，她们又回到土豆地里，排成一字形的队伍向前移动着，远远看去，成为蓝天下一道美丽的风景线。

葵花在合作社做了一段时间的午饭，说什么也不干了，非要去大地干活。她说在外面干活心敞亮。这样做午饭的人就换成了她的表姐秀霞。

社员们吃完午饭，道远都不回家，就在松树底下铺一张泡沫板躺下午睡一会儿。春天栽的那几棵万年青已经枝繁叶茂了。魏志民没有回家，他跟其他几个社员一起躺在树荫里休息。张英拿着一套新洗过的衣服，悄悄来到魏志民身旁，小声说："找个地方把衣服换下来，后背全是盐卤。"

魏志民一骨碌坐起来，满脸笑容地看着张英，他俩走到离睡着了的社员远一点的地方。

"不用换了，换完你还得洗。"

"看你说的，洗衣服费啥事。后背都是白的。"其实裤子的膝盖部位也显露出一块块汗迹盐卤，像地图上的板块一样。

魏志民拿着干净的衣服，朝着合作社的房子走去，心里流淌着一种甜蜜。他回头看一眼坐在树荫底下的张英，她正在一个袖珍笔记本上写字。浓密的树荫遮蔽着热辣辣的阳光，偶尔吹来一股带着燥热的小风，也让人倍感舒爽。

张英补记完昨天的日工，站起身朝合作社办公室望了望，没见魏志民走过来。她走到另一棵松树下，拎起那个装凉水的大暖壶朝村委会的方向走去。村委会的院里有一口深水井，她准备把壶里灌满，下午拎到地里去，供大家饮用。

第十九章

　　那场暴雨过后再也没下过大雨。二十多天过去了，天气一直干旱少雨，即使下雨，最多也就是淋湿地皮，大家盼雨都盼红了眼。邬国强的妈妈也替儿子着急，三百多垧的良田啊，拴着儿子的心，系着父老乡亲的希望。

　　"国强，吃饭啦！"邬妈妈把碗筷都摆好了，冲着屋里大声说。

　　"妈，我不想吃了，早上……吃不进去。"邬国强看着外面没有一丝云彩的天空发愁。

　　"上火了是不是？"邬国强的母亲来到了屋门口，"不吃饭可不行，'人是铁，饭是钢，一顿不吃饿得慌'。快去吃点儿，妈今早特意给你做的炝拌土豆丝，还有黑米粥、鸡蛋、荞面的发面饼，你不是最愿意吃荞面的味儿吗？俺们小时候都吃够啦。那时候白面少，能吃上几顿荞面饺子就是好生活啦。"老太太说这些话是希望能激起儿子的食欲。"妈看你这几天吃不进饭，一顿就吃一小口，跟猫食儿似的，就知道你上火啦！"

　　"哈哈……没有。"母亲的话说到他心坎上了，邬国强会心地笑了。起身走进厨房，母亲跟在儿子身后。

"你得学你爸，心大！天塌下来用脑袋顶着。"老人宽慰着儿子。

邬国强看了一眼大口吃饭的父亲："我爸吃什么饭都那么香。"

"儿子，别上火。老天就看在我儿子为老百姓干事的情面上，也得下一场透雨！"邬爸爸拿筷子的手朝着桌子点着，抑扬顿挫地说，但心里也是火急火燎。这位六十多岁的老人历经人间风雨，尝尽了生活的苦。小时候没有粮食吃差点饿死，也许是那时候缺少营养个子没有长高，但胸怀很宽广。邬国强的性格从小受父亲的熏染，为人处事很大气。今天为干旱发愁，是因为合作社不是他一家的，还有村里的贫困户，他们都等着他邬书记带领大家脱贫呢。

邬国强上桌后喝了一碗粥，平时最爱吃的荞麦面饼也没吃一口就撂筷了。

"爸，我去地里看看。"他放心不下那一百垧土豆，牵挂着秧苗的长势。

邬妈妈隔着窗户看着儿子的身影走出院外，感觉儿子消瘦了很多，她心疼儿子，默默地替儿子犯起愁来。

她忙完早上的家务，坐在沙发上歇息，看着艳阳高照的天空，晴得跟水洗的一样。老人心里默默祈求着：老天爷，快点下场透雨吧！她心里念叨的时候，蓦然想起小时候的一件趣事，便起身朝屋外走去。

她来到大门外，空气热咕嘟的有些闷人，就连门前柳树下的阴凉里也满是燥热。她东张西望着，村里的街道上除了整洁的街面和两旁无精打采的树木外，连个人影都看不见。白晃晃的阳光把街道晒得跟火炕一样。她锁上大门，朝着王婶家走去。

这时的邬国强正顶着炎炎烈日在土豆地里走来走去。花海一样的土豆秧早已卸下了美丽的花冠，剩下葱绿的叶子在炽热的阳光里煎熬着。邬国强弯腰拔起一棵土豆秧，带出来的是鸡蛋黄大小的土豆儿，他彻底失望了，心像掉进了大深坑里。一种不祥的预感袭上心头：这不是要绝

收吗？如果是这样,秋天怎么向父老乡亲交代呀！是土豆品种的问题呢,还是天气连续干旱影响的呢,他百思不得其解。脑海里一个个问题揉搓着他的心。他掏出手机,拨通了李技术员的电话。

"喂,小李你好。"

"你好邬书记。"

"我在土豆地里呢……"

"噢。"

"刚才我拔了几棵土豆秧,都没有土豆啊！是怎么回事呢？"邬国强焦虑的心情随着他的话语一起传入小李的耳朵里。

"一个土豆都没结吗？不可能会这样啊？有没有小土豆？"

"一棵秧上能有三四个鸡蛋黄那么大小的土豆,有的秧上也就一两个。"

"只要有土豆就没事,到秋收还有一个半月呢。"

"跟天气不下雨有关吗？"

"肯定有的。别着急,只要下雨就能结。"

邬国强放下电话,长出一口气。他没精打采地沿着村路往村里走,路过刘大娘家门前的时候,想起了明天要给她家换屋瓦的事。土豆的长势无论怎样揪扯他的心,生活、工作都要继续。特别是村里的扶贫工作,是最让人伤脑筋的。这几年的扶贫经验,让他深切体会到：扶贫,不仅仅是物质上的给予,首先要从思想上脱贫,只有这样才能真正摆脱贫困。

看着自己生活的小村庄,这几年翻天覆地的变化,他心里默默感谢党的好政策。农村这个广阔天地需要振兴,需要像他这样懂农业、爱农村、爱农民的有作为的年轻人带领乡亲们一起努力奋斗。他正想着,手机铃声突然响了,他心里为之一震,他知道是叶欣打来的电话。

"国强,我调转工作的事已经办好了,下学期开学就到你们镇中学去上班。"叶欣兴奋的话语让邬国强激动不已,他一下振奋起来。

"太好了,太好了!"他的脸立刻开朗起来。

"工资每月还多二百呢!"

"在农村工作的老师有补助是不是?"邬国强早就听说了农村教师的待遇。

"嗯,是的。"

"我觉得老师工作的性质不分农村城市,都是'传道授业解惑'。"

"你的词儿太老了,是教书育人!哈哈……"电话里叶欣爽朗的笑声感染着邬国强的心情。

"啊啊,对!是教书育人。哈哈……"叶欣纠正说。

他刚才的烦恼被叶欣送来的喜讯驱散了。"等你来了,我带你去学校看看,一点儿不照市里的差。校园环境非常好,教学设施非常先进。我表弟就在中学教数学,我常听他跟我讲他们学校的事。只要你对工作有热情,对教育事业忠诚,在哪儿都一样,你说是不是欣欣?"

"你不是说,你是梧桐树吗?"

"对呀,没有梧桐树,咋招来你这只金凤凰啊!"

"哈哈哈……"手机里传来一串银铃般的笑声。

"等着你!欣欣。不只我等着你,兴旺村的孩子们也等着你呢!你来了,张英家孩子就不去市里的私立学校念书了。"

"真的呀?"

"那是啊!他们听说你要来,就都打算在本地的中学读书了,不去市里了。"

"那我得加倍努力工作呀,不能让他们失望啊。"

叶欣听了邬国强的话很受感动,工作的热情和干劲一下涌进她的心怀。此时的叶欣正处于蓬勃向上、热血沸腾的时期,容易被感动,容易被激发热情。

邬国强心情爽朗起来，他拐过路口的时候，远远看见路旁聚集了很多人，那是王婶家的大门外，他认出了母亲和王婶，还有几个大人和一帮小孩，小孩的头上都带着绿色花冠一样的东西，原来孩子头上的"花冠"是用柳条编制的。他们站成一排，每人手里都拿着小铲子跟在王婶身后。他好奇地走过去，快到跟前的时候看清楚了，原来是母亲跟王婶带着七个童男童女淘水龙沟。

王婶嘴里大声喊着，说一句淘一下水龙沟，孩子们也照着王婶的样子，一边说一边在干旱无水的水沟里挥动着小铲子。

淘龙湾，淘龙湾，

九天仙女淘龙湾，

淘得老龙不得安，

淘过三天下大雨，

大雨连下好几天！

下雨啦！下雨啦！

随着大家的"下雨啦！下雨啦！"，水龙沟里淌出一股清澈的水流，原来墙里的邵玉华提着一桶水等着他们说出这句话后把一桶水顺着水龙沟倒出来。

那声音好像雨真下起来了一样，大人孩子一起高喊："下雨啦！"

邬国强看到他们求雨的情景，又是好笑又是感动。大家盼雨真是盼红了眼，也许是太过于投入了，谁都没注意邬国强走过来。

他走上前笑呵呵地说："妈，王婶，你们这是干啥呢？"

王婶这才抬起头扭过脸："求雨呀！"那神态憨实可笑。

"王婶，不能教导孩子迷信啊！"邬国强语重心长地说。

王婶瞪着眼认真地说："真能求下雨来，你不信哪？俺们小时候就这样求过雨，不信问你妈。"

邬国强看了母亲一眼说："哈哈，妈，你这可是真盼雨盼红了眼啊！

天气预报说，这几天有中到大雨呢，雨不是求下来的，不能这样教孩子。"

邬妈妈看着儿子笑着说："这不是迷信，可灵啦。我小的时候一遇到天大旱，你姥姥就带着俺们几个小孩求雨，用不上三天，保管大雨哗哗地就下起来。"

"现在都什么年代了，讲科学不讲迷信，快把孩子送回家去。"

孩子们听到邬国强这么一说，摘掉头上柳条绿环，扔掉小铲子，像小鸟一样四散而去。大家相继离开，那个淌过水的小沟儿不一会儿就干涸了。

偏西的太阳依然炙热无比，院子里的玉米苗儿都打蔫了，春兰站在小园的栅栏旁，看着代福来给院子里的蔬菜地灌水。

"哈哈哈……太好了！"代福来奸笑着，笑声有点让人毛骨悚然，就连春兰也很少听见他这样笑。

"啥事让你乐成这样？"

春兰在城里的饭店打工，不小心在后厨地上滑倒，右手腕骨折，人家赔偿了三千八百元钱，打发她回家静养。所以她只能看着代福来干活，不然早被代福来派上用场了，不是扯扯水管，就是培培地垄台的土，总之，代福来干活的时候，都给她一个合理分工。

"你说……哈哈哈……"又是一通歇斯底里的奸笑，"老天咋那么长眼，今年就是不下雨，大旱！"

"大旱你笑啥？你不种地呀？"

"我种的那么点儿地，跟合作社比九牛一毛。老天不下雨，绝收才好呢！"

"我说你这个人，心理有病！"

"我没病，一点没病！"他瞪着两只蛤蟆眼瞅着春兰，那神情像喝醉酒的人。

"红眼儿病！就见不得人家好。"春兰小声说。

"我让他们又放炮又唱歌！铲地就铲地呗，铲着铲着还唱起来啦。"大家在地里唱歌的事，是他后来听说的。

"人家唱歌碍你啥事？"

"我……生气！"

"生气是你愿意生。我都听王婶说了，挣钱不挣钱是小事，就是这些人在一起干活的时候乐呵！"

"我让他们乐呵！有他们哭的。"他咬牙切齿地说，"前天我去他们土豆地了，一连拔了好几棵秧，一个大土豆都没有。哈哈哈……我让他们乐，有他们哭的。"

"要我说你呀，就是见不得合作社好。"

"闭上你的臭嘴！虎娘们，不行给我说出去！这半年给我憋的，憋坏啦！可我绝不会让他们看出我嫉妒他们。明天，村上要给老刘太太换瓦，扶贫工作我得去做，让他们看看我这个……"他寻思了一会儿，"我这个老支书的风范！"

"还老支书？也不嫌硌碜，你给老百姓造啥福啦？"

"去去去！滚远点！"

春兰乜斜他一眼，转身回屋去了。代福来一边吹着口哨，一边往园子里放水，哗哗的水流声伴着代福来有节奏的口哨声，回响在田园里。斜阳照着他洋洋得意的脸，也铺满长满青苗的田园。菜园里的各种农作物清爽可爱，绿叶上闪着光亮。豆角爬满架，一嘟噜一嘟噜的青豆角挂在藤蔓上，眼看就能成下酒菜了，这可是纯绿色青菜，一点儿农药没喷，一粒化肥没下。代福来心里乐滋滋的，仿佛亲手栽种的农作物能给他带来满意的健康体魄，干得格外来劲儿。

他边浇菜园边琢磨：明天去老刘太太家换房瓦，怎么能表现自己这个共产党员助人为乐的行为，还能做到不让自个儿太受累呢？

第二十章

晚饭后,胡雪娇和谢娜照旧去广场散步,胡雪娇跟谢娜提起了邬国强。其实,自打那天见到邬国强,胡雪娇一天都没有忘记过,着了魔一样把送人的孩子跟邬国强联系在一起,怎么想都觉得他就是自己送出去的孩子,她白天想,夜里梦。有一天梦见邬国强搂着她亲切地叫"妈妈",她高兴得从梦中惊醒。

"你说,娜娜,"她还叫她的小名,"欣欣的对象怎么跟我家老于长得那么像,就跟在他脸上扒下来的一样,特别是嘴角上那颗黑痣,都长在那个位置。你说能不能是我给出去的那个孩子?"

谢娜想了想问:"你不是说送给北京的一户人家了吗?"

"那个时候就是听说那家是北京的,也没调查,谁知道是不是真送北京去了?"

"他俩长得确实像,我第一眼看到邬国强,就想到你家老于啦。谁知道是不是呀?等以后熟悉了,我给你详细问问。"

"打那天见到那孩子,我就感觉他是我三十年前送出去的儿子。不知为什么,就这种感觉!"胡雪娇有点歇斯底里。

"世上能有这么巧合的事吗?"谢娜说,两个人大步朝前走着。

"万一是我儿子多好，咱俩又成亲家了。"胡雪娇说这话的时候非常高兴。

"这种万一……有点像演电影。"

"那时候不是万不得已谁能把孩子送人啊，超生就下岗啊！"胡雪娇无奈地说，三十年前的那种感觉又在她心里重现。

谢娜说："要是现在，咋也不能送人，你说是不是？"

"现在都鼓励生二胎呢！两个孩子还是个伴儿。一个孩子多孤单啊，有事都没个商量的人。"

她俩很快来到了广场，融入跳广场舞的大爷大妈中。往日走这段路需要很长时间，今天却在不知不觉中就走到了。

第二天早晨，胡雪娇做完家务站在阳台上俯瞰车水马龙的街道，心绪不宁起来。几天以来她一直想去调查一件事，于是，她走出家门，来到三十年前自己生孩子的那家医院。她上了二楼，径直走到妇产科，在过道里看到一个个即将生产的孕妇们腆着大肚子、龇牙咧嘴、五官扭曲的样子，知道她们正承受着临盆前的折磨。产房外有一个小伙子，趿拉着拖鞋，焦急地在走廊里来回走动，不时看着产房的门。

过了一会儿门开了，走出来一名女护士，抱着一个襁褓中的婴儿，他立刻冲了过去。

"男孩还是女孩？"他迫不及待地问。

"男孩。"女护士面无表情。

"我有儿子啦！"小伙子高兴地蹦了起来，把一只拖鞋甩出很远。

胡雪娇看着他惊喜若狂的样子差点笑出声来，过道里经过的人，都向他投去祝贺的目光，笑脸相望。

一个预产妇头靠着墙，一脸痛苦的表情。胡雪娇凑过去问："要生了吗？怎么不去产房？"

"活动活动。"她被疼痛折磨得有气无力，"医生说活动活动生得快。"

"你见过给你接生的医生了吗?"

这个产妇觉得她问得有些奇怪,瞪眼瞅了她一会儿:"嗯。"

"多大岁数?"

"四十多吧。"

"噢——那不是。"胡雪娇自言自语。

孕妇不解地看着她:"你要找谁呀?你儿媳也要生孩子呀?那你就找这个大夫吧。听说这个男大夫医术可高了。"产妇的阵痛过去了,这会儿可以平心静气地跟她说话了。

胡雪娇一听是男大夫,跟她要找的人差得更远了。她清楚地记得,给她接生的是个女医生。"不不,你误会了。我儿子还没有对象呢。"她一边摆手一边转身离开了。

孕妇疑惑地看着胡雪娇的背影,顺着过道拐到右边,消失在视线之外,这时候,她肚子又开始疼起来。

胡雪娇来到医生办公室,轻轻地敲敲门。里边有一个男医生正坐在电脑前,屏幕上显示着一长串药费单子。

"大夫,我……"

"看病就进来吧。"大夫没有看她。

"我打听一个人。"

"打听人就去楼下导诊部。"

她悄悄退了出去,心里很不是滋味。她心想:我还不用你们了呢?我去邬国强住的地方打听去。她这样想着就朝楼下走去,脑海里一会儿是邬国强的脸,一会儿是于鑫莱的脸,这一老一小极其相似的面孔,交替浮现。自打那天见到邬国强之后,她就渴望再见到他,想从他身上找回自己丢弃的情感——对儿子的爱。

胡雪娇从谢娜那里得知邬国强的家庭住址,然后和儿子于伟商量陪

她到兴旺村走一趟，于伟没答应。第二天一早她独自一人乘坐一辆出租车，直奔乡下而去。

"小伙子，手机导航。"她坐在后排座位，抻着脖子跟前面的司机说。

"不用，我去过那个乡镇。"

"是一个村子，叫兴旺村。"

"到哪儿一打听就知道了，不用导航。"

"导吧导吧，来，用我手机，我手机有流量，每月都用不了。"胡雪娇唯恐走错了路。

小伙子没办法，拿出自己的手机，开始导航。大约过了半个多小时，他们来到兴旺村。离兴旺村越近，胡雪娇心里越是茫然。

"走哪趟街？"司机把车停在村口问道。

是啊，走哪趟街，哪家是她要去的目的地呢。她透过车窗，看着整洁美丽的小村庄，心里想着：邬国强，你家在哪儿呢？我就想看看你父母，看看养育你长大的父母，看一眼，我心里就有数了。她突然看到前面不远处有一户人家在上彩钢瓦，房顶上有好几个人，吵吵嚷嚷，说说笑笑。

"去那儿。"她用手指着。

司机启动汽车，一踩油门到了。正好碰见往院子里进的代福来。胡雪娇摇下车窗，问道："兄弟，打听个人儿？"

代福来探着头看着车内的人问："打听谁呀？"

"这儿有没有一个叫邬国强的人？"

"有，有。他就在那儿干活呢，我给你招呼去。"他十分热情。

"不不，不找他。"一听这话，胡雪娇慌了神儿。

代福来疑惑地瞅着她。

"走走，咱们开车进屯里。"胡雪娇慌忙催促司机。

代福来看着渐远的小汽车，纳闷极了。他扭过脸，远远看着在房顶上忙碌的邬国强，又想想刚才这个女人，心里纳闷极了。

"到底去哪儿？"司机有些不耐烦了。

"小师傅，你把车子停在前边的树荫下，然后我下车。你就在那儿等我，过一会儿我来找你。"

胡雪娇下了车。她戴上遮阳帽，又从挎包里掏出太阳镜带上，漫无目的地朝前走。这时，王婶从对面走过来，胡雪娇见到有人过来，心里很高兴，急忙走上前去热情地问："大姐，邬国强家在哪儿住？"

王婶一听打听邬国强家，热情一下就来了。"我领你去。"

"不用不用，你告诉我他家在哪儿住就行，我自己去。"

"我送你去吧。不远，拐过去，那趟街，再往东一走，就看见门前有两棵大柳树的院子。他家房子新换的蓝色彩钢瓦，门窗也新换的。儿子要娶媳妇啦，都换了新的。"王婶一边比画着，一边介绍，"我领你去！"

"谢谢大姐。不用，我自己走过去就行。"

"我也没啥事，我送你去！"

"真的不用，大姐，谢谢你的好心，谢谢你的热心肠。"王婶的热情让她紧张至极，万一她把她带进邬国强的家咋办？见到邬国强的父母说个啥？

胡雪娇快步离开王婶，恐怕她跟着自己走过来。走到这条街的尽头要拐弯的时候，她不放心地回头看看王婶。王婶依旧站在烈日下，盯着她，几乎没错眼珠儿地看着她，唯恐胡雪娇走错路。

胡雪娇找到了邬国强的家。她站在大门外往院里张望，一个六十多岁的老太太正拿着一把笤帚扫院子，左手拎着一个大铁撮子，低头哈腰没注意到门外的胡雪娇。她继续观望着：挺漂亮的农村房舍，院里除了菜园部分，都是水泥地面。房子东侧是车库，车库前面靠着院墙的地方，从南到北是一排果树，上面结满了绿色的小果实。她不由得艳羡如今的

农村生活环境，吃的是绿色蔬菜，住的是敞亮的房屋，比市里的环境都美呀！

邬妈妈一抬头看到有个陌生人往院里张望，便迎了出去。

"你找谁呀？"老太太大声说，话音里带着几分热情。

这时，邬国强的爸爸也从屋里走了出来。

"我是路过，大姐，看你们农村的小院跟别墅似的，真羡慕！"

胡雪娇说完恋恋不舍地离开了。走了几步又回头看一眼邬妈妈——一个瘦小的老太太，梳着短发，花白的头发，脸有些黑红，很健康的肤色，这一眼，没有找到跟邬国强相似之处。她又看了看邬爸爸，一样的结果。

刘大娘家的院子里热火朝天地劳动着，说笑声、敲击瓦盖儿声混杂在一起。代福来一边干活一边想着刚才的事，寻思着要不要把刚才的事跟邬国强说。犹豫好一阵子，一抬头，那辆出租车从刘大娘家的大门口一闪而过。

胡雪娇回到家里把自己私访的事跟丈夫说了一遍。

"我敢肯定,邬国强绝对不是那老太太生的。"胡雪娇十分肯定地说。

"我看你是不是有点神经质了？"于鑫莱看着胡雪娇怪异的神情笑着说。

"你说，我从打见到那个孩子，咋就放不下了呢？咋琢磨，都感觉是咱们的孩子。"

"是，又怎么样？"

"我一眼都没看哪！现在想想，这个后悔。"她说着眼睛湿润了。

于鑫莱看到老伴有些难过，心疼地安慰道："那也不能怪你，就赶上那个时候了，不让超生。要是现在，咱咋也不能送人。"

胡雪娇使劲儿点点头，不自觉地吞咽了一下，把泪水和心酸一起吞咽下去。

"别后悔啦！三十年都过去了！"

"不行，我一定要知道邬国强到底是不是我的孩子。如果是，我把咱这半辈子积蓄分给他一半。"

"人家要不要还不一定呢，认不认你这个妈还两说着呢。"

"反正不管咋的，我得弄清楚他到底是不是咱儿子。"胡雪娇异常坚定，在心里打定了主意。

第二天天气依然晴好，刘大娘的房子维修完了，门窗屋瓦焕然一新，都是村里免费给换的。大家都说共产党政策好，刘大娘的幸福生活开始了。张英带着女儿小爱雨来帮刘大娘搞卫生，她想让孩子从小感受助人为乐的快乐。王婶也来了，她是出了名的热心肠，哪儿有事都少不了她。

"天气预报报的今天有大雨。"张英一边擦玻璃一边对身边的王婶说。

刘大娘在一旁接过话茬说："那咱们不白擦了吗？"

"白擦也行，要是真能下雨，白擦十遍都行！"王婶笑着说。

"那天你不是领一帮孩子求雨了吗？"刘大娘问。

"可别提啦，没等求完邬国强就过来了，不让俺们讲迷信！哈哈哈……求半道儿，小孩就跑了。"她笑哈哈地说着那天求雨的事，有点回味无穷。

"天气预报报这几天都有雨，中雨大雨，大雨中雨。"张英边擦边说，小爱雨在妈妈对面另一边擦。一双小手擦来蹭去。

"可下吧，不管啥雨都行啊！"刘大娘期盼着说。

"你求雨过没过三天？"张英逗趣地问王婶。

"哈哈哈……五天都过啦。"

"老龙王也不开面，小苗渴得吱哇的。"刘大娘接了一句。

就在她们说话间，乌云从西天飘过来，天空响起一声声闷雷，跟敲鼓一样。不一会儿的工夫就起风了，豆大的雨点打得玻璃窗啪啪直响，风戛然而止，雨一阵急一阵缓地下起来。邬国强跟几个社员站在村委会

的窗前，天地之间被雨水连成一片，大家脸上都挂上欣喜的笑容。

"这不是下雨，是下钱哪！"魏志民感慨地说。

邬国强的手机铃响起来，他掏出手机一看，是李凌峰打来的。电话接通了，那头没说话，先唱了起来——

白也盼，黑也盼

终于盼来了，喜雨连成串

老天不负苦心人

合作社的人们

没有白流汗

等待着金秋十月

大家一起，喜迎丰收年了哎嗨哟……

前半部分是京剧唱腔，结尾的"哎嗨哟"突然转换成二人转的曲调。李凌峰平时很少这么开心过，即使高兴也不过分张扬，今天突然唱起来，让邬国强也格外惊喜。他索性按下功放按钮，在场的人都竖耳倾听。邬国强抑制不住大笑起来，好长时间没这么开心地笑了。其他人也跟着哈哈大笑，这场大雨洗去了堆积在社员们心底的惆怅和忧虑。

傍晚，雨依旧在下，天色暗下来了。一道道闪电划过夜空，偶尔一声闷雷从西天一直轱辘到东边，一会儿又一个炸雷震耳欲聋，而这雷声听着却像音乐一样悦耳。雨水顺着窗玻璃淌下来，小诗人吴天明看着窗外的大雨，高兴得赋诗一首发到朋友圈里：

雷雨声声悦耳鸣，

享听大雨敲窗棂。

久旱喜得及时雨，

双手合十谢苍穹。

大雨下了半天一宿，第二天快晌午的时候才停下来。雨过天晴，阳光明媚地照耀着喝足了水的庄稼苗，油亮的玉米叶子在微风中轻轻摇曳，好像快乐的孩童撒着欢儿挥动手臂，向纷纷走出家门的大人孩子招手。看着焕然一新的广袤田野，呼吸着新鲜的气息，大家身心舒爽，喜笑颜开。经过一夜雨水的洗礼，禾苗翠绿欲滴。邬国强跟合作社的几个社员踏着雨后清洁的水泥路，向着土豆地走去。小苗在阳光下舒展着嫩绿的叶子，沐浴着温暖的阳光成长壮大。远处一眼望不到边的稻田绿波荡漾，柔美似锦，看上去令人心旷神怡！

这时候邬国强的手机唱响了："青幽幽的那个岭，绿油油的那个山，丰收的庄稼望不到边……"更让他心生喜悦。

"欣欣，有啥吩咐？"邬国强接起电话，笑着问道。

魏志民、李才生、吴天明都笑呵呵地看着邬国强，侧耳倾听手机那头传来的声音。

"明天上班了，早点来接我。"

"这么快就开学了？好，我明早就去接你。"

"哈哈哈……对象一来，饭这家伙乐的！"吴天明调侃地说。

"那能不乐吗？早就盼着这一天啦！"邬国强高兴极了。

"你身边还有别人哪？你忙吧，明天见！"叶欣说。

"明天你们就天天见啦！"吴天明把脑袋探到邬国强手机跟前抢着说。

邬国强笑着挂断电话，他们继续朝前走，走进一望无边的碧绿稻田。他们准备看看水稻的长势和病虫害的防治情况，几个人的身影在碧绿的稻田里分散开来。

一池池茁壮的稻苗长势喜人，偶尔有小鱼翻动水花，在稻田里畅快地游动着。

第二十一章

　　叶欣的到来，让学校领导非常高兴。他们对叶欣的教学能力早有耳闻，知道她是一名德才兼备的老师。去年在教师节表彰大会上，叶欣代表全市先进工作者讲话，给大家留下了深刻的印象。如今，这样一位优秀的老师，能来到乡镇中学任教，对他们全校师生都是莫大的鼓舞。

　　叶欣跟着邬国强上了二楼，走到校长室门口，门敞开着，叶欣轻轻叩了几下门，正在办公的耿校长闻声抬起头，看见站在门口的他们，高兴地离开座位迎上前来，眼睛里闪动着喜悦的光芒。

　　"叶老师，欢迎欢迎啊！"说着，耿校长上前跟他们一一握手。

　　"你们学校的环境真好，一进大门就给人一种舒心的感觉。太干净啦！"叶欣温柔地赞赏道。

　　"快请坐！"办公桌的对面是一条木头长椅，"你的到来，让我们学校今年的生源倍增啊！想去市里私立学校念书的学生，听说你来了，都决定留下来不走了。以前，怎么留都留不住啊！"

　　"我有那么大的吸引力吗？"叶欣谦虚地笑着说。

　　"这届小学毕业生有个叫张爱雨的，学习成绩非常好，私立学校的老师去她家做工作她都没去。那个孩子没有父亲，听说他父亲在城里打工意外去世了。对了，邬书记知道那个孩子吧，好像就是你们屯儿的。"

"是我们屯儿的。我知道那个小女孩，非常懂事的一个孩子。那个小姑娘不光学习好，各方面都很优秀，唱歌、跳舞样样都行，她妈妈非常重视培养她。"

耿校长接着说："那孩子原来准备去私立学校，听说你要来这儿教学，就决定不走了，在咱们中学念了。你一来，好多学生都留下来了。你的影响力太大啦！"

"我的影响力这么大呀！"叶欣依然微笑着，听了校长的话，她也很开心，脸上浮现着快乐的神情。邬国强不时地看着叶欣，自己的未婚妻受到了领导的高度赞赏，心里美滋滋的。

"哈哈……大，确实大！邬书记是棵梧桐树啊，把你这个金凤凰招来了。"

"您过奖了校长。"邬国强客气地说。

"实话，我说的都是实话。听说你们村里办起了合作社，把村里的贫困户都纳到里边去了。你真是了不起的大学生，社会的栋梁啊！"他伸出大拇指夸赞着，"大学生能回农村来发展事业，能为建设家乡出力，党没有白培养你呀！"

"谢谢校长，谢谢校长。"一番话，说得邬国强心里热乎乎的。"我没有什么能力，就是年轻，凭着一腔热血，为老百姓做点儿事。其实，这都是党的政策好，合作社才能办得这么顺利。"邬国强诚恳地说。

"哎呀，叶欣来了，我太高兴了！我们教师队伍中又多了一份力量！"耿校长一双青筋凸起的手在胸前相互搓着，高兴地接着说，"刚才我在琢磨，新一年组在教师配备上，都要骨干力量，三年后，市重点中学的招生榜上，让大家去前边找我们的学校！"耿校长很激动，信心十足地说。

叶欣脸上一直挂着笑容,听了校长的一番话备受鼓舞,说道:"我一定努力工作,不辜负您和父老乡亲的期望。"

"相信你!工作的热情和责任心,都跟一个人的人品有直接关系,我相信你叶欣!"

一直在一旁聆听的邬国强说:"放心吧校长,她是一个工作狂,骨子里有种与生俱来的积极向上的热情,是个什么事都追求完美的人。"

"嗯!"校长深深地点点头,心里默默地认可。"走,我带你们到校园里去转转,看看我们学校的环境,再到班级里瞅瞅,你就会知道这里的教学环境、教学设施一点儿都不比市里的差。"

叶欣和邬国强跟耿校长一同走出办公室,沿着过道,下了楼梯,来到宽敞的校园。

校园里绿树成荫,宽宽的甬路两侧各修建了一个凉亭。凉亭的横梁上画着山水画,几根大红柱子,十分显眼。凉亭内有石桌石凳,供师生休息和赏花。围绕凉亭的是盛开的万年红,火红火红的花朵,灿若红霞。后边是一栋三层的教学楼,红砖色的墙在灿烂的阳光照耀下,更加鲜艳夺目。门楼上一排醒目的大字——务实创新,开拓发展,这是学校的校训。

他们来到教学楼后边,左边有两栋大楼,耿校长告诉他们一栋是科技综合楼,一栋是学生公寓。学生公寓一楼是学生食堂。再后边就是宽阔的操场,各种体育器材应有尽有,塑胶操场,五颜六色的跑道,使操场充满了色彩和生机。

"我上学的时候,还没有建设这么好。"邬国强环视着宽阔整洁的操场。

他们继续向校园里走,叶欣的脸上一直挂着灿烂的笑容,眼睛里闪动着愉悦的光亮。

"就这几年建设的。振兴农村也包括农村教育的振兴！现在，在乡镇教学的老师待遇也提高了，每月都有好几百块钱的补助，工作年限不一样，补助的钱也不一样。市里的老师没有这份补助。"耿校长对着邬国强说。

"是的。"叶欣说，"我来这里工作，就有这份补助了。"

他们一边走一边聊着。看得出来，叶欣喜欢上了这里的教学环境。

"我再领你们去教室看看。"耿校长说着，转身带他们进了教学楼。

一进走廊，就感到十分敞亮，窗明几净，墙壁和地面一尘不染。窗台上，摆放着各种花草，有粉色的水仙，黄色的月月菊，还有长得十分茂盛的兰花草。耿校长说："这些都是老师跟同学们一起栽培的。老师们在假期时要返校几次打扫卫生。玻璃都是老师们自己动手擦的。"

听了耿校长的话，他们不由得看了一眼透亮的玻璃窗。

校长随便推开了一个教室的门，金灿灿的阳光透过玻璃窗射进教室里，崭新的蓝色塑料桌椅整齐地排列着。

"教室可真亮堂。我们上学那会儿，都是木头桌凳。"邬国强说道。

"现在都换成塑料桌椅了，既轻便又舒适。"耿校长又指着绿色的磁力板说，"每班都安了白板，网络遍布校园，师生享受着现代化的教学设施。你说，什么都好，就成绩不好，我这当校长的，心不安哪！"

邬国强什么也没说，只是若有所思地点点头。叶欣也颇有感触。一股力量在她心底悄然升起。

"现在农村的家长也都重视孩子学习啦。学校教学质量上不去，他们就不愿意让孩子在咱们学校读书，尽管是享受义务教育期间，也不惜高价去私立学校，私立学校每年的费用都是用万做单位的。老百姓认为农村教学质量差，是真的差吗？好学生都走了，剩下的多数是有问题的学生，学习气氛上不来，再加上青春期叛逆，要想提高教学质量，谈何

容易啊！你说是不是叶老师？"叶欣抿起嘴，深深地点点头。耿校长的话，让这个做事不认输的姑娘从心底产生一股向上的动力。她想来到这个学校后一定要努力工作，扭转过去的局面，为振兴乡村的教育事业贡献自己的一份力量。

他们告别耿校长离开学校往回走的时候，邬国强让叶欣开车。叶欣的驾照刚拿到手没多久，车技还不十分熟练，但是有邬国强在身边，她的胆子大了起来，握方向盘的手也不抖了。

车速很慢。叶欣一边开车一边跟邬国强说："老师的职业是良心活儿，我妈常跟我这么说。其实我也感觉到了，这份工作看着简单，责任却重大，不但要教书还要育人。教育好孩子，培养孩子拥有优秀的品质很重要。'德行天下'，有才无德不会有什么发展，只有德才兼备的人才能走得高，走得远。"

"是啊。"邬国强赞同地说。

"我这个人吧，干什么都想干到最好，这跟我的性格有关系，做什么事都要求完美。"叶欣说。

"完美不一定能达到，只要做到最好，问心无愧，就心安理得了。"

他们聊着聊着，不知不觉就到了兴旺村的路口。这时，一辆拉着崭新家具的中型货车也往村里进。邬国强告诉叶欣停车让路，谁知道货车也停下了。魏志民从车上跳了下来，来到他们的车子跟前，邬国强摇下了车窗。

"换司机了？"魏志民喜笑颜开地说道。

"练练手，车技还不熟。你买家具去了？"邬国强问。

"嗯。前两天跟张英去看的，没有货。今天来货了，打电话我就去了。"

"要结婚了？"他带着笑意看着魏志民。

"这几天定下来的。哈哈哈……"魏志民幸福地笑着。

"哪天啊？"

"九月十六号。你们呢？什么时候办事儿？"

"我们？早呢。把庄稼收回来卖了钱，分给社员，我们再办婚礼。"邬国强说。

"那我可不等你们喽！"魏志民笑着说，"我还跟张英说呢，跟你们一起举办个集体婚礼，就在咱们合作社。"

"哈哈……如果愿意在合作社举办也行，我给你们好好布置一下婚礼现场。"

"不用！不大操办。"魏志民笑呵呵地说，"我走了。"说完转身朝小货车走去。车开走的时候魏志民把手伸出车窗冲他们摆了摆。车子载着家具向屯里开去。

魏妈妈坐在炕沿上，撂下电话，眼泪刷刷地淌下来。她用手擦抹着，怎么也抹不完往下淌的泪水。她抽泣着拿过放在箱子盖上的蓝条儿毛巾，使劲儿地揉着眼睛，想堵住这伤心的泪河。当她听到大门吱扭一声的时候，心里怦怦跳了几下，生怕儿子回来看见她泪流满面的脸。她没抬头看大门外，就径直来到外屋厨房，拿起灶台上的红色塑料水舀子，舀了一瓢水倒进绿色的脸盆里，匆忙地洗起了脸。老人想洗去伤心的泪痕。

"哟，这不晌不夜的，咋还洗起脸来了？"王婶说道。

魏妈妈听到是王婶的声音，悬着的心落地了。

"是你呀？我以为志民回来了呢？"

"志民干什么去了？"王婶问。

"买家具去了。"

"眼睛咋红了？"王婶看见她的眼泡儿有些红肿。

魏妈妈深深叹了口气说："唉，这些日子，本来挺高兴的。张张罗罗要办事儿，把那娘俩总算忘了。可谁知道，今天突然来电话了。"

"谁来电话了？"

"我那小孙女。快三年了，我都听不出她的声音了。我还问谁呀，管我叫奶奶？这个电话打好几回了，以前打，接通了不说话，今天说话了，是我那个小孙女。"

"来电话干啥？"王婶皱着眉头问。

"那家人给她娘俩撵出来了，孩子说的。"

"是不是她妈听说志民要结婚，想来搅和呀？"王婶问道。

"不知道。反正那孩子说要回来念书，那家不让她们娘俩待了。孩子就这么说的。"

"真是造孽。当初不让她走，找那么多人说和都不行，咋留都留不住。"王婶抽巴着脸，好像这事跟她有密切关系似的。

"当初我就说，你要走，你自个儿走，把孩子给我留下。她说孩子跟俺们得遭罪，这穷家，能养出啥好孩子。咋样？连窝儿都嘚瑟没了。现在要把孩子送回来，也不是时候啊！人家张英答应嫁给志民的时候，就是没有孩子牵连，这会儿，她要把孩子送回来，这不就是瞎搅和吗？"

"你也别太上火，都这节骨眼儿了，先看看咋整吧，上火也没用。"

"咋整？能咋整？等志民回来再商量吧。"

"张英知道了咋整？"

"先不能让张英知道。"

"是不能知道。再过几天就正印儿了。"王婶把"正日"习惯说成"正印儿"。

"谁说不是啊！这半路杀出个程咬金来。"

魏妈妈不哭了，眼睛的红肿也下去了一些。

"先瞒着吧。过后儿再说，要不咋整。"魏妈妈无奈地说道。

"志民要是问你眼睛怎么了，你就说烟呛的。灶坑不好烧，冒烟呛的。"

这时候大门开了，拉家具的小货车开进院子，在门口停了下来。

魏妈妈平静下来，看着儿子跟装卸工一起往里屋搬家具。

"这家具都是白色的？"王婶说，她和魏妈妈站在西墙根看着他们把家具一样一样往屋里搬。

"白色的亮堂，张英特意要的。"魏妈妈说。

"大衣柜可不小。门咋都掉下来了？"王婶大惊小怪地问。

装卸工看她一眼说："这你就不懂了，回来组装不是好搬嘛！"

"噢——"王婶两只粗壮的胳膊交叉在胸前，肚子朝前凸起着。

晚上，魏妈妈把小孙女打电话要回来的事告诉了儿子。魏志民什么也没说，他忽然想起什么似的，"妈，我看看那个电话号。"

老人把手机递给儿子，魏志民找到以前给他拨打电话不说话的那个号码，一对照，两个号码一模一样，他全明白了。几个月前，魏志民的前妻就无家可归了，想跟魏志民复婚，给魏志民打了几次电话，就是无法开口。

第二十二章

时光荏苒，岁月如梭，转眼间就进入了八月中旬。天气早晚有些凉。傍晚，退去了一天酷热的院子里清凉起来。晚霞映红了西天，一对活泼的小燕子从院子里掠过，飞进屋檐下的燕窝里。鸡、鸭、鹅昂首阔步，摇摇摆摆，以各种不同的姿势从田野里散散落落地回家来。邬国强一家人正准备吃晚饭。邬妈妈的身影在房门口进进出出，忙里忙外。儿媳来兴旺镇中学工作，她心中的一块石头落了地，这让她整日开心着，笑容一直挂在她略显苍老的脸上。

饭桌子摆放在庭院靠门口的位置，留出走人的过道。一张大圆桌上摆满了农家饭菜，一盆煮好的糯玉米摆放在桌子中间，散发着香甜的味道；紫色的茄子，圆溜溜煳开花的土豆——这是邬国强今天上午去土豆地查看土豆长势时带回来的；还有嫩绿嫩绿的葱叶儿和散发着浓郁清香的小香菜；鸡蛋辣椒酱的香味也扑鼻而来。一桌绿色食品让人看着食欲倍增。这浓浓的饭香，早让叶欣垂涎欲滴了，"好香啊！"她像孩子一样高兴地说道。

"你愿意吃，娘就给你天天做。咱家的东西，全是绿色的。"老太太用的"绿色"这个词儿，是从儿子那儿学来的。

"我最爱吃糯玉米了。"叶欣笑着看着婆婆。

"这茬吃完了,第二茬又好了。我种三茬,一直能吃到老秋。"父亲一听叶欣喜欢吃糯玉米,连忙说道,自己无意间做了让儿媳欢心的事,心里高兴极了。

"看,土豆都煳开花了,你吃吃,又香又面。不喷膨大素就是好。"邬国强笑呵呵地拿过一个开了花的土豆递给叶欣。土豆还热得烫手,他迅速地放到叶欣面前的小花瓷碗里。

"人家都喷你不喷,到时候就得减产不少。"邬国强的父亲埋怨说。

"我宁可少收两千斤也不喷膨大素。这土豆谁吃谁都会从胃里舒服到心里,都会念叨着种土豆人的好。你说是不是爸?你吃你也会说:'这土豆真好吃,又香又面。'"邬国强笑呵呵地看着父亲说。

"好吃谁都乐呀!"父亲也笑呵呵地说。

"你看合作社那三十垧水稻,没撒化肥,长势依然很喜人。到时候,那米做出的饭,味道肯定不一样。"

父亲接着说:"前天我去稻田地了,水稻长得确实不错,正是灌浆的时候。你说代福来去干什么呢?他也在稻田地里转悠,那也没他家一分地啊!我问他干啥来了,他说看看稻田里的鱼长多大了,稻田地放水的时候,他要捞点儿吃。"

"我看他不是看鱼,就是看合作社的稻子咋样!"邬妈妈接过话茬说,"不知道心里怎么想呢!那人就见不得别人好,看别人好他就闹心。你看咱家国强,就盼着别人好,别人好比他自个儿好还乐!"

邬国强没有在意母亲的话,代福来的行为已经让他司空见惯了。他从不想跟代福来计较,也不把他的嫉妒放在心上。在邬国强看来,只要自己清清白白做事,踏踏实实为老百姓谋幸福就足够了。他接着说:"那是纯绿色粮食,到时候肯定能卖个好价钱。现在有多少人,想吃这粮食都买不到。虽然费工费时成本高,但是真是好玩意儿。老爸,水稻一定

能卖到五块钱一斤，你信不信？"邬国强说得十分认真。

"哪有那个价呀？谁要啊？"

"有想吃的都买不到啊！这是纯绿色食品！长的稗草，我都是雇人拔的。李凌峰他们都要喷锄草剂，我就坚守一条——打造纯绿色粮食绝不能用一滴农药。春天耙地的时候没少费工，稗草不多，雇人拔拔得了，他们说雇人拔草成本太高了，但我还是坚持我的观点，既然是纯绿色，那农药化肥就一点儿都不能用，绝对不能欺骗消费者。"

邬国强把土豆、茄子、大葱、香菜放在一个小盆儿里，又加上母亲自制的蒸熟的农家酱，搅拌到一起，好香啊！农家酱的咸香味扑鼻而来。邬国强用筷子搅拌着，叶欣在一旁笑呵呵地看着，口水都流出来了。"我的筷子没用呢，看着了吧，别嫌弃啊。"邬国强逗趣地说。

"用了也不嫌弃。欣欣，快趁热吃，国强拌好了。我儿子不懒，什么活儿都能伸把手，等以后过日子你就尝到甜头啦。找个我儿子这样的对象多享福啊！"邬妈妈还想说，"你妈还看不起我儿子"，但话到嘴边又咽了回去。她拿起一个籽粒饱满、老嫩适宜的糯玉米递给叶欣，"我儿子既勤快还有眼力见儿。"

"别夸了，再夸就夸秃噜皮啦！"邬爸爸笑哈哈地说。

邬国强一边啃着玉米一边说："明天咱俩抽时间把结婚证领了，不然你那老古董妈妈，在家得大发雷霆。"他说完哈哈笑了起来。一家人也都跟着笑了。

"你太了解我妈了，我来的时候还嘱咐我呢，'先不办婚礼可以，但必须领证才能住他家。'"叶欣说道。

"老娘是个很传统的人，应该这样，我也赞同。"邬国强严肃认真地说。

"我也觉得领了证住你家才踏实，可以名正言顺了。只有领了证我才是'有身份'的人。"叶欣笑着说。

邬爸爸抿着嘴乐,心里暗想:如今的孩子啥都敢说,这要是在他们年轻那会儿,这话在肚子里憋啥样也不敢说出来。

"你说,人这一辈子,要领好几个证,什么毕业证、工作证、结婚证,还有独生子女证……"邬国强掰着手指头说。

"什么独生子女证?"邬妈妈又端着一盆刚出锅的糯玉米走过来,接过话茬说道,"我要是能生啊,我可不领那独生子女证,罚款也生,过日子就是过个人气儿。"

叶欣疑惑地看着婆婆:"那你……就生国强一个?"曾经的疑虑涌上叶欣心头,她不由地脱口而出。

邬妈妈笑着看着叶欣说:"生不出来呀,要是能生,我就生一个小分队,这辈子就稀罕孩子。"说完,老太太哈哈大笑起来。

"那……国强……不是你生的呀?"叶欣看看邬国强的脸,又看看两位老人的脸。

"是啊,咋不是!"老太太说完这话有些后悔了,但话已出口,只能尽力挽回。她眼珠子瞪溜圆,两颊泛起红晕。"生一个就住喝了。"她为自己辩解道。老妈妈这句土语,让叶欣半天不得其解。

邬国强解释说:"我妈的意思,就是生我一个就不生了。"他没有太在意母亲表情的变化。

"嘿嘿……我还琢磨呢……什么'住喝'?呵呵……"

老太太知道自己说走嘴了,心里不安起来。"那拨儿过去了,不研究了。到你们这儿,多给我生几个孙子。我在家看孩子,你们俩上班的上班,干事儿的干事儿。"她总是把儿子的工作说成"干事儿"。

在邬国强的成长中,父母给予他的厚爱和无微不至的关怀,没有让他有异样的感觉,他认为自己就是母亲亲生的。虽然嘴边的黑痣跟于鑫莱雷同,但那是一种巧合。说话间,他啃完了一个玉米,把玉米芯扔到了空盆里,说道:"明天开始组建秧歌队。"

"我也去。"邬妈妈高兴地说。

"妈你要去，能带动全村子人。一看这大岁数老太太都上阵了，别人就会跟随。有的人面矮，扭秧歌放不开。明天你去吧，妈，给我带个好头儿。"

邬妈妈的兴致上来了，说道："年轻的时候，大队有秧歌队，俺们穿着秧歌服，脑袋上都带着花冠，踩着五十公分的高跷扭。过年的时候，扭了东屯扭西屯，一扭就扭到正月十五。给军烈属拜年，给五保户拜年，那才热闹呢！"她陶醉在陈年往事的回忆中。

"别动！都吃嘴外边来了。"叶欣笑呵呵地伸出纤细嫩白的小手，用两个手指捏掉粘在邬国强嘴边一粒不完整的玉米粒。

"社员们现在没事了，我看那帮老头儿老太太、小伙子小媳妇们，不是坐墙根就是打麻将，这样时间长了，都不利于身心健康。我觉得，不管到了什么年龄，都需要精神生活。我把大家召集起来，扭扭秧歌，健健身，丰富一下他们的精神生活。"

"细想起来真挺好，不但乐呵了，还锻炼身体了。"叶欣慢悠悠地说。

"是啊！这叫物质变精神，精神变物质。"邬国强说完，夹了块又香又面的土豆放进嘴里，有滋有味地吃着。

第二天中午，村里的高音喇叭响了起来："社员们请注意了，今天吃完晚饭，大家到村委会大院集合，愿意扭秧歌的，都来参加，不愿意扭的，来看热闹。早点儿做饭早点儿吃！"治保主任重复了两遍。

王婶家正在吃午饭。

"我说，老头子，你的喇叭呢？这回可派上用场啦！"

"不是放柜里了吗？多少年不用了，上锈了吧？再说，我还能有力气吹了吗？"他嘴上虽这样说，但心里开始痒痒了。

"拿出来试试。"王婶眉开眼笑，一脸高兴地说道。

"吃完饭的，现在咋拿呀？"

"废话！谁让你现在拿了？"王婶不高兴了，冲着老伴瞪起小眼睛。

王长所笑了。王婶的气来得快去得也快。看到老伴笑呵呵的倭瓜脸，她的气也就没了。

"晚上咱们早点儿吃饭，给他们年轻人露两手，别以为你只会拉垃圾。"王婶鼓动着老伴。

王长所撂下碗筷就直奔西屋，翻箱倒柜把压在箱底的喇叭拿了出来。喇叭里三层外三层地用旧衣服裹着。他爱不释手地拿在手里翻看，还用衣袖擦拭着，其实喇叭上什么都没有，干净得一尘不染。

他把喇叭放在嘴边，鼓着腮帮子吹了起来，悦耳的喇叭声从敞开的窗户传了出去，响彻了半个村子。

西斜的太阳，把温暖留在大地上，西天七彩云霞，变幻着各种图案漫游天边。村委会大院里锣鼓喧天，喇叭声声，人们踩着欢乐的鼓点走进大门。在大院的门口，李凌峰跟赵球子正在给来的人发扇子，小爱雨也跟随妈妈一起来了。本来张英不打算参加，因为下周五就是她跟魏志民举办婚礼的日子，她想在家准备各方面的事宜，可是小爱雨听到令人振奋的秧歌曲就待不住了，写完作业就央求母亲跟她一起来参加秧歌队。

邬爸爸双手握着一对鼓槌，抡圆了胳膊敲起来，王长所吹着心爱的喇叭，黝黑的缀满肥肉的倭瓜脸更加滚圆，鼓舞人心的大秧歌曲开始了。王长所好像找回了年轻时的快乐心情，王婶拿着两把扇子融入秧歌队伍里，邬妈妈在队伍的前面，伴着欢快的秧歌曲，开心地扭动着发硬的身板。跟在邬妈妈身后一直顺拐的王婶，怎么也调整不过来自己的步伐，肥胖的身子僵硬地朝着一侧顺，胳膊带着腿朝着一个方向使劲儿。王长所看着队伍里扭得顺拐的媳妇，吹得更起劲儿了，看热闹的人们则被王婶的舞姿逗得哈哈大笑。王婶像是看不见听不着一样，目光紧盯着邬妈妈的背影，摆动着顺拐的胳膊和腿儿，跟着秧歌队伍一圈一圈地扭着。

西斜的阳光投下秧歌队长长的影子，彩色的花扇鲜艳夺目，在村

委会的大院里形成一道美丽的风景。代福来听到鼓点和喇叭声再也坐不住炕了,他叫上春兰,一起奔村委会大院而来。进了村委会的大门,喜庆的锣鼓声和欢快的喇叭声立刻将他往日阴郁的脸庞换成了人们爱看的笑脸。他笑呵呵地从李凌峰手里接过两把绿色扇子,走到秧歌队伍前边,主动担起领队。他扭动着自己灵活的腰身,往日消极低沉的气色瞬间消失得无影无踪,舞姿像扭动的蛇身,滑稽可笑。小爱雨跟在秧歌队的最后,慢悠悠地挥舞着彩扇,脸上笑容飞扬。一个四五岁的小女孩也在奶奶的允许下加入了秧歌队伍。邬国强站在看热闹的人群里,看着快乐起来的父老乡亲,心里十分快活、舒畅。

　　大圆盘似的月亮升起来了,躲在浓密的树冠后边,窥视着快活起来的人们。直到很晚,喇叭声停了,锣鼓声息了,社员们才陆续走出村委会大院,披着皎洁的月光回家去了。

　　"李会计,明天通知各屯长,过几天市委书记来这儿检查环境治理工作。"邬国强一边走一边对李凌峰说。

　　"通知了。环境治理咱村是一流的,谁来检查都不怕,保管上级领导满意。"

　　"也不能这么说。咱们自己的工作,时时都得查缺补漏,才能做到全面合格。"邬国强说完,一抬头到了自家门口,屋里灯光明亮,透过玻璃窗看见叶欣还在伏案工作,由衷的敬意从他的心底升起,暗暗赞叹她这份敬业精神。

　　一切都恢复了宁静,夜,开始了。邬国强却没有睡意,他的脑海里正在过滤着每条村街的卫生状况,检测着有没有遗漏的地方。

第二十三章

  这是九月里的一个晴天，八点多钟，市委副书记唐凯带领检查组一行六人，走遍了兴旺村的五个村屯，对环境治理工作给予了充分的肯定，也指出了不足。他们走在被骄阳照得发白的村街上，两旁的垂柳轻轻摇摆着细长的柳枝，丁香树伸展着宽大的树冠，小村庄被浓浓的墨绿色包围着。夏秋之交的季节，农家庭院里的海棠树挂满了红艳艳的成熟果实，十分诱人。

  "邬书记，能不能在村街旁放一些标准的垃圾箱，做到垃圾分类，这样不更有利于垃圾的回收和处理吗？"唐凯书记对走在身旁的邬国强说。

  "嗯——"邬国强一边回答，脸上现出为难的神情。

  唐书记看出了邬国强的心思，随即说道："回去我们开会研究一下，给你们拨点儿钱，添置一些垃圾箱，放在路边不但好看还实用。"

  "那样……就太好啦！我代表我们村的老百姓谢谢领导的支持和关照！"

  "客气啦！这是我们应该做的工作。"

  这时邬国强的电话突然响起，一听铃声他直接挂断了。

叶欣刚刚跟领导请了假,想趁着这节没课,跟邬国强去民政局领结婚证。她知道邬国强不接她的电话一定是有事,就期盼他过一会儿能打过来。可是左等右盼,半个小时过去了也不见邬国强回话,她心里十分着急,抬起手腕看看表,这节课就要过去了,依旧不见邬国强的回话。又要上课了,她把手机静音后放到抽屉里,拿起教案走出办公室。

送走了检查组一行人,邬国强才想起给叶欣回电话,但是电话那头无人接听。叶欣的手机在抽屉里闪亮着,她此时正站在一年一班的讲台上,早把课前要做的事抛到脑后了。

过了两天,叶欣和邬国强终于抽出时间领了结婚证。

"从今天开始,你就是我的合法妻子了!"邬国强手拿结婚证,深情地看着叶欣。

"心里别有一番滋味,'别有一番滋味在心头'。"叶欣轻声微笑着说。

"说说是什么滋味?"邬国强小声问道。

他们一边说着话一边走出婚姻登记处,向大门外走去。

"为人妻,有一种……哎呀,说不出来的感觉。"叶欣说完嘿嘿地笑了。

"我心里也别有一番滋味,那就是责任、担当、呵护。今后更要好好呵护你,无论从精神上还是物质上,我要负起一个做丈夫的责任!"

叶欣听了邬国强的话,心里热乎乎的,一股暖流涌遍全身,她满意地微笑着,脸上洋溢着幸福。

邬国强下午回到村里召开了村干部工作会议,进一步落实上级领导关于环境治理的方案。会议结束的时候,邬国强又对李凌峰说:"李会计,把这个月的村务和财务事宜整理好以后,张贴到公示板上。"

"我已经张贴出去了。"

邬国强朝窗外的公示板看了一眼,只见代福来正站在公示板前看着什么，十分认真的样子。

"看！"李凌峰指着窗外说。

屋里的人不约而同地顺着他指的方向看去，邬国强平静地说："咱们不怕看，有人监督是好事。越是这样，村支部的工作才越透明、公开。让老百姓放心，老百姓信任咱们比什么都重要。"

"那倒是。"李会计信服地点着头，说，"但是，我们的工作好像在别人监视下做，被人看着的感觉，不舒服。"

"换个角度去想，就舒服了。我们清清白白做事，老百姓能明白这一点，不就更加信任咱们了吗？这样想心里就舒服了。"

李凌峰琢磨着邬国强的话感觉有道理，脸上绷紧的面容舒展开了，心里也愉快起来。

"明天，咱们谁去接亲呢？"赵球子的嗓音像扬声器一样，把大家的目光从窗外召唤回来。

"我明天值班。"邬国强说，"明天，李会计你去，开我的车，还有天明，你也去。"

"前趟街后趟道的，走着去得了呗，还用开车接吗？"李凌峰问。

"咱不大操大办，但要像那么回事儿，有种喜庆气氛才行啊！"邬国强依然平静地说。

"那还是你去吧，我替你值班。"李凌峰说。

"你看，你就去呗。咱合作社的人都得到场！"

"我听志民说，让你做证婚人呢。"李凌峰突然想起魏志民前天跟他说的话。

"我的角色还挺重要呢！他事先没跟我说呀？"邬国强说。

"乐忘了呗，光高兴啦！"吴天明笑着说。

"既然志民有这个想法，那我得去呀。但是，村部不能空岗。约莫一上午就差不多能完事。志民家也不大操办。我也跟他说了，大操大办

太浪费，结婚就是种形式。你像我，我媳妇——领证那天就是我媳妇了，但是人家非让操办一下，非要让大家知道她们的女儿出嫁了。麻烦！依着我，领证就算结婚了，其他的省略算了。可是叶欣的父母、亲朋好友都不同意这么办。"邬国强笑呵呵地跟大家说。

"那你怎么也得操办一下啊，人家不要彩礼，还跟随你来了农村，你说，你咋那么运气呢？"吴天明笑着问邬国强。

"这不是我运气，是运势。国家的形势好啊！现在多少人都向往农村的生活呢。"

"向往农村生活的都是退休的大爷大妈，你看哪个年轻人往农村跑啦？"

"我呀，还有我媳妇。"邬国强笑呵呵地说道。

"你媳妇？那是因为你邬书记是条汉子，才奔你来了！你以为都能像你这么幸运吗？农村小伙子讨个媳妇，那真是要老娘的命啊！不说倾家荡产也差不多，彩礼都万儿万儿的。"吴天明大声地说。

"以后就会好了。你看张英跟魏志民结婚，没要彩礼吧，一点儿一点儿就改变了这种风俗。"

"但愿吧！我儿子我得让他好好念书，像他邬大叔那样做棵梧桐树，好招来金凤凰！"

"哈哈哈……我还成了榜样了呢？"

吴天明竖起大拇指说："绝对的榜样！人品！思想！境界！"

赵球子接过话茬说："邬书记，等你结婚的时候，一定选一家上档次的酒店，有点儿气势，别让城里人小看咱们。"

"我都想好了，就在我自己家，摆几桌简单招待一下亲朋好友，越简单越好。"

李凌峰笑着凑到邬国强跟前，严肃地说："你想刹住铺张浪费的邪风啊？"

"嗯！是想刹住铺张浪费的邪风。要刹住这股邪风，就得从我做起！"

"看你这星星之火能不能燎原吧！"吴天明笑着说道。

"我要起带头作用！一点儿一点儿正气之风就上来了。"

"那你结婚，就不让我们去了？"

"去呀，咋不去呢？热闹热闹就行，一律不收礼！"

"看你能不能带动大家吧。现在随礼的风儿真得杀杀，不管啥事，都操办，葵花家盖个仓房还请客呢。"李凌峰又提起那件差不多被人们遗忘了的事。

葵花家盖仓房请客是两年前的事了，这件事被人们作为笑柄流传了很久，弄得葵花丈夫在村里抬不起头，葵花却没太在意这事，她觉得理所当然，因为孩子小，每年都随礼花钱，自己家又没有什么事，盖仓房请客是她非要操办的，老实巴交的丈夫拗不过她，就依从了她。

"哈哈哈……现在从我做起，不收礼，不随礼，慢慢形成习惯就好了。"邬国强说。

"对，不随不接！"吴天明大声嚷嚷道，"等我老娘过七十大寿的时候，我把亲朋好友都请来，一起吃顿生日宴，一分钱不收，我自个儿掏腰包，让老爸老妈乐呵就行。"

"七十不能算大寿，现在的人都活八九十岁呢！"李凌峰说。

吴天明瞠目结舌地说道："那……那……照你说，我爸妈才中年呗。"

"那对呀。"赵球子瞪着小眼睛煞有介事地肯定道。

邬国强接着话锋一转说："过一周，我们就该起土豆了。一百垧地的土豆，得起一个月。"

"太得一个月了。"李凌峰说。

"志民婚事结束后，我就得做水稻溯源系统二维码。让消费者通过扫描二维码，来了解我们种植水稻的全部过程。让他们买得放心，吃得

放心。天明，回去把咱们种水稻的视频和图片整理好后发给我。"

"好！"吴天明痛快地答应道。

大家往出走的时候，看见代福来迎面走过来，笑嘻嘻地说："这个月，公示板我刚看完，透明，做事真透明。"他向邬国强伸出大拇指。

"代书记，跟你那时候不一样吧？"赵球子的话语里带着极大的讽刺意味。

"不一样，也一样。一样，也不一样。"代福来心里暗自比较着。谁也没明白他的"一样"和"不一样"都代表着啥。

"什么一样不一样，不一样一样的？"赵球子说，"你比……"他刚要说"兔子"，担心代福来急眼，就换成了"猴子"，"……比那猴子还奸。"

"这叫什么话，人能跟猴子比？我是猴子变过来的，咋也比它强百倍。"代福来冲赵球子瞪着蛤蟆眼说。

"你聪明，你的确聪明！"吴天明插嘴说。

"没工夫跟你们闲扯，我去老魏家看看有没有什么事需要我这个老支书帮忙的。虽然我现在不是村书记了，但是我这颗爱民的心没变哪！你说是不是邬书记？"他说着，把那张皮笑肉不笑的脸转向邬国强，"老刘太太家修房子，是不是也没落下我？"

邬国强情不自禁地笑了，低着头说："嗯！"

"就是嘛！"他得意起来，"不跟你们这些小毛孩子扯了，我要去做正经事啦！"

"明天没有酒，只有糖球儿。"吴天明看着他的背影笑呵呵地说。

"办喜事，没酒喝，谁去呀？"

"你不去，还有去的呢。记住，以后咱村立下规矩，谁家有事也不许大操大办。从邬书记做起，从现在做起。"赵球子的扬声器嗓门又大起来。

"小毛孩子，瞎立规矩。"他用嗓子眼嘀咕着，谁也没听清他的话，然后扬长而去。

魏志民结婚的日子是个大晴天，蔚蓝的天空一丝云都没有，风平浪静。道路两旁的柳树叶有些泛黄了，安静地矗立在村街两旁。阳光普照着兴旺村大地，田野里一片丰收在望的景象，沉甸甸的玉米棒子籽粒饱满；一望无际的金色稻田，黄灿灿地铺在大地上，令人感到喜悦。邬国强特意开车拉着新郎新娘绕村一周，张英和魏志民坐在后排，喜笑颜开地看着窗外丰收的景象，心里充满了对未来生活的美好憧憬。

"国强，谢谢你啊！"魏志民真诚地说。

"谢什么，让咱们兴旺村每个人都过上幸福的生活，是我的心愿。"

"没有你领着大伙干，我就不会有今天。谢谢你，国强！"

魏志民翻来覆去重复着那句"谢谢"，看来他真是打心眼儿里感恩这位年轻的大学生村官。

"看，水稻长势多好，金黄一片，真喜人哪！"魏志民看着窗外一望无边的金色稻田，感慨地说。

"这都是大家齐心协力的结果！我还得感谢你们呢。"邬国强也高兴地说。

张英的脸上挂着灿烂的笑容，默默地听着邬国强和魏志民的对话，心里充满喜悦，美好的生活正向她招手，她仿佛看到了明天的好日子。

"有句话说得好——农村富不富，全看村干部。"魏志民不知道在哪儿悟来的这个理儿。

"哈哈……你这是在哪儿听说的，还一套一套的呢！"邬国强双手握着方向盘，笑着说。

"嘿嘿……我在电视里听到的。我没有你念的书多，讲不出什么大道理。但是，跟你在合作社干这一年，我明白了很多事。人，得强大起来；日子，得火火地过起来。撸起袖子加油干，生活就会一天比一天好！"

魏志民开心极了。邬国强从车上方的小镜里看到他喜庆的笑脸。

说话间，他们来到了魏志民的家门口，赵球子、吴天明、李才生等人早早就等候在这里了，一见到婚车开过来，赵球子上前点燃鞭炮，噼里啪啦的声响震耳欲聋，邻居们都围聚在魏志民的家门口，各个喜笑颜开，祝福这一对勤劳的人终成眷属。

然而，就在这时，一个年轻的小媳妇，领着一个六七岁的小女孩朝着这边走过来，她步履有些沉重，慢悠悠地迈着脚步，当看到婚车和听到鞭炮声的时候，她再也迈不动脚步了，眼睛直直地看着前边喜庆的场面，那目光惊愕得出奇，随后一行泪水夺眶而出。

"家没啦，彻底没啦！"她说完，号啕痛哭。

小女孩看着妈妈泪流满面，稚嫩的眼神里充满了惊恐。她不知道发生了什么事。这个小媳妇拉起孩子的胳膊转身迅速朝村口走去。泪水像断了线的珠子，顺着涂抹了厚厚胭脂的脸往下淌，形成两道车辙印。她不是别人，正是魏志民的前妻。她跟孩子坐了半宿火车，才赶到兴旺村。本来抱着一线希望，回来认错悔罪，打算跟魏志民复婚，团圆这个家。可现在什么都晚了，再多悔恨的泪水，也无法洗去曾经的过往。她游戏了爱情，婚姻也游戏了她。

第二十四章

　　喜也好，悲也罢，都留不住匆匆而过的日子。魏志民的前妻带着孩子走了，那一天谁也没注意到她来，谁也没注意到她走。也许她不会再回到这个她觉得曾经温暖的小村庄。

　　西天的红日慢慢落下去了，留下彩霞给天幕镶上彩色金边。邬国强吃完饭准备用电脑制作水稻溯源系统二维码，叶欣也要用电脑做课件，于是他把电脑让给了叶欣，独自向合作社的办公室走去，准备在那里完成自己的工作。此时，月亮已经升起了一树高，圆圆的月亮像个硕大的玉盘，醒目地挂在天上。邬国强迈着矫健的步伐甩开胳膊朝前走，那么朝气蓬勃，好像前方有着美好的景象在召唤着他。温和舒适的微风吹拂着他的面颊，时不时从农家小院传出鸭子和鹅的叫声，为小村弹奏着夜晚的小夜曲，让邬国强感到入耳入心，这个纯朴的北方乡村一切都在变化着，日新月异地向前发展着。

　　他心情愉悦地坐在电脑前，认真地做着种植水稻溯源系统二维码。目光注视着屏幕，陶醉在种植水稻过程中录制的视频和拍的图片里。看着这些影像资料，回忆着大半年来社员们跟自己一起付出的劳动，这个丰收的秋天给了社员们最好的回报。夏天有一段日子缺雨，但后来的几

场大雨彻底解决了干旱，可谓是一个风调雨顺的好年景。兴奋之余，他想起一句话："为官一任，造福一方。做到清清白白做人，干干净净做事，坦坦荡荡为官。"虽然自己这个村支书算不上什么官职，但是起码是村民的领路人，能带领父老乡亲走上一条富裕路，也不枉为官一回。回忆着从春到秋的付出，他心里坦然踏实，脸上露出欣慰的笑意。

这时电话铃突然响起来，室内太安静了，这突如其来的声响吓了他一跳。他拿过电话一看是个陌生号，犹豫一下才接起来。

"喂，你好！"他很有礼貌地说。

"国强，我是你胡阿姨啊！"这声音让他有点儿陌生。

邬国强在记忆中过滤着一张张熟悉的面孔，但没有一个人能跟名字对上号的。正当他苦思冥想的时候，电话那头又传来亲切的声音："不记得我了？孩子，我们在一起吃过饭的。"

她把"孩子"叫得那么亲切，就像母亲呼唤自己的儿女一样，叫得邬国强心里直发热。接着她又提醒说："就是你来叶欣家，一起吃饭的那个胡阿姨。"

邬国强恍然大悟："噢，我想起来了，想起来了。阿姨，对不起呀，把您给忘了！"

"没事没事，现在想起来也不晚。"声音里带着充分的谅解。

"您有事吗，阿姨？"邬国强忽然想起那张跟自己有着相似面容的脸。

"没什么大事，就是想等你再来市里我请你吃顿饭。"

邬国强心想：是不是因为我长得像她家人，她才对我这样友好。他这样想着自嘲地抿嘴笑了，但没有笑出声。

"好的，等有时间的。现在太忙，明天就开始秋收了。等有机会的。我记得你家于叔叔，我们俩长得特像，真是有缘。"

电话那头不说话了。邬国强正纳闷，就听那边声音有些嘶哑地说：

"是啊，孩子，你们俩太像啦！"这声音像是哽咽后发出来的，有点儿摇撼邬国强的心。

"阿姨，我现在有点儿忙，有时间见面再唠好吗？"

电话那边一直没有挂断，邬国强由于着急做二维码，就挂了电话。直到夜深才忙完，他满意地离开了合作社的办公室。熄灯走出屋外，皎洁的月亮升上天空，柔和的清辉洒向大地，远处的田野，近处的房舍，都如同浸在牛乳中一般。夜，安静了。

代福来看电视的时候从来不开灯，他说这样省电。明亮的月光透过窗户照亮他的半张脸。他一边看电视一边跟春兰说："明天合作社开始起土豆，一天一百二，咱俩一天就能挣二百四，干上个月八的，这一秋天，咱俩就能挣万八儿的。"

"春天种地那会儿，你不是不让去合作社干活吗？说穷死也不去。这咋又想去了呢？"

"我那是跟他们较劲儿。其实想明白了，都是跟自个儿过不去。后生可畏呀！不佩服不行啊！"

"人家国强也没得罪你，村书记是自个儿考的，也不是走后门当的。人家那孩子就是有能耐，看这村儿治理的，街像街，道像道。年轻人，能认清形势，能跟上时代步伐，你不服气，行吗？"春兰不愧是高中毕业生，说话条条是道儿。

"睡觉睡觉，明天早点儿去合作社挣钱去！"他说着，把电视"咔嚓"关了，也不管春兰看不看。他在家里向来就这样霸道，从不顾及别人的感受。春兰习惯了逆来顺受，憋气的时候就劝慰自己，婚姻就是合伙生孩子，合伙吃饭，凑合着过日子吧！这会儿她又这样想了一遍。两个人躺在炕上，像两条直挺挺的木头，皎洁的月光洒在他们困顿的脸上，不一会儿，代福来的鼾声响彻整个屋子，春兰也伴着如雷贯耳的鼾声进入了梦乡。

天亮起来的时候，收土豆的人们陆续走进合作社，聚集在大门口随时准备出发的样子，嘈杂声打破了清晨的平静，有的人说话声就像没睡醒发出的暗哑的声音。这些人都是头几天魏志民跟张英联系的，他们来自左邻右舍的临近村屯，一共有三十多人，代福来和春兰也在收土豆的人群里。

　　六台起土豆的机车列队准备出发了。人们吵吵嚷嚷地跳上四轮拖拉机的车厢，披着黎明的曙光，迎着微凉的晨风，向广袤的田野驶去。

　　到了土豆地头，李才生第一个启动机车，开进土豆地里，随着机器的轰鸣声，土豆秧被连根拔起，接着其他几台机车也启动了。十分钟的工夫，大大小小的土豆破土而出，成趟儿地摆放在宽阔的地垄上。

　　"这大土豆子，长得真稀罕人！"代福来拿起一个大土豆赞叹地说。

　　"哎呀，没想到啊！又大又厚！"王婶一惊一乍地说。

　　"亏得后来几场大雨，救了庄稼苗。"人群里不知道谁插嘴说道，也跟着高兴。

　　紧接着四轮子开进地里，一桶桶一袋袋的土豆不断地倒进车厢，王婶干得最起劲儿，汗水从鬓角淌出来，把两鬓白发粘在鬓角上。代福来看她干得这么卖力气，自己也不好意思拈轻怕重，拎着一袋一袋的土豆往车厢里倒。一会儿的工夫，两台四轮子装着满车的土豆开出大地，沿着地头儿的土路上了公路，朝着三十里外的淀粉厂方向驶去。

　　邬国强站在地里，看着又大又圆的土豆，心里又满意又高兴。一眼望去，白花花的一地真喜人啊！他弯腰捡起一个大土豆用手掂量掂量，没有一斤也有八两，心想：不用膨大素的土豆，照样长得不错啊！

　　两个多小时过去了，邬国强不见送土豆的四轮车返回，他心里有些着急，按说三十多里路一个小时就应该返回来了。他焦虑地朝路上看着，终于见到有车回来了。吴天明把四轮子开进地里，在离邬国强百八十步远的地方停下来。他跳下车大步流星地走到邬国强身旁，小声跟邬国强嘀咕着，表情有些气恼，邬国强的笑脸也随之阴郁起来。

"为什么？"邬国强问。

"淀粉厂的污水处理设备不合格。"

"不让他们生产，咱这土豆他们得收啊。"邬国强说。

"场地装不下。"

邬国强没有说话，看着眼前大片的土豆沉思着。

"车开过来呀！"张英冲着吴天明大声喊。

吴天明朝她摆摆手示意不过去。干活的人不知道发生了什么事，都莫名其妙地朝着这边望着。一阵秋风吹过来，邬国强不由得打了个寒战。"天气预报说，这几天受冷空气影响，气温要下降，最低气温在后天早上，零下三度。"他担忧地说。

"咋办？一地的土豆子往哪儿放？冻了，可就全完啦！"吴天明也担忧地说。

这时候赵球子也把四轮车开进地里。他来到邬国强跟前，"有合同，他不收也不行！冻烂了也算他们的。"赵球子气愤地说。

邬国强沉默了好一会儿后对赵球子说："赵哥，你去商店买编织袋，先用丝袋子把土豆装起来，我去一趟淀粉厂，找厂长问下情况。"邬国强说完，迎着从西北方向刮来的凉风向地头儿走去。

蔚蓝的天空，一群大雁排成人字形向南飞去。一朵朵白云从人们的头顶掠过，遮住阳光的瞬间，人们顿时感到一阵寒凉。

赵球子很快拉来几捆丝袋子，告诉大家："装袋子，先不往淀粉厂运了。"

"咋不运了呢？"代福来好奇地小声问旁边的王婶。

"问那干啥？不运就不运了呗。让你咋干你就咋干得了。"王婶心里也有些纳闷。

代福来负责拎袋子封口，他穿着一件绿色大棉袄，捆了一捆丝袋子

挂在腰间，其他几个社员也学着他的样子，斜挎着一捆丝袋子，劳动又热火朝天地开始了。妇女们负责往袋子里装土豆，一会儿一袋子，一会儿一袋子。代福来用大号缝针封着袋口，忙乎得浑身有些燥热，西北吹来的小凉风，让他反而觉得很爽，身上那件大棉袄也显得厚重起来。

邬国强来到了淀粉厂。一到大门口，就看见门口堆积成山的土豆子，已经是开不进车了。有两台装着土豆子的四轮车费劲儿地往里开，厂房的门都要被土豆子堵住了。他把车停在公路边，自己朝院子里走去。左拐右拐，土豆子直绊脚。他来到厂里的办公室只见到一个看屋的老头，这个人五十多岁，头发花白，两颗门牙支着厚厚的上嘴唇，衣着有些不整，黑色的大棉袄脏兮兮的。办公室的桌椅落满一层厚厚的灰尘。

"大叔，厂长在吗？"邬国强环顾一下屋子，和蔼地问。

"不知道。"老头没抬头，进来看到啥姿势，现在还依旧啥姿势，简直像个木偶。

"那……他去哪儿了？什么时候回来？"邬国强又追问了一句。

"不知道。"老头依然纹丝没动。

邬国强还想继续问点儿啥，但看到老头的架势什么也打听不出来，于是转身走了出来。又爬过一个像小山一样的土豆堆，来到大门外，掏出电话翻出厂长的电话号拨了过去。

"您拨打的电话已关机。"

他失望地甩了一下手机，气恼地站在路旁，无可奈何地朝院里又望了望，不甘心地转身打开车门，刚要上车，身后有人叫住了他。

"兄弟，你也是来找厂长的吗？"

邬国强转过身，看见一个四十多岁的中年男子向他走过来。

"嗯，是。"他关上了车门，静候着。

"我都来两趟了也没见着厂长，打电话关机，人也不露面，怎么办，给个痛快话呀！土豆起一半儿都在地里搁着呢！哪有这么办事的！"中年男子很生气地说。

"我们刚运来四车,我们可是一百垧啊!"

"那么多啊!合作社的地吧?"他惊讶地睁大眼睛问。

"嗯。天气还要降温,我比你还急呀!找厂长,厂长不在,就一个老头看屋呢,一问三不知。"

"那个老头是他岳父,跟死人差不多,问啥都说不知道。"中年男子十分生气地说。

"排污设备不合格,他们应该早就知道啊,为什么不早点儿整治呢?"

"这帮家伙,能糊弄过去就糊弄。"

邬国强摇摇头说:"他们对保护环境的意识太差啦!中央三令五申,要保护我们生存的环境,就是不听!"

"我进去等等,看他啥时候回来,得给个说法呀!"中年男子说着就要进厂门。

"别等了,回去先解决眼下的问题。"邬国强说。

"没见着他们人,还不敢外卖,跟人家签合同了!内蒙来收土豆我都没卖。"那个中年男子显出左右为难的样子。

"我不也是吗?签合同得按合同办啊。我们的土豆一点儿膨大素都没用,土豆又香又面,非常好吃,不愁卖。但跟人签合同了,不能随便卖呀!"

"你真没用膨大素?"

"没用,一点儿没用。照人家用膨大素产量要低,少说一垧地也得少两千斤。"邬国强认真地说。

"那给我留几百斤。"

"你自己种土豆还买我们的?"

"不瞒你说呀,我们今年承包了十垧地,全种的土豆,炖不烂啊,

一咬梆硬的不算,还发水。"他龇牙咧嘴地说着,好像嘴里正吃着他自己种的土豆,五官也跟着扭曲着。

"我们合作社今年还种了三十垧水稻,也一点儿化肥都没用,撒的全是农家肥。"

"真的?"他又吃惊地睁大双眼,"那样的话,我帮你销售。我儿子在城里开粮食超市,就想采购这样的绿色稻米!他在网上也销售有机粮食,正愁没有货源呢!"

"我们准备把水稻卖给收购商,一斤能卖到五块钱左右,那样我们比较省心,直接卖稻子。"

"省心是省心啊,你知道有机大米多少钱一斤吗?"

"知道,二十多块钱一斤,应该是。"

"那卖大米多挣钱啊!"

"今年先这样,来年看看再进一步发展。你们那儿没成立合作社吗?"

"今年想成立了,可没有带头的。来年,我办个合作社,也像你们那样种有机粮食。"

临走时他们互留了电话。

邬国强再返回到地里的时候,大家已经把一袋袋的土豆装在黄色的编织袋里,整齐地摆放在黝黑的大地里,形成一道别样的风景。他看着滞留在地里的土豆,心里开始焦虑起来,一份沉甸甸的压力压在心头。

他心想:这要是一场大冻,把这满地的土豆都冻成秋梨,自己和社员们的美好愿望不就化成泡影了吗?

第二十五章

晚上，合作社会议室的灯还亮着，邬国强正在和几名社员商量秋收的事宜。他们不像正式开会那样有序地坐着，而是懒散地随意坐在椅子上，歪斜在沙发上。一天的秋收劳动没怎么劳累，倒是因为淀粉厂停止收购土豆让他们各个的心情都不舒畅，从他们困顿的眼神和没有笑容的脸上，能感觉到每个人内心的不痛快。

"土豆暂时先不起了，气温下降，我觉得还是放在地里能好一些。你们说呢？"邬国强看一眼沉默不语的大家说。

"气温下降，要是上冻，放在哪儿都够呛。"李才生不高兴地说。

"等等淀粉厂那边的消息，然后再做决定。"邬国强看着他们各个失神的面孔说。

"内蒙古的大车过来收土豆了，不行咱们就卖给他们算了。"赵球子忽地坐直身子，建议道。

"关键是咱们跟淀粉厂签了合同，人家没说不要。"邬国强解释说。

"不收，不就是不要了吗？咱们能等起，地里一百垧土豆等不起呀！现在市场价就两毛多钱一斤，他跟咱们签合同是三毛钱，明显赔了，谁知道他们还要不要？"不怎么爱多言多语的李才生，今天积极地发表着

自己的见解。他平时说话就有点儿倔,这会儿想着满地的土豆子,心里更是十分着急,倔劲儿又上来了。

吴天明接着说:"晚上吃饭的时候,我二姨夫来俺家了,还打听咱们卖土豆的事儿了呢,他听说厂长跑了。"

邬国强安慰大家:"别听别人说,十里地没准信。他们不是跟咱一家签的合同。如果开工,咱这一百垧土豆,不够一星期生产的。"

"关键是人家说场地装不下,暂时不收,没说不要。"吴天明一字一板地冲李才生说。

"要我说,就卖给内蒙古大车!我今天看他们在一队那边地头停着,一组一挂大捞子,四辆。"李才生就认准内蒙古大车了。

"你说什么你说?不得守信誉吗?"吴天明用眼神示意他不要这样说了,然后瞥一眼邬国强。邬国强半天没说话,听他们你一言我一语地议论着,两手相握放在办公桌上,沉着的目光盯着窗外,心里琢磨明天准备收水稻的事。

"是他们不守信誉的!"李才生生硬地喊着。

李才生这一声吼把邬国强从沉思中唤醒,他扭过脸语气平和地说:"天气不能一下就冷下来,还能缓缓。土豆用袋子装着,还没什么大问题。咱们明天准备开始收水稻。放稻田里的水,打捞稻鱼,先把稻鱼销售出去。土豆子暂时先不起啦,没什么大问题。"

"关键是老天爷不容空!"李才生急躁中带着不安的语气说。

"我看中央台的天气预报了,这股冷空气影响咱们的时间不长,气温还会回暖升高的。咱们回去先在网上发布卖鱼的信息,这是纯野生的泥鳅,都是愿意要的。然后,明天一早,李会计,你用村里的大喇叭喊喊,咱们村儿的人谁想买鱼,下午两点半就去稻田地头等着。"歪坐在沙发上的李会计一直没言语,他是个性格沉稳的人,无论遇到什么事,都能沉住气。他毫无表情地看着大家,机敏的眼神从这个人的脸上挪到那个人的脸上，不动声色地看着他们争论不休。

大家听邬国强说气温还会回暖升高，心里安稳一些，接着讨论放水卖鱼的事，直到晚上八点多才散去。

第二天一早，村里的大喇叭如期响起来："村民们注意了，今天稻田地放水，出售稻鱼，有买鱼的，下午两点到合作社稻田地公路边等着。咱村儿的人买鱼，低于市场价两块，莫错过时机，先买为快，先到先得！"

李凌峰不知道在哪儿弄到的广告词，还把卖鱼的时间提前了半个小时。

朋友圈也开始转发龙华合作社卖稻鱼的消息，半天的工夫，这个消息就传到好几个鱼贩子那里，下午三点钟左右，稻田地南头靠公路边，就停了三辆前来购买野生泥鳅的车辆。村民们拎桶的、端盆的，从各个方向走来，李凌峰和几个社员在田间地头临时搭起了一个售鱼的平台。

"多买点儿，明天是大集，咱们去集上卖去！"王婶高举着一只红色塑料桶说，脚下还放着一只白色的大桶。

"你要是多买，批发价。"李凌峰一边打开笔记本电脑一边笑着对王婶说，那双小眼睛显得和蔼有神，让人感到亲切温暖。

"嘿！快来看哪，这泥鳅真大呀，一窝！"代福来撅着屁股哈着腰看着稻田地的一角，惊喜地喊着。

"我说，老代，这你就外行啦！那是我们上午特意挖的坑，放上鱼饵，鱼自个儿就跑进去啦！"李凌峰笑着冲他大声喊着说。

"哈哈……我说呢，一大窝！太稀罕人啦！我就买这一窝啦，回家酱泥鳅去！"

"我要两窝！"王婶拎着水桶跑过来捞鱼。

她用笊篱捞了一桶鱼，然后顺着田埂朝稻田地外走，突然脚下一滑，跌了一个大前趴子，一桶鱼都扬进稻田地里，王婶也掉进水里半个身子，买鱼的人看到这滑稽的一幕哄堂大笑起来。张英急忙小心翼翼跑到王婶

跟前，拽着她的一只胳膊往起拉，胖墩墩的王婶自己也哈哈笑着，站了好几下也没能站直肥胖笨拙的身子。后来终于在张英的搀扶下站了起来，还盯着撒欢往水里跑的鱼傻笑着。

人们忙着捞鱼，称秤，热闹的场面吸引着过路的人。过往的车辆也停下来，你要一兜，他要一兜，魏志民忙得不亦乐乎。李才生在一边记账，收款。赵球子跟吴天明一伙人正在给成车买鱼的称秤。这会儿，稻田地头简直成了一个售鱼的小市场。

远处，邬国强的父亲独自一人扛着镐头，腋窝下夹着几个丝袋子，朝土豆地走去。他来到地头，看着遍地盛满土豆的袋子深深叹息着。老人从来没这样犯过愁，今天他为儿子的事业担忧起来，因为他也听说淀粉厂老板"跑了"的消息，默默为儿子担忧上火。因为在合作社里有村里的几家贫困户，等着合作社丰收脱贫呢。要是老板真的"跑了"，一百垧的土豆冻到地里，儿子怎么向父老乡亲交代呀！儿子才三十岁，能承受这么沉重的打击吗？他蹲在地头抽了一会儿闷烟，然后拿起镐头刨地头机器没蹚过的地方。刨了一阵，弯下腰，捡起一个个大大小小圆润的土豆，放进从自家带来的装大米的袋子里，装满一袋儿后，就放在那些黄色的土豆袋子旁边。他的脸色很阴郁，一会儿望望满地的土豆袋子，长吁短叹，一会儿接着干手里的活儿。淀粉厂出了这个意想不到的事，让老人寝食难安。

周一早上是赶集的日子，张英跟王婶用小推车推着几桶鱼向集市走去。刚走到村口，一台四轮拖拉机迎面开过来，在他们身边停下了。

"妹子，我打听一下，魏志民家在哪儿住？"

张英一听打听魏志民的家，就仔细看了看他，打量了半天说："你找他有什么事儿吗？"

"我跟你们邬书记说好了，要买几百斤土豆，邬书记让我找魏志民。"

"合作社的土豆都卖给淀粉厂了。"王婶快言快语地说。

"我自个儿家吃,听说你们合作社的土豆没喷膨大素,我想买几百斤。"那个人和颜悦色地说。

张英告诉他说:"他早就去稻田地了,天亮就走了。你去那儿找他吧!土豆地离稻田地不远。你顺着这条道往前开,走到头儿往北一拐,出了屯子,就能看见土豆地了。土豆地的斜对个儿就是稻田地。"

"好吧。我有他的电话,一会儿跟他电话联系。我想他在家就跟我一起去地里。"说完,他启动四轮拖拉机走了,消失在拐弯的街道处。

魏志民接完那个人的电话,考虑到是邬书记答应的事,就让他自己去装车,回头抽空陪他去称秤。打这儿上公路不到一里路远的一家就有称。他跟几名社员继续放稻田地里的水,偶尔有几条泥鳅顺着水流儿跑出稻田地,他高兴地对那些欢快的小鱼说:"跑吧跑吧,去你们想去的地方吧!"他觉得放它们一条生路是件很开心的事。

张英跟王婶来到集市上,集市在兴旺镇的中心街上,街道两侧摆着摊位,有卖衣服的、卖水果的、卖农产品的……张英跟王婶推着几桶泥鳅,来到最西头卖鱼类的地段,一股浓浓的鱼腥味顿时涌进鼻腔。她们挤了一个巴掌大的地方,把那小推车摆放在道边。卖菜、卖水果的吆喝声充斥着市场的每个角落。

"张英,咱们也得吆喝吆喝。"王婶说着,用好奇的眼神扫视了一下周边几份卖鱼的。

"你喊吧!我不会。"张英没做过买卖,有点儿"吆喝"不出口,难为情地跟王婶说。

"我喊!"王婶说着,就张开自己两片厚重的嘴唇吆喝起来:"卖鱼喽!新鲜的稻鱼!纯野生的,快来买呀!"

正在旁边看鱼的一个穿戴讲究的戴眼镜的中年女子听到"稻鱼、纯野生"这几个词,便走到她们的小车旁问道:

"多少钱一斤?"

"十五块钱一斤。"

"便宜点儿吧，我买两斤，我老公最爱吃酱泥鳅啦！"她看着水桶里挤来钻去的泥鳅鱼说。

王婶不假思索地说："我们村儿稻田地里的鱼，纯野生的，两斤，你就给我二十五，咋样？"

戴眼镜的女人对"纯野生、稻鱼"特别感兴趣，购买欲一下就上来了，说道："行。野生泥鳅的鱼刺不硬，而且特别香。"

张英看着王婶用笊篱捞鱼，麻利地拿起口袋撑开口笑呵呵地说："看来你常吃泥鳅啊！"

"我老公爱吃，每年这个季节都买几次。买不对了，就买养殖的了，养殖的虽然个儿大，鱼刺特别硬，没有野生的好吃。"

张英继续说："这是稻鱼，一点儿饲料都没喂。"

"稻鱼是什么鱼啊？"

"就是俺们合作社稻田地里放养的鱼。"

"稻田地里有农药化肥，鱼能活吗？"

"俺们合作社的水稻一点儿化肥没上，一滴农药没喷。"

那女人眼睛一亮说："你们是哪儿的？到时候我买你们大米去！"

"兴旺村，龙华合作社的水稻。"

"啊，我听说了，我们学校新来的老师，她对象就是那个合作社的董事长。"

"对对对！"王婶急不可待地笑着回答。

"到时候我告诉我家亲戚，都去买你们的大米吃。"说话间，王婶已经称好了秤，收了钱。

"你说的那个老师叫叶欣。"张英说。

"嗯，这学期新来的，那个老师挺优秀。"

"是我家孩子老师。"张英补充说。

她抬起手腕看了看表，很着急的样子。

张英继续说道："我家孩子这两天感冒了，没去上课。"

"噢。那课程要落下了，让她在家看看书吧。"这个老师说完，拎起两斤泥鳅鱼急急忙忙地走了。

张英跟王婶卖完鱼一起往回走的时候，听见前边有人大声吆喝："又香又面的大土豆！快来买呀！"

那个人站在装满土豆袋子的四轮车上，不停地吆喝着。

"又香又面？你能保证吗？"一个衣着整洁的中年男子问。

"看这土豆，"他拿出一个又大又圆的土豆，说，"都是麻脸的，一煳，就开花，又香又面。"

"没喷膨大素吗？"那个男子接着问。

"保证没喷！不信，你回家吃，不好吃，下个集来找我，退货！下个集我还在这儿卖。"那个人很自信地保证着。

"多少钱一斤？"又有人感兴趣地问。

"六毛！"

"人家都卖三毛，你卖六毛，太贵了！"经过的一个女的不屑一顾地说，用贪婪的目光看了一眼车上的土豆。她在这趟街上走两个来回了，就想买没喷膨大素的土豆。

"有钱难买好吃！现在能吃上健康的东西，多难！买吧，不买就没了。"卖土豆的人很有底气地说着。

围观的人越来越多，购买力一下就上来了。有的人两袋两袋地买。"买那么多？"一个人问另一个人，"能吃完吗？"

"给我姑娘买一袋。她上班没时间逛街。"

"这不是今早来咱们合作社买土豆的那个人吗？"张英惊奇地对身边的王婶说。

王婶定睛一看，也认出他来了。还没等张英缓过神儿来，王婶几步

就冲到车前，大声呵斥："喂，这不是俺们合作社的土豆吗？你跑这儿来投机倒把来啦？"

"你哪路神仙？"那人定睛一看，认出王婶来了。

"我就是种这个土豆子的人！"

卖土豆的人马上换成笑脸对王婶说："你先别吵吵，我问你，你们合作社的土豆好不好？"

"好啊！又香又面！"

"这不就结了！卖的是土豆，问谁的干吗？"那个人慢悠悠地说。说得王婶瞠目结舌，无话可说。

"你们合作社的土豆喷没喷膨大素？"旁边一个准备买土豆的人问王婶。

"没有没有，这个指定没有。"王婶摇着脑袋说。

那个人疑惑地看着王婶，说："你是托儿吧？"

"啥托儿？我看他卖的是俺们合作社的土豆！"王婶生气地说道，大胖脸的肉都堆到了嘴边。

"怎么，你们合作社的土豆不让卖呀？"

"俺们合作社的土豆卖给淀粉厂了，他说他自个儿家吃，要匀几百斤，结果整一车跑这儿来投机倒把来了。"

"噢，原来这么回事呀？那算什么投机倒把呀，说明人家头脑灵活。"王婶不好意思地低下头。

"你说的是哪个淀粉厂？"

"就是……那边，什么……'康佳'淀粉厂。"王婶用手指了指东边。

"那个淀粉厂的厂长都跑了，他要卖你就让他卖吧！"

王婶一听这个人的话，心像浇了一瓢凉水，失神地看着他，又像泄了气的皮球一样呆立在那里。

那人一边收钱一边吆喝："又香又面的麻土豆，快来买呀！"他的声音喊出个弯儿，奇怪的语调吸引着过路的人们。

张英把王婶顺势拽走了。

"刚才那个人说淀粉厂的厂长跑了，跑了不就完了吗？咱们一地的土豆子咋整？"王婶担忧地说。

"别听他瞎说。跑了？跑了和尚跑不了庙！咱们有合同，合作社跟他们签合同啦，合同是受法律保护的。"

"是啊！有合同咱怕啥？"王婶的疑虑立刻消除了，脸色多云转晴，听了张英的话，立刻高兴起来。

张英一边走一边思索着说："真有头脑灵活的，在咱们那儿三毛钱买，来集上六毛钱卖。这一四轮子咋也得挣五六百呀！"

"就是。淀粉厂再不收，咱们也来集上卖。"王婶说。

"好像不行吧？内蒙古那边来收土豆，相中咱们的土豆了，邬国强都没同意卖。他说跟人家签合同了，得按着合同走。"

"按合同走，为啥还不收？冻地里算谁的？"

"你就不用操心啦！邬书记会有办法的。跟合作社种地，就这点好，啥也不用操心，就等分钱。"

集市上的人都大包小裹地满载而归。她们经过水果摊儿的时候，王婶停了下来："我买点儿葡萄，看这葡萄挺水灵。"

一串串紫色葡萄晶莹剔透，还搭配着葡萄叶子，给人新鲜的感觉，惹人喜爱。摊床前挤满了人，都伸着手递着钱抢着买葡萄，卖葡萄的人有点儿忙不过来了。

"多少钱一斤？"

"八块。"

"太贵了。"

"这个五块，这个四块。"卖葡萄的女人用手指着，然后接过一张五十元钞票低头给别人找钱。另一个男人称秤，一看就是一对夫妻。

王婶从兜里掏出二十块钱递过去："我买两斤。"

　　那个女人随手接过钱就放在钱兜里，装好葡萄递给她男人，那个男人放在秤上，用手按着键，然后说："十六块三，十六。"

　　他妻子随手掏出三十四块钱递给王婶。王婶看着递过来的钱，心想：我拿二十块钱买两斤葡萄，还找回三十四，她一定把我给她的二十块钱，当成五十的了。

　　"你找错了？"

　　"咋错了？两斤葡萄找你三十四不对吗？"卖葡萄的女人目光犀利地看着她。

　　"我给你的是二十的。"

　　"呵呵，忙蒙了。"她立刻不好意思起来，懊悔地说，"嗯，应该找你四块，我当五十的了。"

　　"你就遇上我了，搁别人早揣兜走啦！"

　　"好人好人！"旁边的男人伸出大拇指夸赞道。

　　她俩把葡萄放在小推车里，沐浴着灿烂的秋阳，顺着车水马龙的街道走出闹市街。公路两侧都是秋的色彩，大杨树的叶子有的已经变黄，秋风拂过，偶尔的几片树叶随着凉爽的风颤悠悠落到路边发黄的草里。广袤的田野五谷丰登，处处都是丰收的景象，今年真是个好年景啊！

　　"张英，你说，土豆要冻地里咋整？"王婶又担忧起来。

第二十六章

  第二天气温果然下降了，一场霜冻，玉米叶子全都变白了，失去水分的玉米叶子在秋风的摇曳下，发出"簌簌"的声响，好像召唤着社员们赶快收割。前几日还墨绿浓重的树叶，今天一下变得橙黄。合作社那三十垧稻田，放眼望去就像铺在大地上的金毯子，令人赏心悦目。路人经过这里，都不免贪婪地看几眼这迷人的秋色。

  一夜间大田作物的变化，让代福来着起急来。昨天看着满地的苍绿，还想晚收割几天，让玉米的籽粒再上成些，可是今天一大早起来，昨天的念头立刻烟消云散了。早饭都没顾上吃，便开着那台夏利车跑到十里外的岳父家去借手扶拖拉机好秋收。正赶上岳父家吃早饭，他吃了一口，就急忙开着手扶拖拉机往回走。

  春兰已经把掰好的玉米棒子一小堆一小堆零散地放在地垄沟里了。代福来停稳小手扶拖拉机，冲着割玉米秆的春兰喊着说："喂，我说，你过来装车呀！"

  "你自个儿装吧，我把这趟子割到头。"春兰头也没抬，挥舞着镰刀，手疾眼快，一会儿就撂倒一片玉米秆。

  "过来吧，你！男女搭配，干活不累！"代福来看着沉甸甸的玉米

棒子，开心极了，说话的语气都变得风趣了。

代福来一边往车上装玉米，还一边盘算着：社员们流转土地均价八千，算上各种补贴，农户每年每家纯收益一万一左右。自个儿种地的成本每公顷至少五千元以上。合作社流转过来的土地进行集中经营，采取机械化种植，每公顷最多三千元。看来还是把土地流转给合作社收益大呀！

春兰放下了手里的活儿大步朝他走过来。代福来调整好手扶拖拉机，车子缓慢而匀速地朝前行进着。两个人分散在车斗两边，开始往车里装玉米，双手一掐一扔一掐一扔，那动作就像小鸡啄米，这起起落落的迅速动作，血压不正常的人几个回合就得昏厥。手扶拖拉机的小车斗比大笸箩大不了多少，一会儿的工夫就装了满满一车。

"再装点儿！"春兰说。

"不行！一晃悠就掉啦。我多跑几趟。再说南头那儿上公路费劲儿，那个坡不好上，这小手扶没劲儿，比不了合作社的大收割机。"

"这车太小了，猴年马月能整完呢？"春兰看着车斗说。

"小就小点儿，慢就慢点儿，本来自个儿种地费用就高，再雇车就不合算啦！"代福来刚在心里合计完种地的费用。

远处合作社的稻田里，两台大型收割机正在收水稻，公路上停着三辆禾田农业收购有机水稻的大卡车。四轮车装满水稻就运送到路边的卡车处，来来回回奔忙着。收割机"隆隆"的声响吸引着代福来的眼球，他直起身板朝后挺了挺腰身对春兰说："合作社的水稻丰收啦！"

"玉米也不错呀。"春兰说着也直了直腰身。

"看来今年合作社大丰收啦！社员们就等着收钱吧！"他羡慕地说。

"眼红了吧？"

"我才不眼红那个呢！哼！"

"不眼红就不是你了。我还不了解你，谁比你强你看着都难受！"

"去去去！我咋这么不愿意听你说话。"

"我愿意听你说话呀？"

"本来我今天挺高兴的，别给我添堵。"他皮笑肉不笑地说，"合作社咋不着急收玉米呢？"

"听赵球子说明天就收，收稻子跟收玉米的机器不一样，它俩不干扰。"春兰说，"老刘太太的地还得等合作社给收。种地合作社给种，收地还等合作社，他家三儿啥也不是，秋收也不着急回来收。"

"等呗，还是能等来。咱可不等，三春不如一秋忙，忙了一春零八夏，谁不着急抢收啊！天气说变就变，这要是一场大雪捂上，那就白忙乎啦！"

代福来迅速跳上车，小手扶像个大蚂蚱似的向地头驶去。

人们在忙碌中度过了低温的三天，今天气温开始回暖，灿烂的阳光温暖大地的时候，社员们的心也热乎起来。蔚蓝的天空深邃高远，像用水清洗过一样碧蓝。合作社的十几名社员继续喜气洋洋地抢收水稻，两台大型收割机奔忙在黄灿灿的稻海里。

傍晚，合作社的小会议室里正在召开秋收会议。

邬国强建议明天开始收玉米，由李才生带领三个农机手，开四台收割机先给没入合作社的社员收地，合作社只收成本费。这个建议一出口，就遭到在场的人反对。

"我不同意！"李才生一听邬国强这么说，心里的火气立刻上来了，"一分钱不收图个啥？再说秋天谁不着急往回抢粮食，还能先给他们收去？我不去，谁愿意去谁去！"吴天明想入党，这半年来一直表现积极，觉得这又是个表现自己的机会，没吱声，心里有些不愿意也没反对，默默表示赞同。

"让他们入合作社不入，好像坑他们似的。秋收谁不着急？"李才生气恼地说。

邬国强和蔼地解释说:"他们自己种地本来费用就高,帮他们一把,咱们就是出点儿力也不搭啥,就当献爱心啦!"

"咱们收完再给他们收就不错了!还先给他们收,还不挣钱,图啥呀?"赵球子也不赞同邬国强的做法。

"不是图啥,我觉得我是村支书,啥事都该先想着村里的老百姓。"

"俺们也不是村支书,也不是共产党员,愿意献爱心你自己献吧。"李才生生气地说。

"才生哥,献爱心不是非得共产党员,谁都可以献。"邬国强不急不躁,依然态度和蔼地说,"先帮他们把粮食收回家,让他们心安,然后再收咱们合作社的地也不晚。"

"天气说变就变,一场大雪把玉米捂到地里,咱这一年不白忙活了吗?"李才生争辩道。

"不会的,十月里还有个小阳春呢。我最近天天看天气预报,气温要回升一段时间呢。"邬国强安慰着大家。

赵球子笑着接过话茬说:"跟你这个村支书啊,算倒了霉啦!干啥都'先人后己'!"

邬国强看着赵球子苦笑的脸忍不住笑了。他悄悄看了一眼坐在窗下木椅上的李才生,笑呵呵地收回眼神,半天没说话。

李才生生气的时候脸拉得老长,就像天上黑灰的云彩见不到光亮一样。散会的时候,他第一个站起来,一边往出走,一边气恼地说:

"一分钱不挣,图个啥?不干!"

邬国强看着李才生摔门而去的背影,面无表情地坐着,他双手抱拳拄着下巴,陷入沉思。邬国强比谁的压力都大,大地里每一个在寒流中挣扎的土豆都如千斤重锤压着他的心。魏志民、赵球子、李凌峰、吴天明静静地陪着他坐着。室内很安静,大家都沉默着。他们体谅邬国强那颗爱民之心,但是这个秋收的决定让他们心里都不舒畅。魏志民和李凌峰一言没发，他们了解邬国强的品性，体谅他的心情，所以，尽管心里不愿意，但嘴上也没说什么。

秋夜有些微凉，但很清爽，从远处大地里不断传来机器的嗒嗒声，有人借着大好的月光在抢收玉米。一起出来的几个人心情有些不爽地各自走回家中，剩下邬国强独自一人走在安静的村街上。他借着皎洁的月光望着大地的远处，万物朦胧，像披着银纱一样。才几天工夫，一片片的玉米地都清亮起来。邬国强又想起那一百垧土豆，脑海中又浮现出一地呆立着的土豆袋子，他无奈地摇摇头，就像控制心里可怕的想法似的，望着天空中圆了大半的月亮轻轻叹息着，昏暗的路灯照着他憨实的脸。他脚步有些沉重，但依然那样稳健。

回到家里他没看到叶欣，于是向母亲询问，母亲告诉他，叶欣吃完饭就去给张爱雨补习功课去了。

邬国强坐下来想跟父亲聊聊今晚开会的事。

"气温开始回升，看来土豆放在地里，一时半会儿还没啥事。淀粉厂那边有没有信儿？"还没等邬国强开口，父亲先问道。

"还没有。电话一直打不通。"

父亲看着儿子有些严峻的脸，劝慰说："别着急，儿子，有合同在，就是烂到地里，也得算他们的！"

邬国强听了父亲的话，什么也没说。虽然有合同在，但是土豆真要烂到地里也是麻烦事。他不想继续这个烦恼的话题，于是话锋一转说："中央快开十九大了，这次会议一定还会有对农民的好政策出台。"

父亲高兴起来，感慨地说道："现在国家政策多好，种地还给钱！国家越来越富强了，老百姓的日子好过喽！"

"是啊，国富民强嘛！"邬国强笑着说。

"水稻开收了，玉米也得收，人手不够，就外雇。不能耽搁秋收啊，儿子！"

"人手够，机器也够，明天就开始收玉米。"

"三春不如一秋忙，能抓紧时间往前赶就抓紧时间。"

"嗯，我知道。今天开会我提议先给村里没入合作社的社员收，李才生生气不干了。一会儿我去他家做做他的思想工作，明天的活儿得继续呀！"

"明天干啥他不干了？"父亲像没听清楚似的追问。

"我说先给没入合作社的人家收，合作社不挣老百姓的钱，只收成本费，他就生气啦。"

"人家生气也没毛病，我看你这个想法不对。秋收谁不着急？不先收自个儿的地还能先收别人的？"

"爸你说，刘大娘家的地等合作社给收吧？早晚都得给收，何不先给她家收呢，咱做个理得，她落个心安。"

邬爸爸觉得儿子的话也有道理，于是说："当初他入合作社，我就跟你说，别让他入，那孩子爱计较，心眼儿还小，吃点儿亏就跟放血似的。"

"他心眼小是小，但是干活仔细认真，这也是优点。"

"秋收谁不着急？"父亲的话说得很轻。

"爸，有这样一句话：'不忘初心，牢记使命。'我当村支书那天，就想让咱们兴旺村的父老乡亲都过好日子，一个不落地富起来。头两年我都是这么做的，今年我成立了合作社，能因为这个我就把老百姓的利益放后边吗？"

老人低着头抽烟，也不看儿子一眼，似听非听地歪着头不作声。

邬国强继续说道："我当初毕业那会儿，考公务员可以说一点儿问题没有，我为什么要回来呢？就是想改变农民'面朝黄土背朝天'的生活，带领咱村的人过一种让城里人羡慕的日子！"

"儿子，你想得美呀，实现起来恐怕太难。"父亲听完儿子的话开口说道。

"世上无难事只怕有心人。虽然现在的日子离我想象的还差一截，但有一天一定能实现！"

老人听了儿子的话十分感动！

邬国强慢条斯理地说："春天种地的时候，他们谁也不去给刘大娘家种，我自己用了一个晌午，把地种上了。我不能眼看着刘大娘着急上火，我是村书记啊！我得担起这份责任！"

父亲轻轻地说："给她放在后边收，她也不能有啥意见。"

"有意见倒不能有意见，何不让她心满意足呢？"

"你这种做法，有人不理解也是正常的。不用说别人，我都不理解。"

"当官不为民造福，不如回家种白薯。爸，你想想，从我当村书记开始，这几年咱村的变化大不大？"

"嗯，的确发生了很大变化。"

"这种变化一是感恩党的政策好，二是也得有人领着大伙干。原来咱村是草堆、粪堆、垃圾堆、三堆丛生，现在这些都不见了，生活面貌一天天地改进了。现在村里的环境多好！有梦就得去追，年轻人得做个追梦人。"

老人沉默不语，认真听儿子讲述着村里发生的变化，脑海里浮现出昔日垃圾成堆的小村面貌。

邬国强接着说："如今，叶欣也跟我来到农村，她图个啥？就因为她懂我的心思，支持我，冲破家庭阻挠，义无反顾地来到咱们兴旺村。也许是我的思想感染着她，你看她给小爱雨补习功课，一分钱不收，都是义务的。那孩子前两天得了重感冒，功课落下不少。她一直惦记着，今天抽空就去了。"

老人终于被儿子的思想感化了："爸也支持你！"

"当村支书，就得当个好村支书。为老百姓谋幸福在先，个人利益

就得放后边。"邬国强看着想通了的老父亲的笑脸，自己也高兴起来。"好了，爸，我去李才生家找他谈谈。谈不通明天我就领那几个司机干。"他语气坚定地说。

邬国强穿上外衣出去了。父亲看着儿子的背影，心里一股激流在涌动，他不由地敬佩起儿子那颗装着百姓疾苦、一心为百姓谋幸福的心。同时他也担心儿子去做李才生的工作能不能做通，因为老人了解李才生的倔性。

第二十七章

　　李才生的家在村子西头，邬国强沿着村街向他家走去。街道两旁的路灯都亮了，树木静穆地矗立道路两旁，街道笔直深远，偶尔从农户的院子里传出几声狗吠。家家灯火通明，路过张英家的时候，他顺便朝院里望了望，看见叶欣正在给张爱雨辅导功课，虽然听不见她说什么，但从叶欣的手势和姿态上能感受到她正在给孩子认真讲课。他看了半分钟，确切地说是欣赏了几十秒，看着自己心爱的人为孩子无私地奉献着，心里热乎乎的。家乡有希望，生活有希望！叶欣这颗金子般的心，正在播撒无私奉献的种子给下一代。叶欣还给她补习了英语和代数，小爱雨高兴极了。她敬佩老师学识渊博的同时，更是感激老师的无私奉献。相信这颗美好的种子会世世代代传播下去。

　　邬国强一边走一边想起跟叶欣在一起的快乐，想起叶欣跟他说："国强，你去哪儿我就跟你到哪儿。日子是自己用心经营出来的，只要我们的爱在，在哪儿生活都一样幸福。有句话说得好：'心若晴朗，生活处处都是风景！'"

　　李才生家的院脖儿比较长，院子里有些落叶和杂草，堆聚在角落里。从大门口到屋门前，有一条细窄的用砖头铺就的小路，差不多有半米多

宽。邬国强深一脚浅一脚地来到外屋门前，李才生跟他媳妇正在大声吵嚷：

"你说，邬国强是不是傻？不先收合作社的地，非要给大伙收！"

"让你咋干你就咋干呗。"

还没等他媳妇说完，他抢过话头儿继续说："要给村里老百姓的地都收完了再收合作社的，你说他这不是傻吗？脑瓜子进水了才这么干！不趁天好收自个儿的地，给别人收！谁知道哪天变天！"

"你可别吵吵啦！先收后收能差几天？"他媳妇耐心地劝说。

他几乎一句也听不进去，继续吼道："当初让他们入股合作社都藏心眼，说什么也不干，就代福来那样的，给他收个屁呀？竟背后使坏！"

"老代家自个儿收呢，用他老丈人家的小手扶往回拉，一回能拉一大笆箩。"

"他啥时候能拉回来呀？他不知道合作社要给大伙收地，要知道早就得指上。谁不知道他？见便宜就上，一毛钱便宜都不放过的手儿。"

"他那人跟邬书记可不一样，啥事都先想自个儿，可自个儿兜满。谁像邬书记总替大伙着想。"

"他看今年合作社庄稼长得好，紧着溜须大伙儿，来年要入合作社。要是我呀，入也不要他！"

"他想入邬书记就能要。"他媳妇不紧不慢地说。

他媳妇是个好脾气，火上房也不着急的性子。她经常跟大伙说，家里的事没有对错，顺情说好话两口子就少干仗。

"这邬国强，总为别人着想，谁为他着想？我看他收不回来咋整？"

"那你们就劝劝邬书记呗。"

"谁能劝了？他决定的事，他爹妈都劝不了！"

"别吵啦，作业都写不好啦！"这时候，他家念小学的女儿不耐烦地大声喊起来。

"去去去，上一边儿写去！白天不写，黑天用啥功？"说着一把拎起孩子的一只胳膊，甩向一边，孩子没站稳，趔趄一下，一屁股坐在地上哭了起来。

这时候，邬国强大步走了进来。屋里灯光很亮，邬国强从灶屋穿过进了里屋。

正在气头上的李才生，一抬头看见邬国强立在眼前，不由得脸唰地热了起来。他不好意思地看着邬国强，两口子的眼神都有些难为情了。孩子一看来了生人，也不哭了，从地上爬起来，接着写作业。

"才生哥，你刚才跟嫂子说的话我都听见啦。你说的也不无道理。忙了一秋零八夏，到这个时候谁不着急往回收粮食呢？但是我是党员，是村支书，你跟着我一起干，就委屈点儿吧！咱不能让老百姓眼看着咱们热火朝天地秋收，让他们干着急白瞪眼是不是？得让他们感受到共产党给他们的温暖。你看，就拿刘大娘说吧，她家的地明摆着得咱们给收，如果先收咱们的，后收她的，她也不能说啥，同样一件事，做法不同，收到的效果和意义就不一样。"

李才生一言不发。

"才生哥，你好好想想，想通了，明天就带着农机手去收地，想不通呢……明天……我先领大伙干。"

李才生了解邬国强的性格，没吭声，也没反驳。

他们聊了好一阵子，渐渐地李才生脸上的阴云散开了，虽然没做最后决定，但是微微舒张的面容已经向邬国强传递了认同的信息。

李才生想起春天种地的时候，谁也不肯给刘大娘家去种地，他就不声不响地自己开着那台大拖拉机把刘大娘家的地种完了。后来大家都偷偷地观察他表情的变化，他既不恼也不怒，跟以前一样心平气和。这个年龄的小伙子能练就这样超凡的修养，真是了不起。大家心里默默敬佩他，墨水子真没白喝呀，国家没有白培养他这个共产党员！

第二天清晨，灰蒙蒙的雾霭涂抹着带着光亮的晨曦，装饰着清晨的天空。微风夹杂着淡淡的秋凉，抚着人们的面颊，让人感到冬天紧跟秋的后面，好像越来越近，促使人们快马加鞭地秋收。

李才生跟其他三个农机手把玉米收割机先后开出了厂房。机车的阵阵轰鸣声打破了合作社的安静，也宣告新一天的劳动开始了。昨晚邬国强走后，他反思了一阵子，想到这个比他小四五岁的村书记有这样一颗为大家谋幸福的心，想到他任支书以来，为村里和百姓做的一件件好事，一肚子的怨气渐渐化解了。睡觉前他用电话通知了其他几个农机手，太阳还没有出来大家就赶到了合作社。

刘大娘接到李才生的电话，脸上的笑容比春天种地的时候还灿烂，高兴着一路小步紧走，有一股脚下生风的轻快。她没念过几天书，是个头脑简单四肢发达的人，但是心里能切实感受到谁对她好。这半年来村上给了她许多她所向往的幸福日子和快乐。她快步走在乡间的水泥路上，头上照样裹着那条花格子头巾，不过洗得十分干净，挂着笑容的脸，气色比春天的时候要好几倍。

她站在刘大爷坟前，自言自语地说："老头子，邬书记又派人来给咱家收地啦！你啥都不用惦记，咱家房子也翻新啦，都是村上给整的。不用惦记我，我啥都不缺。"她说着，眼里流出几滴泪，不知道是思念老伴还是被村上的关怀照顾感动的。她扯过头巾的一角，擦拭着滚落腮边的泪滴，又轻轻揉擦着眼睛。当听到机车开来的声音时便慢慢扭过身，希望和期待的眼神投向开过来的四台收割机上，心里像春天野地里盛开的蒲公英一样，绽放着笑脸接受阳光的沐浴。

李才生跳下机车看到刘大娘站在刘大爷坟头，他也凑过来大声说："刘大爷，俺们来给你家收地来了。没想到吧？这都是托共产党的福啊！"

"你刘大爷在九泉之下也放心啦！"刘大娘立刻用她那粗糙的手指抹去眼角几滴没淌下来的泪，心满意足地含笑说。

李才生说完迅速上了收割机,他灵巧得跟猴子一样。紧接着,就是玉米秆喊里咔嚓的脆响声和机器的嗒嗒声。今年雨水调和,风调雨顺。玉米没有倒伏的,收起地来很顺畅。四台收割机没用上一个小时,一大片玉米收割完毕。

李才生看到正在收玉米的代福来和春兰,就故意从收割机里钻出来,跳到地上,点燃一支香烟吸了起来。还没等李才生说话,代福来就迫不及待地问:

"你们合作社咋不收?"他睁大蛤蟆眼诧异地问李才生。

"你问邬书记去,我不知道。"李才生毫无表情地说。

"问谁?"他好像不敢相信自己的耳朵。

"邬书记,邬国强!"

代福来盯着李才生毫无表情的脸看了半天,也没想出个所以然来,索性挪开诧异的目光,莫名其妙地点了几下头。

"你想不到的还有呢,他要给咱村所有没入合作社的收地,一分不挣,就收成本费。"

"你说啥?"他又一次仰起脸,再次吃惊地看着李才生。

"给老百姓收地,一分钱不挣,就收成本费。你没想到吧?"

"真的呀?"他的脸马上堆起笑容,一拍大腿说,"我也是咱村老百姓啊!"

"你不是咱村的前任书记吗?"

"前任?"代福来有些哑口无言了。

"你也当过书记,你就没有这种思想。"李才生说着又跳上收割机。

"你们……你们去哪儿啊?你看我那儿还有那么多没收呢,就手收了得了呗!"

"不行,你是咱村的前任支书,得放在后边收。"

"我……我不是书记了,我是老百姓啊!"

李才生没有理会代福来的迫切心情,开着收割机走进另一家承包地,把他扔在后边。代福来气恼地捡起一穗玉米,用尽全身力气甩到手扶拖拉机的车厢里。

"把这车拉回去,咱也回家等着去,我也是兴旺村老百姓,我看他们啥时候给我收。"他有些气恼,跟春兰嘟囔着。

"你这个人哪,你不是说天气说变就变,一场大雪捂地就白忙活了吗?"

"怕啥?他一百垧土豆还在地里搁着呢。"

代福来跟春兰很快装满一车斗玉米,"上车,回家,回家等着,我看他们啥时候给我收,不吃麻花我就要这个劲儿!"

春兰坐在车斗里,代福来顺着垄沟往南开去。

"走北边吧,南头不好上路。"

"我开多少年车啦,啥道没走过。"代福来很自信地说。

春兰拗不过他,于是顺从地坐上车。到地头往公路上的时候,代福来一踩油门,蚂蚱一样的车头向上一跳,车斗一扭,翻倒了,一车玉米扣了过来,代福来也被甩了出去,春兰被严严实实地扣在里面。他惶恐地从地上爬起来,额头划出一道口子,鲜血直流。他没感觉疼,傻傻地看着底朝天的车斗呆若木鸡。半天缓过神来掏出手机,拨通了邬国强的电话:"国强,快来帮忙啊!可不好了,俺家你婶子扣车里啦!"

"快点儿往出扒呀?"电话里传来邬国强焦急的声音。

"不敢哪!快来呀!救命啊!"他声嘶力竭地大声喊着,声音传出很远。附近干活的人都跑了过来,没几分钟,邬国强开着车也过来了。

大家齐心协力把车斗翻过来,春兰从玉米堆里拱了出来。

原来翻车的地方正好是一个土坑,春兰不歪不斜地正好掉进坑里,才有惊无险地逃过一劫。

邬国强开车把受伤的代福来送到镇医院,包扎好伤口又开车把他送回家。到家后，代福来看到手扶拖拉机安然无恙地停在院子里，又看到毫发无损的春兰，终于松了口气。

邬国强开车刚离开十多米远，他忽然想起什么，追着邬国强的车跑了几步："唉！国强——邬书记！我还有话说呢！"

邬国强急着去淀粉厂，一脚油门驶出很远，没有听到代福来说的话。代福来后悔莫及，使劲儿一拍大腿，蹲在路中央，两手抱头的时候触到了伤口，一阵钻心的疼，让他忘记了要说的话。

第二十八章

　　第二天早晨，天空积聚了一层黑灰的云，阵阵凉风吹拂着他的面颊。"要变天吗？要下雪吗？"代福来看着天空中灰黑的云一遍一遍问自己，仿佛这灰黑的云要把他的心压得透不过气来。昨天的一场车祸，导致他胳膊腿儿都有些疼痛。头上还缠着白纱布，好像从战场上溃败下来的士兵。他正望天兴叹的时候，李才生的电话打了过来，告诉他今天给他家收玉米，他一阵狂喜，立刻开着那台破旧的夏利车匆匆赶到地里。自从昨晚看完天气预报得知今天有雨夹雪，他一夜都没睡好，早晨起来眼皮都肿了，那双蛤蟆眼突兀着，额头皱纹也好像加深了许多。

　　收地的过程中，代福来不时观望着头顶上的天，生怕雪花掉下来砸他的脑袋似的。就在他家收完最后一车玉米的时候，天空扬起了飞雪，轻飘飘软绵绵的雪花懒洋洋地从灰蒙蒙的苍穹飘落下来，好像知道合作社的玉米颗粒未收，很不情愿违背人们心愿一样。雪花落在地上即刻就变成水滴，被大地吞噬了，落到枯黄的玉米叶子上，变成一汪水淌下去，仿佛也落在了邹国强的心上，他的心一阵阵发凉。他站在土豆地里，望着满眼的土豆袋子，心如火烧。大片大片的雪花粘在他乌亮的头发上，衬着他焦虑的面孔，让人看了有些心疼。在飘舞的雪花中，他一动不动地站立着，沉默了好久后掏出手机，抱着一线希望翻找着淀粉厂孙厂长的电话，就在这时候，电话铃响了，显示孙厂长来电，他心里一阵惊喜，急切地接起来。

"邬书记，向你道歉啊！"孙厂长高兴中带着深深的歉疚。

"终于接到你电话啦！"邬国强高兴地说着，脸上立刻浮现出久违的笑容。"昨天我还去你们厂了呢，大门紧锁，我都没进去门。"

"前一段时间出了点儿麻烦，找我的人太多，我也没法解释，就把这个手机号关了，实在抱歉！"

邬国强不想只听抱歉一类的话，希望他赶快跟他说土豆收购的事。

"污水处理设备安装好了，明天投入生产。"孙厂长的语气畅快起来，像卸了千斤重担一样。

邬国强长出一口气，心里敞亮起来，紧锁的眉头舒展开了，脸上的笑容也灿烂了，飞舞的雪花顿时也变得可爱了，好像在他的心头跳舞一样。

雪，一边下一边化，到傍晚的时候，云，慢慢散去了，露出太阳火红火红的脸。空气虽然凉但并不寒冷。远处一片片收割完的玉米地空旷起来，秸秆滚成的"铺盖卷"随处可见，成了一道独特的风景线。从去年开始，兴旺镇立足项目建设，在秸秆禁烧基础上强化回收综合利用，变草为宝，使秸秆实现华丽转身。目前，兴旺镇共谋划了三个秸秆综合利用项目，其中两个已经投产。想到这些的时候他更加高兴了，再不用担心农民就地焚烧玉米秆了，如今保护人们赖以生存的环境是多么重要啊！

他高兴地走出土豆地，一路精神焕发地来到合作社，刚坐下想沉淀一下喜悦的心情，李凌峰跟魏志民闯了进来。他们上午去"禾田农业"清算水稻收购账目，带着满意的数目向他们的董事长报账来了。两个人的脸上挂着少有的笑容，一脸喜气。

"哎呀，没想到啊！亩产量超出咱们预计了。"魏志民高兴地笑着

说。李凌峰也眉开眼笑地看着高兴的邬国强。

"志民没少下功夫，小本子用了好几个。田间档案记载做得多认真啊！这都是大家齐心努力的成果啊！"邬国强十分高兴的样子。

李凌峰说："禾田农业收购咱们的水稻看似贵点儿，五块五一斤，可他们加工出大米能卖到二十五一斤呢！咱们增加了收入，他们企业也获得了效益，实现了农企双赢！"

邬国强说："禾田农业是市里高效农业发展的龙头企业，他们主要负责收购这个地区的有机水稻，然后加工成大米统一销售。春天那次'农企对接洽谈会'，他们的采购员就跟我洽谈了水稻收购事宜，出于各方面原因，我当时没答应跟他们签合同。后来秋收的时候，那个人几次找我，最后水稻价格定到五块五。"

"他们还说你制作的这个水稻二维码太好了。"李凌峰激动地说。

邬国强听完开心地笑着，眉宇间洋溢着成就感。"咱们国内领先的移动互联网系统定制开发了一套二维码追溯系统，拿手机一扫二维码，天涯海角都能找到稻米的原产地，能追溯到水稻的'前世今生'，包括水稻的选种、育苗、种植和生长过程，全都了解得一清二楚，真正让市民吃着放心。"

魏志民兴致勃勃地说："你知道吗？人们现在都想吃到纯绿色粮食，像咱们合作社这样的有机粮食，太少啦！"

李凌峰看着魏志民，厚重的嘴唇颤动着，好像着急说话一样。等魏志民说完，他急忙抢过话茬说："特别是那些大城市的人，手攥着钱，就想买咱这纯绿色粮食。"

邬国强长出一口气，话锋一转说："好事多磨！孙厂长终于来电话了，淀粉厂恢复生产了。明天继续起土豆，玉米也开收。我看天气预报，这半个月气温还回升，没有雨雪。老天照应啊！"邬国强的眼睛放着光亮，气色红润饱满。

"你没听老人讲吗？善恶到头终有报！咱们的善举感动了老天，一定会等到咱们把粮食都收回来再变天的。"魏志民说。

叶欣下班回来，跟婆婆一起在厨房忙乎做晚饭。她不太会炒菜，但是力所能及的事总是抢着干。这个没过门的媳妇非常懂事，体贴老人，关怀老人。也许是因为深爱着他们的儿子，所以也敬爱着他们。她把心放在这个家里踏实安稳，觉得这里才是她的归宿，是她的避风港。邬国强博大的胸怀为她撑起一片蓝天，她舒心，她快乐。重阳节那天，她特意去了镇里的服装店给两位老人各买了一套保暖内衣。两位老人捧着儿媳买的衣服，暖在心里乐在脸上。

"欣欣，你电话响了。"邬妈妈从走廊经过的时候，听见电话铃声说道。

"欸！"她痛快地答应着，一边从脸盆架上拿过毛巾擦着手一边往卧室里走。

叶欣接起电话，脸色一下变得惨白，问道："严重吗？"

"不严重。现在在医院呢。"叶建华的语气有些不悦。

"哪个医院？"

"市医院。"

"知道了！我跟国强马上就去。"

叶欣刚要给邬国强拨电话的时候，邬国强从外边走了进来，一脸的喜悦。当他听叶欣说完岳母突发脑血栓住院的消息后，喜悦的脸上像泼了瓢冷水，不再有笑容了。

他们简单收拾了一下随身带的物品，便开车向市里驶去。夕阳在倒车镜中不断闪亮，晃着她的脸和眼。偶尔几片黄灿灿的树叶随意飘零，拍打着车窗。蔚蓝的天空清澈明净，多美的秋色啊！可是叶欣却没有心思去欣赏，她低垂着眼睑，归心似箭，泪水扑簌簌地顺着脸颊流淌着。

邬国强劝慰道："别哭别哭，说不定没事呢。"

"也不知道啥样。"她哽咽着，又一行热泪淌下来。

"在医院就没事，不用担心。"邬国强注视着前方，轻声细语地安慰着叶欣。叶欣的泪仿佛流进他心里，热辣辣地烫着他的心。

"也不知道重不重。"她吸了一下鼻子，摘下眼镜，从车上放着的纸抽里拽出两张纸，擦拭着不断淌出的泪水。

"再有十多分钟就到了。别哭了，也许没事呢。"邬国强心疼地看了一眼叶欣，马上又把目光转向前方。

到了医院门口，邬国强刚把车停稳，叶欣就独自跳下车，一边疾步如飞地朝里走，一边打电话询问具体住院情况。邬国强锁好车门，大步流星地跟了上来。

他们来到住院部，走进病房的时候，谢娜正在挂吊瓶，胡雪娇和于鑫莱也来了。叶欣跟胡雪娇和于鑫莱分别打了招呼，见母亲精神状态还不错，也就不难过了。

"我说不让你爸打电话，你爸非要给你打。没啥大事，我说看吓着孩子，那么阻止也没阻止了。"

叶建华微笑着，语气和蔼地说："住院还不告诉孩子？这时候不折腾他们啥时候折腾？"

叶欣坐在母亲身边，握着母亲另一只手，轻轻抚摸着。对面床没有患者，其他几个人并排坐在床沿上，看着母女俩亲昵的样子。胡雪娇悄悄地用眼睛偷偷看着邬国强，然后又把目光从邬国强的脸上移到于鑫莱的脸上，暗自对比着两张相似的脸。

叶建华觉得安静得有点儿不透气，于是他自觉地介绍起谢娜发病的情况。"吃完晚饭，她站起来准备收拾碗筷，就觉得右手有点儿不听使唤，我立刻意识到是脑血栓的前兆，然后我们就打车来医院了。"

谢娜躺在床上，笑盈盈地看着吊瓶往下滴液。

"用药及时，没事。"胡雪娇说。她的整个心思都在邬国强身上了，转脸笑呵呵地对邬国强说："阿姨还欠你一顿饭呢。"

"阿姨，你还记着那顿饭哪？"他笑呵呵地看着胡雪娇说，"不用着急，等我忙完秋收，一定过来吃。"

"阿姨……天天都想着这个事儿。"她用那种仿佛能把全部心意都表达出来的眼神看着邬国强，把"天天都想着"这几个音符说得很重。"一定要吃，而且要到阿姨家里吃。我亲手给你们做，尝尝……我的厨艺。"

"好的！"邬国强一边很爽快地回答，一边深深点着头。

她心里迫不及待地想了解邬国强的身世，几次欲言又止，开始有点儿坐立不安了。于鑫莱看出老伴的心思，想缓和她这份急切的心情，于是对邬国强说："你们的地收得差不多了吧？"

"老百姓的地都收完了，合作社的玉米明天开收。"

"当支书不在年龄大小啊！能为老百姓着想就是好支书。"于鑫莱赞叹地说。他早就听叶建华夸奖女婿帮本村百姓秋收的事。

"我也……算不上好支书……"

"你做事能先为老百姓着想，就很难得呀孩子。"

"谢于叔夸奖。其实我也没做什么，都是党的政策好。"邬国强谦虚地说。

"我昨天去超市买大米，他们向我推荐的就是你们合作社生产的大米。我还用手机扫了二维码，一扫，种水稻的过程全看到了，让人吃着放心。"

"科技进步，才有我们今天做出的成果。"邬国强看着这张跟自己相似的脸，又注意看了看他嘴边的黑痦子，心想，我俩咋这么像？难道……真是母亲小时候把我抱错了吗？

于鑫莱看着邬国强若有所思的神情，继续说道："那米做出的饭真香，好多年没吃到这味道啦！"

"松花江水灌溉，都是活水。而且一滴农药没喷，肥料都是农家肥。"

邬国强感觉胡雪娇的眼睛一直盯着自己看，他想：为什么他们对自己这么好奇和热情，难道他们……他刚要继续深想，随即否定了自己不切实际的想法。

谢娜感觉手有知觉了，心情敞亮起来，很有闲心地对邬国强说："国强，你胡阿姨很早就想找你俩吃饭，跟我说好几回了，这个心愿你们一定得满足啊！"

"好的好的，妈，您放心吧！"邬国强从床边站起来，来到谢娜跟前。这亲切的一声"妈"，叫得谢娜心里热乎乎的。可是在一旁的胡雪娇，心里却很酸楚。她多么希望这声亲切的"妈"是叫她的啊！

胡雪娇要请大伙吃顿便饭，邬国强婉言谢绝了，因为他回去还有很多事要做。他让叶欣在这儿陪母亲几天，但是明天才星期五，叶建华建议女儿跟邬国强一同回去。他说："你耽误一天不要紧，可是班里四十多个孩子，加起来可就不是一天的时间了。"

第二十九章

　　他们从医院出来已是晚上八点多了，邬国强有点儿饥肠辘辘，但还是忍着没跟叶欣说，如果说出来一定会被叶欣"押解"着去吃饭，他担心回家晚了母亲惦记，就忍着饥饿开车上路了。驶离市区后，车子进入了苍茫的夜色中。叶欣知道母亲的病很快就会痊愈，心情没那么沉重了。一回想胡阿姨看着邬国强时那可怜的眼神，她就想把自己知道的一切都告诉邬国强，此时这种想法在她心里开始膨胀，而且像长了脚一样往出跑。她看了一眼专心开车的邬国强轻声说："国强，我想告诉你一个秘密。"说完后她的目光在邬国强的脸上移动着，盯着他表情的变化。

　　"啥秘密？"邬国强吃惊地问，看了一眼叶欣后又立刻收回目光注视前方。对面驶来一辆大卡车，车灯通亮，晃得他什么也看不清，只能借着路边的痕迹小心翼翼地朝前开。"哪有这样开车的，不关远光灯！"他生气地说。

　　"我妈不让我说。"

　　"不让你说你还说？"他看着黑夜中的公路附和着，现在饥饿感荡然无存了。

　　"但是我想说，一直都想说。"

"那就说吧，纠结什么？"

叶欣没说话，看着邬国强那满是疑虑的脸，半天说道："有点儿纠结，不是，是很纠结。"

"我记得你不是这性格呀，做事从来都是喊里咔嚓。今天怎么了？吞吞吐吐的。"邬国强很想知道这个秘密，催促地说。

"我妈说……你是胡阿姨的儿子。"

"什么？"他惊愕地看了一眼叶欣严肃认真的脸。

"我妈说你是胡阿姨的儿子。"

"真的？你妈怎么知道的？"他吃惊地睁大双眼看着叶欣，马上又把目光收回来注视前方，一辆小轿车疾驰而过。

"真的。你不觉得胡阿姨每次见到你都特别亲切吗？"

邬国强回忆了一下，"那她知道我是她儿子为什么不跟我说？"他的眉头蹙了一下，像被什么东西在没防备的情况下猛击了一下。

"没有确凿的证据不敢认呗。"

"那我爸妈……我真的是抱养的？"

"嗯。"

沉默了一会儿，他轻声问叶欣："欣欣，这到底是怎么回事？你知道多少？告诉我。"

叶欣看着邬国强着急的神色，不知道揭开这个秘密会产生什么后果，有点儿后悔，但是已经说到这份儿上了，又不能作罢。"听我妈说，你是他家超生的二儿子，于伟是老大。那个年代是不允许国家公职人员超生的。所以，胡阿姨把你生下来就送人啦。这都是我妈跟我说的，我妈不让我告诉你，可是我还是没忍住，不跟你说，我心就总不安。"

邬国强沉默了，沉思的双眸让叶欣惴惴不安。

"你咋不说话？"叶欣担心地看着他。

"怎么会这样？这么巧！"

"我也不知道为什么会这样巧，就像上天安排好了的一样。胡阿姨生你那年我妈也知道，把你送人这事我妈也知道，但是我妈不知道你就是那个孩子。后来见到你之后，看你长得跟于叔叔那么像，就怀疑你是他家送人的孩子。"

邬国强继续沉默不语，心绪十分烦乱。"就是说，现在还没确定。这需要做DNA呀！"

叶欣没说话，静静地看着他。

"我说呢？他们对我那么亲切，原来他们知道我是谁。"

"他们不敢确定。我们第一次一起吃饭的时候，他们就感觉你是他们送出的孩子。胡阿姨还去那个医院找过把你送人的医生，没找着，退休了。后来她又来咱们家看过爸妈……"

"什么？她来过咱们家？"

"这都是后来听我妈说的。胡阿姨是自己悄悄来的，谁都没惊动。"

"怎么会这样？"他抿紧双唇，轻轻摇着脑袋。

叶欣看着他满是惆怅的脸，说道："我是不是不该告诉你呀？该一直瞒下去。"

"你没错欣欣。"他长出一口气。

小汽车在夜色中缓慢行驶着，家越来越近了。他想到父母和那个家，突然有一种陌生感向他袭来。

邬妈妈一直在等儿子回来，困顿的眼皮直打架，她还是勉强睁着眼睛盯着电视，心里牵挂着儿子和媳妇，耳朵一直听着外边的动静，偶尔听到邻居家的大黄狗狂叫几声外什么也听不到。又过了大约一刻钟，大门突然响了，开门的"咣当"声传到屋里，接着两道明亮的光柱直射窗户。邬妈妈像弹簧一样从沙发上站起来，高兴地说："儿子回来了！"她好像说给老伴听的，可是邬爸爸已经昏昏欲睡了。老人立即迎了出去。

"妈！咋还没睡呀？"邬国强一见到母亲，那份母爱驱走了他心里

瞬间的陌生，他把母亲搂进怀里，搂得很紧。那声"妈"叫得也比以前深沉冗长，夹杂着浓浓的深情。从前在他嘴里发出轻描淡写的一声"妈"，不过是个称呼罢了，今天这声"妈"，震撼着母亲的心。

"这孩子，今个儿是咋地啦？喝酒啦？"母亲感觉出儿子的不同寻常。

"喝酒能开车吗？我的好妈妈！你儿子从来是犯法的不做。"邬国强说着，像喝醉酒一样把母亲连搂带拽地拉进屋里，眼里饱含着对母亲无尽的爱。他今晚知道自己的身世后，回味起父母为他付出的一切，心里倍加感恩。

"你俩是不是没吃饭呢？我寻思你能回来，欣欣就说不准了。"母亲跟往常一样关心地说。

叶欣接过话茬："我妈有点儿轻微脑血栓，到医院用上药就好多了，治疗得挺及时。我明天还得上班，就跟国强一起回来了。"

"妈，你坐着，我们自己去弄饭。以后家里的活儿，我能替你多干点儿，我就多干点儿！"

"这孩子，丈母娘一有病，他懂事啦！"

"还有我呢，我也多干点儿。"叶欣微笑着说。

邬妈妈听了他们的话，心里热乎乎的。

邬爸爸被他们的说话声吵精神了，一骨碌坐起来。他们说的他都听清楚了，就没再细打听。

他们来到厨房，邬妈妈也跟了过来。"父母的恩情重如山哪！"邬国强像上大学时开诗歌朗诵会时那样朗诵着，这话是说给自己听的，也是说给妈妈听的。"现在不报答啥时候报答？等躺在医院就晚啦！"

邬国强跟叶欣再次让老人进屋去睡觉，老人拗不过儿子，就回屋了。也实在太困乏了，不一会儿老人就安然进入了梦乡。

吃饭的时候，叶欣悄悄问邬国强："那事儿，告诉爸妈吗？"

"不告诉！这辈子都不告诉啦！不能让他们知道我知道这事。辛苦一辈子，他们要是知道了，心里一定会有压力。"

"那我替你保守这个秘密。"

邬国强冲着叶欣点点头。

吃完饭已经快到十一点了，叶欣洗漱之后，疲惫地进入了梦乡。窗外明亮的月光把室内照得很亮，叶欣睡得很香，邬国强思索着自己的身世，辗转反侧无法入眠。不知道过了多久才合上困倦的双眼。

清晨，那灰紫色的云霞涂抹在天边，等待着日出。合作社又开始继续起土豆。魏志民、李才生、赵球子等几个农机手一起上阵，开着四台拖拉机和两辆中型卡车往淀粉厂运送土豆。一排拖拉机的轰鸣声响彻整个公路。过往的人们都有意无意地看上几眼，知道龙华合作社的土豆终于销路畅通了，都为合作社松口气。同时，那一车车装满金黄玉米棒子的机车，也在合作社的院里进出，收回的玉米堆得跟小山丘一样。

张英带领一群妇女正在赶收蓖麻，蓖麻的长势也不错，灰黑干爽的蓖麻秆比人要高出一节，被采摘果实的人们撞得直响，脆生生的响声回响在清冷的大地上。

两台四轮车倒换着把社员们采摘的蓖麻果实运回合作社院里，堆得像座小山峰。

代福来站在他家后院，用艳羡的目光看着这丰收的一切，心里开始期盼来年土地流转的事早点儿到来。

合作社卖秋粮的时候，忙碌而热闹，五六台一组一挂的大卡车停在合作社院里。玉米被辽宁的收购商以六毛三分五的价格全部收走，春天来合作社的那个山东小伙儿昨天也赶来了，正在跟社员们一起加工蓖麻籽，一大袋一大袋的蓖麻籽装上卡车，运出合作社。合作社的大院变成了繁忙的场院。

"你们把蓖麻籽运回山东吗？"张英问。

"不，在这里就地加工，只把蓖麻油运回去。"

"蓖麻油有啥用啊，你们跑这么远来种？"

"举一个简单的例子，你们用的口红就是蓖麻油做的，也可用在膏霜乳液及护发类用品中，还可以制作透明皂、液体钾皂、化妆品等。用处很大的。"

当最后一车蓖麻籽运出合作社的时候，一年的农活告一段落，社员们开始期盼分红的日子。同时盼着十九大的召开，给农民带来好运势。

2017年10月18日上午，村委会办公室里坐满了来自各个村屯的乡亲，他们精神饱满地观看十九大的现场直播。听到那些让他们欢喜的决策，大家心里暖乎乎的。当听到第二轮土地承包到期后再延长三十年的时候，会议室里即刻沸腾啦，人们欢呼雀跃起来！

阳历十一月的一天，邬国强把大家召集起来，学习十九大精神。在村委会的会议室里，座无虚席，人们喜气洋洋地坐在暖融融的室内，等待邬国强宣讲十九大的报告精神。

"邬书记，你再跟俺们讲讲十九大对农村都提出了啥政策？"

邬国强面带笑容地说："十九大上，总书记说，保持土地承包关系稳定并长久不变，这下大伙心里该有底了吧？"

"太好啦！这个消息太振奋人心啦！"吴天明高声说道，不自觉地鼓起掌来。

邬国强继续说："十九大报告还提到了要弘扬工匠精神，拓宽农民工就业创业的渠道，你们今后就甩开膀子干吧，木匠、瓦匠那些有手艺的人会越来越挣钱！"

邬国强的话音刚落，村民们便七嘴八舌地议论起来："太好了，没想到总书记还关心俺们这些手艺人。"

"大伙都静一静，我和你们说，总书记的报告字字句句都是精华，报告里又说了，'实施乡村振兴战略'，咱们农村的日子会越来越好，不比城里差，甚至要比城里人的生活更好！"

他的话音刚落，大家就兴高采烈地鼓起掌来，掌声雷动，好一阵子才平息下来。

吴天明激动地说："邬书记，你讲的这些，俺们非常振奋，大道理我说不出来，就觉得以后的日子更有奔头啦！"

"你说得对，十九大报告的确激动人心，充满希望！以后大伙就撸起袖子加油干吧！"邬国强高兴地说。

"对，撸起袖子加油干！"大家像回声一样异口同声地重复着这句在心里熟透了的歌词。

这时，不知道谁在下边高声唱起来了，一个，两个，三个……许多声音汇聚在一起，粗的，细的，高声的，低声的，参差不齐。

　　　　　撸起袖子加油干！
　　　　　兄弟姐妹是一家，
　　　　　中国越来越强大，
　　　　　狂风暴雨咱不怕。
　　　　　撸起袖子加油干！
　　　　　勇往直前闯天涯，
　　　　　中国越来越强大。
　　　　　……

赵球子的声音最洪亮，他还不自觉地回头面向大家打起拍子。邬国强笑容满面地看着大家。

歌声悄然停止后大家喜笑颜开。邬国强又接着说："我还有一个好消息告诉大家，下周一，也就是本月的二十号，我们分红大会正式召开，就在这个会议室，社员们，准时来领钱吧！"

大家听到这个消息更加高兴了起来，不约而同地鼓掌欢呼，雷鸣般的掌声响彻会议室。

散会了，人们的脸上都带着笑容往出走，只有代福来的表情有些木讷，心里盘算着分红的人们的心情有多快乐，越想心里越懊悔。嫉妒的情绪又来袭扰他的心。人们陆续朝着村委会大门走，太阳暖暖地照耀着大家。

"十九大结束了，天气变暖了，你们以为这些天出的是太阳吗？不！是党的光辉！"吴天明大声喊着说完后，兴奋地挥舞了一下小细胳膊。

走到大门口的人不约而同地把头回过来看着他，哈哈大笑起来，笑声飞出院外，传得很远很远！

"二十号分红大会！"吴天明大声地喊着说，快乐得像个孩童。他旋转着身体朝大门口走，不小心撞到了代福来。代福来冲他斜斜眼，张张嘴，要说什么没有说出来。

第三十章

邬国强从市政府开完扶贫工作会议出来,正赶上下班的高峰期,于是他开车绕到一条僻静的小路,准备从这条路的尽头绕上102国道。这条小路有些狭窄,两旁的楼房都很陈旧,街边的垂柳已经脱去了盛夏的外衣,光秃秃地把柔长的柳丝垂到路边。落叶被萧瑟的秋风吹卷着钻进枯黄的草丛里,像找到自己的归宿一样。到处都是一派初冬的景象。

他开车匀速向前行驶着,一个外卖小哥骑着电动摩托车从他车旁一闪而过,极速向前飞驰。就在他车子不远的右前方,一个骑自行车的中年男子,被这辆疾驰而过的摩托车撞倒在地。邬国强看到这一刹那发生的事,平静的心一下提到了嗓子眼儿,不由得替那个骑车人出了身冷汗。那个中年男子后脑勺着地脸朝天,扭动几下身体便一动不动了。他仰面躺在马路边上,撞人的外卖小哥回头看一眼被他撞倒的人,慌忙疾驰而去,逃跑了。

邬国强开始想去追那个肇事逃逸的人,可又一想救人要紧,于是他在离肇事地方两米远的地方停了车,急忙下车跑上前去查看,这个奄奄一息的人看到他,吃力地说:"国强……快救我……"

这时，邬国强也认出了于鑫莱。"于叔叔！"他吃惊地喊道，紧接着就拨打了120。"于叔叔你挺住，救护车马上就到。"

于鑫莱用求生的眼神死死地盯着他，血从后脑勺流了出来，不停地流，眨眼工夫脑袋底下就全是血了。于鑫莱昏了过去。

邬国强接着又拨打了110报警，然后又给叶欣打去电话，让她联系于鑫莱的家人。

120急救车到达现场的时候于鑫莱的家人还没有赶到，于是邬国强开车跟着120急救车一起向医院开去。为了节省时间，邬国强求助了交警，在警车的帮助下，一路闯红灯，没用上几分钟便赶到了市中心医院。他看着陷入昏迷、脸色惨白的于鑫莱，心里像倒了五味瓶，难道这就是给了自己生命的那个人吗？

"病人急需输血！"接诊的是一名四十多岁的男医生。

护士拿着抽好的血样，飞快地直奔化验室。不一会儿传来女护士的声音："患者血型太特殊啦，血库里没有！"

"RH阴型血。"大夫自语着，脸上现出无奈的神情。

邬国强猛然想起自己的血型，他在读大学时的一次体检，医生对他说过，他的血型很特殊——"熊猫血"，当时他没有在意，只是觉得有点儿奇怪。

他对大夫说："大夫，你说的血型是不是'熊猫血'？"

"是。这种血太难找了。"大夫说完，问道，"你是家属吗？"

"我？"他一下想起叶欣的话，"你是胡阿姨的儿子。"他犹豫了一下，没有正面回答医生的问话，说道，"大夫，我就是'熊猫血'。"

大夫的眼睛放出了光，好像看到了希望，指着邬国强说："快！他是RH阴型血，这个人有救啦！"

"能抽多少抽多少，救人要紧。"邬国强边说，边往上挽衣袖，露出强健的胳膊。

一袋满载爱心的血浆注入了于鑫莱的体内，渐渐地，于鑫莱的生命体征平稳下来。这场车祸，于鑫莱摔断了两根肋骨，耳后的脑皮裂开了半尺多长的口子，骨头没伤着，只是流血过多。

胡雪娇跟儿子于伟赶到医院的时候，于鑫莱已经输进邬国强五百毫升血液了，血压上来了，已经度过了生命危险期。在他的家人没到医院之前，邬国强一直以家属的身份守在身边。他看到胡雪娇跟于伟来到医院，揪着的心才舒缓了一下。医生告诉他们，输了邬国强的血液，病人生命体征已经平稳没有大碍了。

在重症监护室的门口，胡雪娇紧紧握住邬国强的手，噙满泪水的双眼亲切地看着眼前没有享受过她一天母爱的孩子，一句话也说不出来。

"阿……姨，"邬国强的声音小到胡雪娇勉强听得到，"于叔叔……没事啦。"

胡雪娇一把搂住邬国强，"孩子，谢谢你！"说完，泪水像断了线的珠子从腮边滚落下来。

邬国强轻轻摇摇头，摘下眼镜，抹去挂在腮边的泪滴，什么话也没说，然后辞别了跟他血脉相连的人，心绪烦乱地离开了。

公安局经过侦查，第二天就把肇事逃逸的人抓获归案。

初冬的日子，邬国强在村里组织社员们学习扶贫的有关政策，小小的会议室里坐满了来自各个村屯的屯长还有社员代表，当然少不了代福来。他们认真地听着，深刻领会着扶贫的政策，大家都感觉到跟代福来当书记的时候大不一样了。

散会的时候，吴天明高兴地朗读自己即兴写的一首诗：

扶贫政策要严行
农户申请代表评
书记把关匡正义
公正公平又透明

人们听完，都热烈地给他鼓掌。吴天明上小学的时候作文写得就好，到了初中就不再好好学习了，时常偷着从学校跑出来上网吧玩游戏。那时候网络在兴旺镇这地方刚刚兴起，感兴趣的他，常常糊弄父母开始逃学，初中没毕业，就念不下去辍学回家，跟父亲一起发展养猪事业。二十出头娶妻生子，过上了日复一日年复一年毫无新意的日子。邬国强组建合作社的时候他积极报名，他敬佩邬国强的学识、胆略和人品，觉得跟邬国强走错不了。他经常开玩笑似的跟别人说："跟党走没错！"后来，这句话成了好多人的口头禅。

生活像一条平缓清澈的河，平静地流过每个日子。人们在热切的期盼中等来了这个让兴旺村所有人都兴奋的时刻——分红大会召开的一天。

吃过早饭，叶欣开着邬国强的车上班去了，邬国强整理了一下自己的心绪，站在穿衣镜前用手搓了一把脸，理了理浓密发亮的头发之后准备出门。临走的时候，他来到父母住的屋子，两位老人正坐在电视机前乐呵呵地看东北二人转呢，整个屋里充满了欢乐的曲调，还有老人开心爽朗的笑声。看到辛辛苦苦把他养大的两位善良的老人，他心里倍加感激父母的养育之恩。

邬国强站在门口面带笑容地说："爸，妈，今天开分红大会，不去凑凑热闹啊？"

"傻小子，有你在那儿俺俩去干啥？"邬妈妈笑着说。

"老了，啥都靠后吧！"邬爸爸也笑着附和道。

"爸，去领分红钱，心情不一样。我把钱拿回来放在你手里和你在大会上领分红，感觉肯定不一样。去吧！"邬国强正说着，张英和王婶从外边一前一后走了进来。还没等见人，王婶的声音先传过来了："大婶，走啊！领分红去！"

"我儿子领就行啦！我这老太婆还是在家看二人转吧。"邬妈妈笑呵呵地说，脸上挂着幸福的笑容。

"你咋还没去呢？"王婶问邬国强。

"这不，刚要出发。"邬国强微笑着说。

"我看代福来早就去了。"张英说。

"也没他的份儿，他去干啥？"王婶歪着脑袋理直气壮地问张英，好像张英让他去的似的。

"看热闹呗，看看咱们都分多少钱，来年他好入股啊！"张英轻声说道。

人们各个都喜气洋洋地往合作社院里走。会议室里，魏志民和吴天明，还有李凌峰已经早早地到了，精心地把会议室布置得十分喜庆。会场上方从南到北扯起一条醒目的横幅——"龙华合作社分红大会"，然后又挂起各种颜色的气球，播放着熟悉的《大海航行靠舵手》的歌曲。社员们伴着欢快的乐曲声走进分红会场，脸上挂着灿烂的笑容，心情比过年还高兴。

吴天明遇事向来喜欢张扬，今天这样的好事，更少不了他，又是扯条幅，又是挂气球，忙活得脑门子都溢出汗珠儿来了，随便进来一个人，就能看到他忙碌的身影，听到他的笑声和话语声。

李凌峰和魏志民把一百五十多万元的现金整齐地摆在台面上，下边的社员都伸长脖子，眼睛亮晶晶地看着那堆显眼的钞票。代福来坐在人群中羡慕地张望着，微厚的嘴唇咧开一条缝儿，好像时刻要说话的样子。

"请大家安静！"李凌峰对着话筒高兴地说，"分红大会现在开始！我们请邬书记宣读分红细则。"

话音刚落，雷鸣般的掌声灌满了小小会议室。期盼了一年的时刻到来了，怎不叫合作社的社员们欢欣鼓舞呢？王婶坐在人群中，肉墩墩的黝黑胖脸上堆满了笑容，眼神中带着欣喜和幸福的神采。坐在她身旁的

张英，看着王婶高兴的神态，忽然想起她在暴雨中骑墙头遭雨淋的憨态，心里一阵暗笑。她也跟着大家鼓掌。

掌声停止，王婶小声对张英说："等我上台领钱的时候，你给我录下来，到时候我发给我儿子看看。"王婶换了智能手机，是五十八岁生日那天，儿子给买的。

张英点了点头。

邬国强宣读了分红的细则后，张英第一个走上台，领取了一万五千七百八十二元的红利。她把一沓厚厚的钞票举过头顶，笑看大家，收获幸福的喜悦挂满两颊。

到王婶领分红了，她拖着肥胖的身体兴致勃勃地走到台前，在她的脸上，堆满了善良的微笑，细长条闪着亮光的小眼睛眯成一条缝。她稀罕地看着邬国强递过来的一沓钞票，忘记了一年的辛苦，忘记了骑在墙头上被大雨淋湿的感受。她接过那一万零六百四十二元钱后，站在台上迟迟不下去，眼睛朝台下的张英看去。张英激动得有点儿手忙脚乱，吴天明迅速跑上前来帮忙。

"录像的在这儿呢！"

吴天明抢过张英的手机，高高举起，把这幸福时刻录了下来。

分红大会进行了一个多小时。散会的时候，代福来最后一个走出会场，他背着手踱着步，脸上也挂着笑，心里揣摩着来年土地流转给合作社后，分红的人也有他一个了。

立冬后的很长一段时间，一场雪都没有下，生活在北方的人们，习惯了"大雪覆盖三层被"的冬天，这一层雪都没有亲临大地，总让人感觉生活在暮秋中。落光了叶子的柳树安静地矗立在街旁。两台黑色小轿车沿着整洁宽敞的街道缓慢前行，直接开进合作社院里，站在窗前的邬国强说："来了。"说完转身向外走去。邬国强今早才接到镇里的通知，说省里要来人调研。吴天明急忙烧水泡茶，准备迎接调研组的一行人。

他们是由省人大"农业与农村"委员会副主任委员白利民带队的调研组，来了解农民专业合作社发展的实际情况。

邬国强站在窗前思考了一阵子心里就有谱了。起初吴天明为邬国强暗自捏把汗，在没有准备的情况下搞突然袭击，这叫谁都得紧张。可是邬国强跟上级领导汇报的时候都没拿稿子，沉着干练、有条不紊地做起报告来。

"我们合作社有成员一千多人，注册资金二百万。合作社占地面积一万四千平方米，办公场所七百五十平方米，农机库房一千六百平方米，现有农机具五十多台，新建冷库一千平方米，可储藏冷冻农产品八百吨……"

白主任认真地做着笔录，明亮安静的办公室里，突然有了赞叹的耳语声。邬国强接着说道："合作社积极响应国家号召，为了土地集约化、机械化，实现农业现代化，合作社今年流转土地三百二十垧，解决劳动力九百余人次，使农民增加收入六十多万元。"

调研组人员认真听着邬国强的汇报，当谈到未来规划时，邬国强又说："合作社以'立足农业，发展农业，服务三农'为宗旨，在土地流转、农机服务、玉米收藏等方面起到了促进和引领作用。合作社将再接再厉，推进土地流转规模，构建新型农业体系，开拓进取，加大农机具的购买力度，发展有机农业，在有机粮食生产方面扩大生产，为农业发展做出贡献！"

后边的话是他在一份准备提交的报告中写的，在他脑海中已经滚瓜烂熟了。他的报告很顺畅地做完了，办公室里响起一阵掌声。

调研组实地考察了龙华合作社后给予了充分肯定。送走调研组一行人，吴天明夸赞邬国强："真不愧是大学生啊！临危不惧，胸有成竹。"他把自己瞬间想到的美好词语都用上了。邬国强听后很平静，回想自己的报告没有什么遗漏，很欣慰。就在这时，邬国强的电话又响了，他看

一眼手机的来电，是个陌生号。

"您好。"邬国强说。

"你好国强，我是你……于叔，我今天出院回家了……"那头的话还没说完，邬国强的电话自动关机了，昨晚睡觉前他忘给手机充电了。

第三十一章

　　答谢邬国强是于鑫莱出院后一个未了的心愿，他整日地挂在心上。于鑫莱在医院治疗了一个多月，康复后回到家，看到家里的一切都感到亲切温暖，心情特别舒畅。虽然出院了，暂时还不能剧烈活动，只能在室内走动走动。

　　得知邬国强和叶欣在元旦举行婚礼的消息，于鑫莱的心有些不宁静了。在医院这段时间让他想得最多的一件事，就是出院后要答谢他的救命恩人。

　　"老胡……"于鑫莱预言又止。

　　坐在沙发上看电视的胡雪娇看了看若有所思的丈夫，"嗯？你要说什么？"

　　"我想……我出院了，是不是该谢谢……那孩子。"

　　"应该呀，但是怎么个谢法呢？"

　　"想不出来才问你啊！"他低头轻声说。

　　"不用做 DNA，他也是咱们的儿子。不仅你们嘴上那个痦子长的位置差不多，你们俩还都是'熊猫血'，这多难碰啊！"

　　"是咱们儿子，肯定是。我想……把他认回来，也不知那孩子……

能不能认咱们。"

"忙着张罗婚事，也许把救你的事忘了呢。"

"他是一个有心的孩子……不会忘的。那天我从他的眼神里，看到他焦急的样子，好像把我当成亲人啦。"于鑫莱的心头涌起无限遐想，然后话锋一转问，"咱家有多少钱？"

"问这个干什么？想用钱买呀？"

"看你说的，钱不是什么都能买的。骨肉亲情用钱能买来吗？我是想，他既然是咱们儿子，认不认不重要，从小到大也没享受咱们一天父母的爱，又救了我一命，借着他结婚的机会，把攒的钱给他一半。"

"他能要吗？"

于鑫莱顺口说道："让欣欣帮忙，指定能行。"

"那……我给欣欣打电话？"胡雪娇说着拿过电话就要拨号。

"这事不能打电话，得亲自去跟欣欣说。"

胡雪娇想了想说："好吧，我这就去。也许那孩子今天就在欣欣家呢。明天就要操办婚礼了，兴许就在她家呢，要是在欣欣家，我说啥呢？"

"还是我跟你一起去吧，关键时候我能给你解围。"

"你……能行吗？"

"行。打车去。"

"给小伟打电话，让他送咱俩去。"

"上班哪有时间啊。"

老两口说完，互相搀扶着下了楼。

在邬国强家里，人们正忙着布置新房，张英、王婶、春兰，还有邵玉华都自愿来帮忙，挂窗帘、扯拉花、擦玻璃、贴喜字。本来很干净的窗玻璃，邬妈妈非要再擦一遍，感觉只有这样做，才能焕然一新。

"大婶，这回玻璃亮不亮？"张英擦完最后一块玻璃喊着问。

邬妈妈走到张英跟前，偏着脑袋，歪斜着身子，像吊线一样查看着，然后满意地说:"亮!比我擦的亮,不细看以为没安玻璃呢。"

这时,邬国强从外边走进来,新理的发型有些扎眼,但是一下子精神了许多。他看到一屋子帮忙的乡里乡亲,十分开心,进屋就笑着对大家大声说:"谢谢你们啦!"

"谢俺们啥?要谢也得谢你邬书记呀!今年让俺们多挣那些钱!"快言快语的王婶一脸笑容,分红时候的喜悦还挂在脸上呢。

"王婶,可别这么说,这都是你们辛苦劳动换来的!"

"没有你领俺们干,能有今年的好收成吗?大学生就是了不起!"王婶说着向邬国强伸出大拇指。

春兰接着说:"同样干一件事,大学生的成功率就比没念大学的人高出好几个百分比。"

"你说的啥呀?百分比?俺们不懂,俺就知道大学生了不起!"王婶笑着说,"你这高中生也比俺们强。"

"别夸了,他王婶,再夸我儿子就不好意思啦!"邬妈妈看着喜气洋洋的儿子,心里像倒了蜜罐子,甜啊!

邬国强笑呵呵地看着大伙儿,这时他的电话突然响了。

"欣欣,有啥吩咐?"他笑着问道。

"收拾得咋样了?"

"张英姐她们都来帮忙收拾,差不多了。"邬国强一边接电话一边朝外边走。

"国强,你来我家一趟啊?"

"什么时候?"

"如果没事,你现在就来吧!"

"有事吗?"

"也没什么大事,你来了再说吧。"

邬国强听了叶欣的话,一丝疑虑挂上心头:怎么?要办婚礼了,丈

母娘还要给我出点儿难题吗？他这样想着，顺口说道："好吧，我跟妈说一声就过去。"

邬国强挂了电话转身进了屋，跟母亲打了招呼后，便开车向市里驶去。

到了叶欣家，一进屋就看见于鑫莱和胡雪娇并排坐在沙发上，叶欣的父母陪在旁边，好像坐了很久的样子，从他们期盼的目光里邬国强预感到了什么。

于鑫莱看到英俊潇洒的邬国强，想起年轻时候的自己，简直就是自己的翻版啊！

邬国强走过去亲热地说："身体恢复得怎么样？"这次他连"于叔叔"也没叫。

于鑫莱有点儿按捺不住自己激动的心情，一把握住邬国强的双手，说："谢谢你，孩子，救了我一命！"

聪明的邬国强激动地小声说："我的命也是你给的呀！"

"你说什么孩子？大点儿声再说一遍！"于鑫莱简直不敢相信自己的耳朵。

"欣欣都跟我说了，我都知道啦！你们今天是不是在等我？"

"是的。"于鑫莱认真地说，胡雪娇望着邬国强含笑的脸，一个劲儿地点头。

胡雪娇有些热泪盈眶了，那颗绷紧的心松弛下来了，"孩子，我去医院找过那个把你抱走的大夫，可是没找到，她退休啦！"胡雪娇很遗憾地说。

邬国强听完掏出手机，找出两张照片，递给胡雪娇和于鑫莱，"你们说的是这个人吗？"

大家都围拢过来观看。

"这是我姨年轻时候的照片，这张是现在的照片。"

于鑫莱说:"是这个人,没错。你看那眼神,那嘴角,就是这个人。"

"你……怎么有她的照片啊?"胡雪娇不解地问。

"她是我的表姨,我有她的微信。我姨跟我妈感情特别好,跟亲姐妹一样。她早年在医院工作,退休啦。现在她就在我家呢,都来好几天了。"

"就是她!"胡雪娇有点儿气愤,感觉这个人当时欺骗了自己。"当时她说她表姐家没孩子想要个孩子,说她表姐家在北京,老两口都有工作,家庭条件特别好……"她还想继续说什么,于鑫莱抢过话茬说:"不那样说你能把孩子给她吗?"

"孩子,我们对不起你,让你受委屈啦!"胡雪娇说着紧紧抱住邬国强,头埋在邬国强的胸前,抬眼的时候已泪流满面。

"我……挺好的,没受什么委屈,从小到大,我爸妈特别疼爱我。把我供到大学毕业,现在……要娶媳妇啦……"

"那就好!那就好!"于鑫莱说。

"孩子,你认我们吗?"胡雪娇突然这样问。

邬国强想了一会儿说:"认不认,我的生命都是你们给的。我父母年纪大了,把我养大不容易,又供我上大学,付出了很多,他们的恩情,是我这辈子也报答不完的。我想,不能打扰他们晚年平静的生活。余下的日子,让他们好好享受天伦之乐!"

"你想得对,孩子。你是个有情有义的男子汉!"于鑫莱激动地说。

胡雪娇转身从挎包里拿出一张银行卡走到邬国强跟前,高兴地说:"孩子,你就要结婚成家了,我们没什么给你的,这里面装着我们一辈子的爱和歉疚,收下吧!"

"这?"邬国强面对这突如其来的举措不知如何是好。

"这里有十万块钱,是……你生身父母的一片心意,收下吧,孩子。"于鑫莱诚恳地说。

"这钱……我不能要,你们老了留着自己用吧,我年轻,我能挣!"

"收下吧!孩子。你不收,我们心里不安啊!"胡雪娇拿着银行卡说。

两个老人真情的表达终于感动了邬国强的心,"妈——妈!"邬国强紧紧地把胡雪娇搂在怀里,感受着母亲的心跳,享受着这份迟来的母爱。

"这钱,我不能要!"

"就算是你跟欣欣结婚的礼物,你收下吧。"于鑫莱在一旁继续说道。

叶建华看邬国强迟迟不接这张银行卡,于是高兴地劝说道:"收着,这是你生身父母的心意,以后你跟欣欣好好孝敬老人,不就报答了吗?"

邬国强听叶建华这么一说,使劲儿眨了一下眼睛,吞噬着含在眼里的泪水。"欣欣,接过去吧!叫妈——"

"妈!"

"欸!"胡雪娇破涕为笑,把银行卡送到叶欣手里说,"密码是国强的生日。"

"国强的生日你还记得?"叶欣惊讶地说。

"怎么能忘呢?"于鑫莱接过话茬说,"我特意告诉那个大夫的,噢,就是你表姨,嘱咐她记住你生日,生辰八字不能随便改动。"于鑫莱说完笑了,笑得很幸福。

在场的人都哈哈大笑起来。

团圆的喜悦撒在亲人的心头,愈合了父母的伤痛。世界上还有什么能比亲情更能抚慰心灵的呢?

邬国强接着说:"我爸妈都已年近古稀,我不想伤他们的感情,我要为他们养老送终!所以,我希望咱们一家人替我把这秘密隐瞒下去。我爱我所有的亲人!"

这个重情重义的七尺男儿,用挚爱暖着亲人的心,用真情演绎着人性的善良和美好。

2017年的最后一天，在人们辞旧迎新的时刻，合作社的社员们自发地来到邬国强家，商量怎样把大学生新娘迎娶回蓬勃发展的兴旺村。

"咱们来个别具一格的迎亲方式。"吴天明笑着说，"扭大秧歌接新娘。"

"秧歌队多少人，你算了吗？"李凌峰问。

"四十多人。刘三愣都回来。"吴天明高兴地大声说。

"还有小孩呢！"魏志民说。

"谁家小孩？"吴天明问。

"我女儿，小爱雨呀！"魏志民理直气壮地说。

"哈哈哈！好！你女儿，你女儿！应该这样！"吴天明夸赞地说。

"小爱雨提前就借好服装了，说什么也得参加这个秧歌队，接她新娘老师。"张英笑着说。

李才生抢话说："我开国强的车，做头车。"

"国强的车颜色不行。要白车，意味白头到老。"吴天明跟通事似的。

李才生说："国强说了，不铺张浪费，就用自己的车。"

人们喜气洋洋、兴高采烈地议论着，代福来满面春风地走进来，说："还有我呢，秧歌队我打头！"

人们见代福来这么高兴，都有些惊讶，吴天明大声说："代书记秧歌扭得棒极了。明天早上你更要撒着欢儿扭啊！叶欣可是咱们村第一个大学生新娘啊。"

"放心吧！鼓点一响，喇叭一吹，我想站都站不住！"代福来格外高兴。

"对呀，明天谁敲鼓啊？"

大家互相看着，找不出人选。

"邬大爷呀，邬大爷的鼓敲得最有名啦！"赵球子建议道。

"竟扯！哪有娶儿媳妇老公公敲鼓的。"在炕沿上抽烟的邬爸爸一

听就急了。

"如今都什么时代了，你没看朝鲜族婚礼吗？婚车到的时候，公公婆婆一起上阵，围着婚车跳舞，那喜庆气氛，那乐呵劲儿！"吴天明高门大嗓地说，吐沫星子飞溅。

"就这么定了，邬大爷，你敲鼓。王婶呢？"李凌峰在人群中寻找着王婶。

"我在这儿！我能干啥？"王婶抻着脖子高兴地问。

"你负责告诉你家王叔，吹喇叭的活儿就交给他了！"

"行行行！回家我告诉他早点儿起来收垃圾，把大街扫得溜光溜光的，迎新娘！"

"扭秧歌你就别参加了。"吴天明笑着说，"总是顺拐。"

"扭的是心情。我还非参加不可，衣服都借好了。"王婶笑着说。

2018年元旦，清晨太阳升起来的时候，秧歌队已经在村口等候了，村里的老百姓大多都来了，秧歌队的人穿着艳丽的服装，头上戴着花冠，每个人的脸上都涂抹了彩妆，恭候在村口。

"接亲车回来了！"人群中不知谁高喊了一声。

王长所鼓足了劲儿吹响了喜庆的喇叭，邬爸爸擂响欢快的鼓点，秧歌队扭起来了。

迎亲车沐浴着清晨的阳光匀速驶进兴旺村，虽然只有六辆小车，没有轰轰烈烈的车队，但喜庆的气氛特别浓烈！胡雪娇坐在最后一辆车里，想着一会儿就能看到她苦苦寻找的女大夫，心情激动起来。

一对新人的婚车在秧歌队的簇拥下，在兴旺村父老乡亲的祝福中，缓缓地向前行进！邬国强摇下车窗，笑容满面地向乡亲们挥动着手臂……